여왕님 뜻대로

여왕님 뜻대로 2

초판 1쇄 인쇄 2015년 7월 15일
초판 1쇄 발행 2015년 7월 23일

지은이 백묘
발행인 오영배
책임편집 김보나
표지·본문 디자인 권지연
제작 조하늬
일러스트 kine

펴낸곳 (주)삼양출판사·단글
주소 서울시 강북구 도봉로 173
대표 전화 02-980-2112 **팩스** / 02-983-0660
출판등록 1999년 3월 11일 제9-00046호.
블로그 www.blog.naver.com/dan_gul

ISBN 979-11-313-0425-9 (04810) / 979-11-313-0423-5 (세트)

+ (주)삼양출판사·단글의 서면 허락 없이는 어떠한 형태나 수단으로도 이 책의 내용을 이용하지 못합니다.
+ 지은이와 협의하에 인지는 생략합니다. 잘못된 책은 구입한 곳에서 바꾸어 드립니다.
+ 이 도서의 국립중앙도서관 출판시도서목록(CIP)은 서지정보유통지원시스템홈페이지(http://seoji.nl.go.kr)와
  국가자료공동목록시스템(http://www.nl.go.kr/kolisnet)에서 이용하실 수 있습니다. (CIP제어번호: 2015018864)

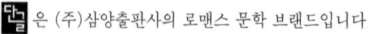
은 (주)삼양출판사의 로맨스 문학 브랜드입니다.

백묘 장편소설
ROMANCE STORY

여왕님 뜻대로

As you like it,
  your Majesty

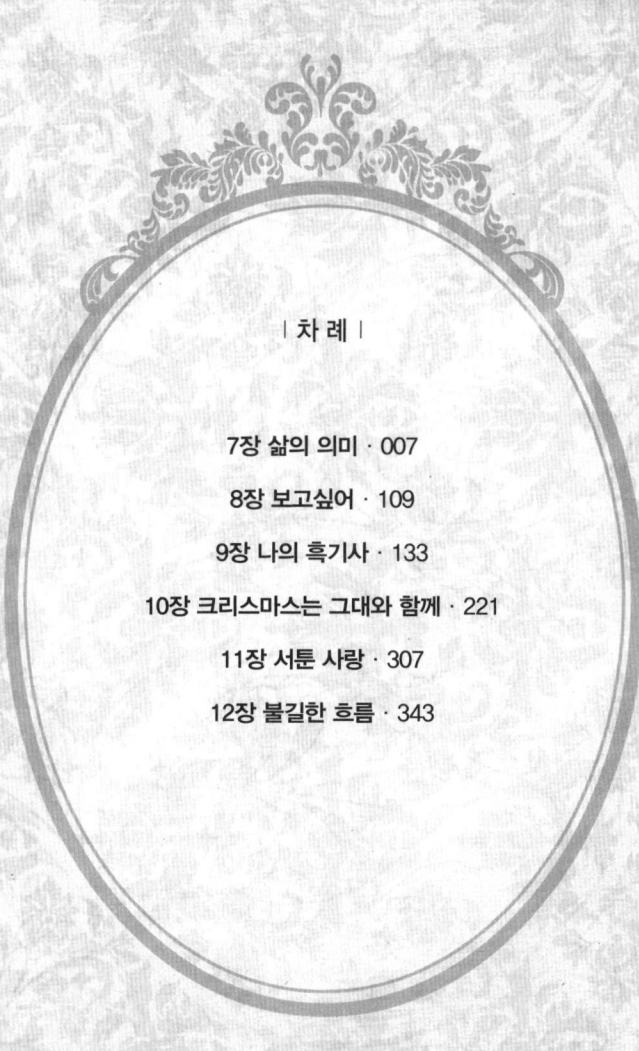

| 차 례 |

7장 삶의 의미 · 007

8장 보고싶어 · 109

9장 나의 흑기사 · 133

10장 크리스마스는 그대와 함께 · 221

11장 서툰 사랑 · 307

12장 불길한 흐름 · 343

7장
삶의 의미

재인을 들여보낸 후, 한선은 그네에 앉았다. 그네 사슬의 녹이 옷에 묻었지만 신경 쓰지 않았다.

삐걱삐걱.

천천히 발을 구를 때마다 그네가 시끄러운 신음을 뱉어냈다. 차가운 바람이 느껴지지 않을 만큼, 한선은 생각에 몰두해 있었다.

스륵─

그때, 한선의 어깨에 따스한 코트가 걸쳐졌다. 무심코 뒤를 돌아본 한선은, 바로 뒤에 서 있는 성현을 발견했다. 그는 경악을 하며 어깨에 걸쳐진 코트를 벗어 바닥에 집어던졌다.

"뭘 하는 거야, 이 자식아! 징그럽게!"

"형, 추울까 봐."

성현이 서운한 기색도 없이 모래 바닥에 뒹구는 코트를 집어 들었다. 까만 코트에 모래가 잔뜩 묻어 있었다. 한선은 당황했다.

'시계도 천만 원이 넘는 걸 차고 다니는 놈이었으니까, 저 코트도 어마어마하게 비쌀 텐데. 설마 세탁비를 물어내라고 하진 않겠지?'

하지만 성현은 모래를 툭툭 털어 내고 도로 입었다. 세탁비를 달라고 요구할 생각은 없는 것 같았다.

"그건 다 뭐냐?"

성현의 옆에는 커다란 마트 봉투가 두 개 놓여 있었다. 그 안에는 뭐에 쓰는 건지 알 수 없는 도구들과 뭘 만들려는 건지 알 수 없는 먹거리 재료들이 가득 담겨 있었다.

"여왕님이랑 같이 피자나 만들어 볼까 하고."

"피자?"

"응. 여왕님이 나랑 같이 요리하는 거, 굉장히 좋아하거든."

정말일까? 의심이 들었지만 구태여 지적하진 않았다.

"형도 같이 가자. 북적거리면 좋아할 거야."

그가 덧붙인 말에, 한선은 그의 의도를 깨달았다. 재인이 귀찮아 하는 걸 알면서도 자꾸만 부딪치려는 거. 그녀와 함께 밥을 먹고, 시간을 보내고, 시끄럽게 하는 거. 굳이 같이 요리를 하려는 거.

재인은 어릴 때부터 쭉 혼자였다. 그 맘 때의 여자아이들은 엄마와 함께 요리를 하고, 아빠로부터 귀찮을 정도의 애정을 받는다. 성현은 그녀의 가족 대신이 될 수는 없지만, 그 비슷한 온기라도 그녀가 느낄 수 있도록 해 주고 싶은 것이리라.

"네가 나쁜 놈이었으면 진짜 좋았을 텐데."

마음껏 미워할 수 있으니까. 질투를 해도 죄책감이 들지 않으니까. 방해를 해도 미안하지 않으니까.

"형도 나쁜 놈은 아니잖아."

"난 나쁜 놈이야."

"왜?"

"재인이 집에 마음껏 드나드는 네놈을 질투하니까."

성현의 얼굴에 근사한 미소가 번졌다.

"형도 그렇고, 재인이도 그렇고. 한국에 살면 원래 그렇게 자책을 많이 하게 돼?"

"자책이 아냐. 네가 재인이를 변하게 만들잖아. 재인이는 네놈을 만나기 전보다 훨씬 나아졌어. 전에는 바람만 불어도 흩어질 환영처럼 보였는데 이젠 안 그래. 그건 아주 좋은 일인데 난 네놈을 질투하지."

"질투를 할 만 하니까 하는 거잖아. 질투심을 품는 건 나쁜 게 아냐. 질투심 때문에 형이 날 재인이한테서 뺏으면 나쁜 거지."

"내가 왜 네놈을 뺏겠냐?"

"난 매력이 넘치니까."

"징그러운 소리 좀 작작해라. 안 힘드냐? 매번 그런 소리를 생각해내는 거."

"진실을 말하는 건 힘들지 않아, 형. 아무튼 같이 가자."

"난 됐어."

"우리가 같이 찾아가면 재인이는 형도 흔쾌히 들어오라고 할 거야."

재인이 한선을 들이고 싶지 않아 난처해할까 봐 피한다는 것을, 성현은 알고 있었다.

"내 마음 읽지 마."

"마음을 읽다니. 나에겐 그런 능력 없어. 단지……."

성현은 봉지 두 개를 들어, 하나를 한선에게 건넸다. 한선은 반사적으로 그것을 건네받았다.

"둔해 빠진 형이 재인이가 변했다는 걸 눈치챘다면, 그만큼 오래 같이 앉아 있었다는 거겠지. 재인이가 형에게 그 변화의 이유에 대해 이야기했을지도 모르고."

성현은 마치 이곳에서 지켜보고 있었던 것처럼 이야기했다.

"리플레이 해봐. 오래전의 재인이가 형한테 그런 속 이야기들을 한 적이 있어?"

"……!"

"재인이는 형한테도 마음을 연 거야."

딩동—

초인종 소리에 문을 열었다. 문밖에 두 남자가 서 있었다. 성현과 한선이었다.

"여왕님."

성현이 커다란 봉투 하나를 흔들었다. 한선도 어색하게 봉투를 들어 보였다.

"우리 피자 만들자."

재인은 조금 난처하다는 표정을 지었지만, 곧 옆으로 비켜서며 말했다.

"들어와. 들어오세요, 형사님."

봉투를 하나씩 들고 신나서 들어오는 두 남자를 지켜보다가 거실로 향했다. 우려했던 일이 벌어졌다. 한선이 성현에게 물들고 말았다! 그것도 아주 제대로.

'그래, 이럴 줄 알았어. 이제 아무래도 좋아.'

재인은 체념했다. 포기하니 마음은 편했다. 어차피 잠만 자던 집이었다. 두 남자가 이 집을 놀이터로 삼든, 빵집으로 삼든, 문제될 것은 없었다.

"이럴 수가!"

성현의 비통하게 외쳤다.

"여왕님 집에 오븐이 없잖아!"

"뭐야, 인마! 넌 허구한 날 이 집에 드나들면서 그런 것도 몰랐냐?"

한선이 면박을 주자 성현이 씩 웃었다.

"후후후. 하지만 오븐의 부재는 내게 전혀 문제되지 않아. 나는 프라이팬으로 피자를 만드는 방법을 알고 있지."

"너, 그거 잘난 척하고 싶어서 일부러 놀란 척한 거지?"

"형, 잘난 척이라니. 그렇게 말하면 서운해. 나는 그냥 잘난 거지.

한국인이라면 한국어는 제대로 좀 사용해 줬으면 좋겠어."

"그러는 넌 미국인이냐?"

"응, 난 미국 시민권자인데."

"헉! 너 외국인이었던 거냐?"

한선이 눈부시다는 듯 성현을 바라봤다.

'미국인이라는 것이 저렇게까지 눈부실 일일까?'

재인은 황당했지만 구태여 지적하지 않았다. 수준이 잘 맞는 저 콤비에게 합세하고 싶지 않았다.

"아, 이런!"

봉지에서 이것저것 꺼내던 성현이 다시 비통하게 중얼거렸다. 왜 그런가 싶어 돌아봤더니, 성현이 진지한 표정으로 한선의 어깨에 손을 얹고 있었다.

"미안해, 형."

"뭐가?"

"형이 입을 앞치마가 없어."

"……그거 참 정말 진심으로 마음 깊이 고맙다."

재인도 한선과 같은 마음이었다. 성현은 재인의 주방에 놔둔 분홍색 앞치마를 집어 들고 생각에 잠겼다. 그 모습을 본 한선이 선수를 쳤다.

"아니, 나한테 양보할 필요 없다. 그냥 네가 입어."

"정말? 정말 그래도 돼?"

"어. 진심으로 그래도 돼. 그러니까 네가 입어. 제발."

"형은 진짜 마음이 넓네. 이게 대한민국의 형사란 건가."

이런 일에 왜 '대한민국의 형사'까지 나오는 건지는 모르겠지만, 재인은 성현이 앞치마를 사러 뛰어나가지 않아서 다행이라고 생각했다.

"여왕님, 같이 할래?"

앞치마를 입으며 성현이 물었다.

"난 과제해야 돼."

"대학원 따위!"

"넌 교수잖아, 인마."

한선의 예리한 지적에 성현은 크게 한숨을 내쉬었다.

"이런 이율배반적인 상황이 날 지치게 해."

재인은 그렇게 지치면 피자는 그냥 시켜먹자고 말하고 싶었다. 그러다가 깨달았다. 전이었다면, '그렇게 지치면 그냥 집에 가.'라고 말했을 것이라는 걸.

누군가 이 집에 들어와 시끄럽게 만드는 것을 아무런 부담 없이 받아들이고 있었다. 성현이 매일 찾아와 귀찮게 구는 통에, 어느새 익숙해진 모양이다. 이 집에 사람이 있는 것이. 타인의 향기가 섞이는 것이.

'과제는 방에 들어가서 해야겠다.'

집중할 수 없을 것 같아서 방으로 들어가기 위해 일어났다.

"여왕님, 어디 가?"

성현이 물었다.

삶의 의미

"방에서 과제하려고."

"안 돼, 여왕님. 들어가지 마. 내 눈이 볼 수 있는 곳에 있어 줘."

"왜 그래야 하는데?"

"여왕님이 눈앞에 없으면 내가 불안해지니까."

'그건 당신 사정이고.'라는 말은 하지 않았다. 어째서인지 그가 재인의 마음을 콕 집어서 말하는 것 같았기 때문이다.

성현이 눈에 보이지 않으면 불안해지는 건 재인이었다. 그가 매일 찾아와서, 그와 함께 집으로 돌아와서, 그와 함께 저녁을 먹어서. 그래서 그가 찾아오는 시간이 조금이라도 늦어지면 불안했다. 매일 만나야 하는 사이도 아닌데 못 보면 궁금해졌다.

어쩔 수 없이 거실 소파에 엎드려 전공 서적과 연습장을 펼쳤다. 중요한 부분을 찾아 연습장에 기록해두는 동안, 부엌에서는 피자 만들기가 한창이었다.

"아앗, 형! 물을 너무 많이 부었어. 피자는 반죽이 생명이라고!"

"그럼 나한테 시키질 말든가! 네가 대충 감으로 하라면서."

"형은 진짜 감이 안 좋네. 그래서 형사하겠어?"

"젠장! 피자 반죽 못 해도 형사를 하는 데는 문제없어! 이건 네놈이 해!"

"에잇!"

"이 자식이!"

서로의 얼굴에 밀가루를 묻혀가며 즐거운 시간을 보내는 그들을 보니, 한숨이 절로 나왔다. 그래, 잘들 노는구나. 우리 집 부엌을 엉망으로 만들어가면서.

그들은 시끄럽고 바보 같았다. 하지만 재인은 그 모습을 보는 것이 싫지 않았다. 과제에 대한 것을 잊고 잠시 그들을 지켜보다가, 저도 모르게 휴대폰을 손에 쥐었다. 휴대폰의 카메라를 사용해본 적은 한 번도 없었다. 익숙지 않은 조작을 하고 렌즈를 그들에게로 향했다. 그들은 여전히 밀가루를 들고 장난을 치고 있었다.

찰칵— 촬영하는 소리에 그들이 움직임을 멈추고 재인을 돌아봤다. 재인은 황급히 휴대폰을 아래로 내렸다.

"봤어, 형?"

"응, 봤어."

"우리 도촬 당했어."

"네놈이 너무 잘생겨서 그래."

"잘생긴 것도 피곤하다니까."

"그렇겠네."

그들의 바보 같은 대화에 재인은 피식 웃고 말았다. 그 모습을 본 성현과 한선도 환하게 웃었다. 두 남자는 서로의 얼굴을 마주 보더니 누가 먼저랄 것도 없이 거실로 달려왔다. 그들의 몸에 묻어 있던 밀가루가 파르륵 날려 떨어졌.

"자, 여왕님. 우리 얼굴을 찍은 대가는 비싸."

"세상은 공수래공수거야."

"아니, 형. 등가교환이 맞는 말일걸."

"아, 맞다. 조금 헷갈렸네."

어느 부분이 '조금'인지 모르겠다고, 재인은 생각했다. 성현과 한선이 재인의 팔을 하나씩 잡아 억지로 일으켰다. 그러더니 자기들 사이에 끼우고, 재인의 휴대폰 카메라를 셀카 모드로 바꿨다.

"자, 여왕님."

작은 휴대폰 액정이 두 남자와 한 여자의 얼굴이 가득 찼다.

"장사치."

"아니, 그냥 평범하게 김치로 하면 안 되냐?"

"형은 독창성이 부족한 것 같아. 아마 천편일률적인 교육방침 때문일 거야."

"사진 하나 찍으면서 교육방침까지 운운할 필요는 없잖아! 그러는 네놈은 얼마나 대단한 교육을 받았는데?"

"저기 두 사람. 아무래도 좋으니까 나 좀 놔줘."

찰칵—

재인의 부엌을 희생시켜 만들어 낸 소고기 피자는 맛있었다. 성현이 잘난 척을 할만도 했다. 피자를 다 먹었을 때 초인종이 울렸다. 재인이 얼른 나가서 문을 열었고, 잔뜩 화난 표정의 주학을 발견했다. 그는 총이라도 빼 들고 싶은 것처럼 몸을 부들부들 떨며 재인에게 말했다.

"미안하다, 재인아. 우리 팀 꼴통 좀 데려가도 되겠냐?"

"네. 류 형사님."

"어, 왜?"

아무 생각 없이 현관문 앞까지 온 한선이 주학을 보고는 휙 돌아섰다. 하지만 주학이 먼저 팔을 뻗어 한선의 목덜미를 붙잡았다.

"으아, 진짜! 선배, 솔직하게 말해 봐요! 나한테 위치 추적기 심어 놨죠? 어딥니까? 네? 어디에 심어놓은 거예요?"

한선이 주학에게 질질 끌려가 엘리베이터에 타는 것을 확인한 후 문을 닫았다. 성현은 부엌에서 뒷정리를 하는 중이었다.

달그락— 달그락— 그릇 부딪치는 소리가 경쾌하게 울렸다.

"형은 갔어?"

"응. 뒷정리는 내가 할게."

"물을 흠뻑 뒤집어쓴 여왕님은 섹시하겠지만, 손에만 물을 묻힌 여왕님은 별로야."

"당신 머릿속엔 대체 뭐가 들어 있는 거야?"

재인은 투덜거리면서도 청소기를 꺼내 부엌으로 들어갔다.

"여왕님은 과제해야지."

"나도 돕게 해 줘."

재인의 말에 성현이 뭐가 좋은지 빙그레 웃었다.

"왜 그렇게 웃어?"

그가 웃는 데는 큰 이유가 없다는 걸 알면서도 늘 묻게 된다.

"여왕님의 도움을 받는다니, 나도 성공했구나 싶어서."

정말로 이 남자 머릿속엔 뭐가 들었기에, 듣는 사람 기분 좋아지는 말만 골라하는 걸까? 재인은 피식 웃고는 청소기를 작동시켰다.

위이이잉—

달그락— 달그락— 쏴아아아아—

청소기를 돌리는 소리와 설거지 하는 소리가 섞였다. 시끄러운 소리였지만 재인은 불쾌하지 않았다. 생활 소음은 싫지 않다. 문득 어릴 적의 추억 하나가 잔잔한 기억의 수면 위로 떠올랐다.

아마도 5살 때쯤이었을 것이다. 재인은 거실에서 놀다가 잠들었다. 어린 재인의 주위에는 인형과 인형 옷들이 널려 있었다. 잠에서 깨어났을 때, 위이이잉 청소기 들리는 소리가 났다. 낮잠을 방해받은 재인이 칭얼거렸더니, 청소기 소리가 뚝 끊기고 엄마가 달려왔다.

"재인아 왜? 우리 재인이 깼어?"

지끈—

별것 아닌 기억이다. 사람이라면 누구나 가지고 있을 법한, 일상적인 기억의 단편. 대부분의 사람들이 새삼 떠올리지도 않을 그 기억이 생각났을 뿐인데, 왜 콧등이 찡해지는 걸까.

'나 진짜 마음이 약하구나.' 라고 생각하며 청소를 끝냈다.

'이제 걸레질해야지.'

청소기를 끄고 허리를 펴는데, 머리에 살며시 손 하나가 놓였다. 커다랗고 따뜻한 손은 아주 천천히, 무척이나 조심스럽게 재인의 머리를 쓰다듬었다. 고개를 들자 미소 짓고 있는 성현이 보였다. 그의 붉은 입술이 벌어지며, 다정한 음성을 흘려보냈다.

"우리 여왕님은 청소도 잘하지."

조용하고 어두운 방안에 타닥타닥 키보드 두드리는 소리가 울렸다. 모니터에서 흘러나오는 빛에 성현의 얼굴 윤곽이 두드러져 보였다. 성현은 눈도 깜빡거리지 않고 모니터를 노려보며 열심히 손가락을 움직였다.
딩동—
초인종이 울렸다. 성현은 서둘러 컴퓨터를 끈 후 현관문으로 향했다.
달칵, 문을 열자 앞에 한선이 서 있었다.
"들어간다."
"응."
성현이 옆으로 비켜서자 한선이 거침없이 들어왔다. 한선은 두툼한 서류 봉투 여러 개와 흰색 봉지를 하나 들고 있었다. 성현이 미간을 좁혔다.
"형. 그건 설마……."
"아, 이게 네가 부탁한 자료다."
"아니, 그거 말고. 그거."
성현이 흰 봉지를 가리켰다.
"아아. 먹으면서 얘기하자고."
"굉장해. 내가 간장치킨에 약하다는 걸 어떻게 알았지? 이것이 대한민국의 형사라는 건가?"

한선은 기가 막힌다는 표정을 지었지만 굳이 면박을 주진 않았다. 한선은 봉지를 식탁 위에 올려놓고 서류는 성현에게 건넸다.

"최영주의 재무 상태를 조사한 자료야."

"흐음."

성현은 간장치킨을 뜯으며 두꺼운 서류를 팔락팔락 넘겼다. 그의 눈동자가 빠르게 서류에 적힌 내용을 읽어 내려갔다.

"구형진이 까먹은 돈이 어마어마하네."

성현은 순식간에 서류를 다 확인했다. 한선은 그런 성현이 놀랍다는 듯 쳐다보다가 고개를 끄덕였다.

"응. 구형진은 도박과 주식에 미쳐 있었어. 특히 경마에 상당한 돈을 쏟아 부었지."

"유재인의 부친인 유진석 씨가 죽으면서 최영주가 받은 사망보험금이 10억. 주택을 팔면서 받은 돈이 3억 5천. 유진석 씨와 최영주가 공동운영했던 회사는 최영주에게 수익의 10프로를 지급하는 조건으로 구형진의 형인 구형리가 인수. 다달이 받는 돈이 1천만 원."

"구형리는 강성파의 부두목이야. 강성파는, 네가 들어본 적 있는지 모르겠지만 한국 사람이라면 대부분 들어봤을 거야. 강성 주식회사라는 이름을 붙이고 활동하고 있지."

"아아. 건축이랑 금융 쪽으로 유명한 그룹 말이지?"

"너도 알고 있군."

"알지, 그럼."

성현이 의미심장한 미소를 지었다.

"최영주는 알뜰한 편이야. 유진석에게 받은 사망보험금에는 전혀 손을 대지 않았어. 하지만 회사에서 매달 받는 돈은 구형진이 전부 사용해버렸지. 구형진이 도박과 단란주점에서 쓰는 돈이 한 달에 천만 원 이상이었어. 최영주가 백화점에서 근무하며 번 돈까지 구형진이 손을 댔지."

"구형진이 계속 살아 있으면 예금에도 손을 대야 할 상황이 왔겠군."

"그렇겠지. 이미 집 판 돈은 조금씩 갉아먹고 있었던 모양이야."

"최영주는 똑똑한 여자야. 남자가 제 고혈을 빨아먹는데도 사랑을 이유로 모르는 척 할 여자는 아니라는 거지. 그런데도 구형진과 부부관계를 유지하고 있었단 말이야."

성현은 냉소적인 미소를 머금고 손가락으로 식탁을 탁탁 두드렸다.

"구형진이 최영주의 약점을 잡고 있었을 거야."

한선이 말했다.

"아마 재인이 부모님의 살인에 대한 증거일지도."

"예리해, 형. 정황상 재인이의 부모를 실제로 죽인 사람은 구형진일 거야. 하지만 계획은 머리 좋은 최영주가 세웠겠지. 그렇다면 구형진이 가지고 있는 증거는 뭘까?"

"최영주가 문서로 뭔가를 남겼을 리는 없으니, 아마도 녹음을 한 거 아니겠어? 살인공모를 할 때의 대화를."

"그렇지. 물질적인 증거일 거야. 그것도 최영주를 확실히 묶어놓을 수 있는 증거. 그러면서도 오랫동안 간직할 수 있는 증거."

"어딘가에 녹음파일이 존재하겠군."

"유재인의 부모가 사망한 지 거의 20년이 되어가. 최영주는 20년 동안 그 파일을 찾아내려고 했을 거야. 하지만 찾지 못했고."

"그래서 그냥 구형진을 죽인 건가?"

"응."

"이번에도 누군가에게 의뢰했을까?"

"아니, 이번엔 아냐."

성현이 단호하게 말했다. 그의 검은 눈동자가 어둡게 빛났다.

"이번엔 최영주가 직접 죽였어."

"어떻게 그렇게 확신하지? 그 시간에 최영주는 30분 이상 떨어진 거리에 있었어."

"알리바이를 만드는 건 어렵지 않은 일이야, 형. 하지만 눈빛을 바꾸는 건 어렵지. 최영주는 살인자의 눈을 하고 있었어."

"확신해?"

"내 눈은 못 믿어, 형. 하지만 재인이 눈은 믿잖아. 재인이가 직접 본 거야."

성현은 백화점 앞에서 최영주와 만났던 날의 일을 떠올렸다. 그 날 집으로 돌아오며 재인은 말했다.

"최영주가 직접 죽였어. 그 여자, 눈빛이 달라졌어."

"눈빛?"

"고의든 타의든 살인을 저지른 사람의 눈빛은, 그렇지 않은 사람과 달라. 난 그 미묘한 차이를 알아낼 수 있어."

"그거 굉장하군."

"그래서 나는."

재인은 울 것 같은 표정으로 중얼거렸다.

"거울을 보는 게 무서워. 내 어머니를 죽인 나도, 살인자의 눈을 하고 있을까 봐."

솔직하게 흘러나온 그녀의 속내에, 성현은 말문이 막혔었다. 그 순간 머릿속이 하얗게 비어 무슨 말을 해줘야 좋을지 알 수 없었다.

"인느님이 그렇게 말했다면 그런 거겠지. 그럼 현재 상황에 대해 알려줄게."

성현은 한선의 음성에 상념에서 벗어났다.

"강성파 부두목인 구형리는 구형진을 무척이나 아꼈어. 최영주와도 상당히 친한 편이지. 구형리가 부두목 자리에까지 올라갈 수 있었던 게 최영주가 가져온 재인이 부친의 회사 덕분이었거든."

"구형리가 현재 강성건설 사장이었던가?"

성현의 질문에 한선이 눈을 크게 떴다.

"너, 의외로 그쪽 사정에 대해 잘 안다?"

삶의 의미 23

"응. 여기가 좋거든."

성현이 머리를 톡톡 두드렸다.

"머리가 좋은 거랑 무슨 관계인지는 모르겠다만. 아무튼 최영주의 재무 상황에 대해 조사를 하면서 재미있는 사실을 하나 발견했어."

"오, 그래? 난 재미있는 사실을 좋아하지. 뭔데?"

"최영주가 매달 유재인 이름으로 된 계좌로 100만 원씩을 입금해 주고 있어. 20년 전부터 꼬박꼬박, 단 한 달도 빼놓지 않고."

"흐응."

"그 계좌에 입금된 돈은 항상 인출되고 있지."

"하지만 재인이는 그런 돈에 대해 이야기한 적 없어."

"응. 재인이의 어머니가 돌아가셨을 때, 재인이는 이모인 정희라의 집에 맡겨졌다지?"

성현의 눈이 가늘어졌다.

"재미있게 됐군. 막 그림이 그려지기 시작했어."

가슴 앞에서 팔짱을 낀 성현이 아예 눈을 감았다. 성현이 콧노래를 흥얼거리며 뭔가를 생각하는 동안, 한선은 서둘러 치킨을 먹기 시작했다. 성현과 대화에 정신이 팔린 틈에, 그가 치킨의 반 이상을 먹어치웠던 것이다. 그래도 닭다리 하나를 남겨둔 배려에 감동하며 닭다리를 뜯는데, 성현이 번쩍 눈을 떴다.

"잘 들어둬, 형. 최영주는 똑똑하고 인내심이 강한 여자야. 하지만 자기 손으로 사람을 죽였지. 형도 알겠지만, 살인은 처음이 어렵지, 두 번째부터는 쉬워. 그것도 최영주 같이 생명보다 더 소중한 것이 있는 사람에게는 더욱더 쉽지."

"어. 최영주는 지금껏 자기가 직접 살인을 저지른 적 없다는 생각 때문에 참아왔겠지만, 앞으로는 어려운 일이 생길 때 상대를 죽일 생각을 더 쉽게 하게 될 거야."

"맞아. 하지만 인내심이 강하기 때문에 어느 정도는 참고 다른 방법을 찾을 거야. 이제부터 최영주는 재인이의 주변 사람들을 끌어들이기 시작할 거야. 그 첫 번째는 재인이의 이모나 사촌. 두 번째는 학교 사람들. 세 번째는."

성현의 검지가 한선을 가리켰다. 한선의 미간에 깊은 주름이 생겼다.

"날? 미치지 않고서야."

"형사는 박봉이잖아."

"야, 아무리 그래도 그렇지! 내가 돈 때문에 재인이를 배신할 리가 없잖아!"

"형만을 말하는 게 아냐. 재인이랑 관계된 형사. 그쪽으로 압박이 들어갈 수도 있어."

"……제길! 아니야, 내 동료들이 그럴 리 없어."

그렇게 중얼거리면서도, 한선은 그럴지도 모른다고 생각했다. 돈 때문에 자신의 신념을 버리는 경찰들을 많이 봐왔기 때문이었다.

"재인이와 관계된 사람이라면 누구든 최영주의 손 안에 들어갈 수 있고, 누구든 재인이를 배신할 수 있다고 봐야 돼."

"믿을 만한 사람은 없는 거냐?"

한선의 질문에 성현이 씩 웃으며 손가락을 들었다.

"왜 없겠어? 일단은 나. 그리고 형. 오오, 브이자가 됐네."

한선이 안도의 한숨을 내쉬었다.

"세 번째는 정혜란 박사님. 이걸로 닭발 완성."

"닭발은 됐고. 정 박사를 믿는다고?"

"응. 정 박사님은 좋은 사람이야, 형. 멋진 여자지."

"흐음."

"네 번째는 옆집 불량학생."

"불량학생?"

"응. 착한 녀석이야. 그리고 마지막으로 미국에 있는 내 친구들."

"뭘 하는 놈들인데?"

"한 명은 최고의 해커. 그리고 또 한 명은 최고의 집착녀."

자랑스럽게 말하는 성현을 보며, 한선은 깊은 한숨을 내쉬었다. 정말 이런 인선으로 괜찮은 걸까?

최고의 해커 은우는, 사실 미국에서 가장 큰 은행의 보안과에서 근무했다. 미국 이름 티모시, 한국 이름은 강은우.

그가 오랜만에 휴가를 받아 집에 있는데도 즐겁지 않은 이유는, 새벽부터 찾아온 라연 때문이었다.

"성현이 오빠, 내놔."

자고 있는 사람을 깨운 주제에, 라연은 미안한 기색도 없이 민성현을 요구했다.

"말했잖아. 나도 그 녀석이랑 연락 안 된다고."

"거짓말 마. 성현이 오빠가 오빠한테 말없이 사라질 리가 없잖아."

"대체 왜 다들 그런 식으로 생각하는 거지? 난 그 녀석 보호자가 아니야, 리젤. 난 그 녀석을 관리하기에는 너무 정상이라고."

"사라진 지 두 달이 훌쩍 넘었어."

아직 젖살이 빠지지 않은 것처럼 보이는 라연의 하얀 얼굴에 걱정이 묻어나왔다. 라연은 동그랗게 뜬 눈으로 은우를 바라보며 애원했다.

"오빠, 제발. 성현이 오빠가 걱정이 돼서 죽겠어."

'그래, 딴 여자 만날까 봐 걱정이 되기도 하겠지.'

라고 생각하며, 은우는 시선을 옆으로 돌렸다. 라연을 좋아하진 않지만, 그녀의 동그란 눈을 보면 마음이 약해진다. 어린 시절에 키웠던 강아지와 비슷하기 때문이다.

"성현이 오빠가 어디에 갔는지 아는 거지? 어디야? 어느 별장이야? 내가 모르는 별장이 또 있어?"

"네가 모르는 별장을 내가 어떻게 아냐?"

"성현이 오빠는 나한텐 말 안 하는 것도 오빠한텐 얘기하니까."

때마침 주머니 속의 휴대폰이 진동했다. 휴대폰을 꺼내자 라연이 액정에 뜬 번호를 확인하기 위해 목을 길게 뺐다. 은우는 라연이 못 보도록 번호를 확인하고 인상을 찌푸렸다.

"회사에서 온 전화다. 조용히 하고 있어."

휴대폰을 들고 마당으로 나왔다. 커다란 창문으로 보이는 거실 소파에 라연이 앉아 있는 모습이 보였다.

[헤이, 팀. 굿 이브닝.]

"이브닝은 개뿔. 지금 새벽이야. 그리고 리젤이 찾아왔어."

[오, 두 사람 나 몰래 연애라도 하는 거야? 이 새벽부터 밀회라니.]

"밀회의 의미를 한참 잘못 알고 있군. 또 뭔 일이야?"

[여왕님이 갈수록 예뻐지고 있어.]

이걸 확 죽일까? 한국에 가서 목을 졸라 버려야 하나?

은우는 진지하게 고민했다.

[난제야, 난제. 여왕님은 어떻게 그다지도 예쁜 걸까. 예쁨의 끝인 줄 알았는데, 어떻게 더 예뻐질 수 있을까?]

"……."

[여왕님은 끼니를 잘 거르지만 맥주는 매일 마셔. 그렇다면 예쁨의 비결은 맥주인 걸까?]

은우는 전에 친구들과 성현의 별명을 '구타유발자'라고 결론지었던 일에 대해 떠올렸다. 그 결론이 잘못되었다는 걸 이제야 깨달았다.

친구들에게 말해 주고 싶었다. 분노가 극에 달하면 상대를 때리고 싶어지는 것이 아니라, 자기 목을 조르고 싶어진다고.

왜 이런 거랑 친구가 된 걸까. 언제부터 어떻게 잘못된 걸까. 전생에 어느 나라를 멸망시켰기에, 이런 놈과 친구가 된 걸까?

[하여튼 몇 가지 사실이 밝혀졌어.]

재인의 아름다움에 대해 한참을 떠들던 성현이 간신히 본론으로 들어섰다. 성현은 그와 그의 '형아'가 알아낸 사실에 대해 설명했다. 열심히 들으며 한편으로는 생각했다.

그 불쌍한 '형아'는 누굴까?

[강성 그룹에 대해 파 줘.]

"어디까지?"

[그놈들이 입는 속옷 개수까지.]

"이렇게까지 해야 될 필요가 있냐? 넌 지금도 그 여자를 짓밟아 줄 수 있잖아."

[그거야 그렇지. 하지만 최영주는 여왕님의 삶이야. 지금 여왕님을 채우고 있는 건 최영주 뿐이지. 이런 상황에서 최영주를 뽑아내면, 여왕님은 빈껍데기가 될 거야. 대신 할 것들을 많이 넣어 줘야 돼.]

"지극정성이구만."

[응, 원래.]

성현은 잠시 말을 끊었다가 덧붙였다.

[사랑에 빠진 남자는 이런 거잖아.]

"네가 그런 말을 하는 날이 올 줄은 몰랐다."

[그러게. 나도 몰랐는데 정신을 차리고 보니 사랑에 빠져 있더라

고.]

성현의 음성이 감미로워졌다. 성현을 오래 알고 지냈지만, 이런 식의 목소리를 내는 것은 처음이었다. 수많은 여자들이 성현을 유혹해도, 그는 그녀들에게 시선 한 번 준 적이 없었다.

성현은 재인에게 자신의 감정에 대해 어디까지 말했을까. 사랑한다고? 아니, 아마 그 말은 하지 않았을 것이다. 성현의 여왕님은 아직 타인의 사랑을 받아들일 상황이 아니었다. 그렇다면 예쁘다는 말은 해 줬을까?

'해 줬겠지.'

재인은 알까? 성현에게 있어서 '예쁘다.'라는 말이 무슨 뜻인지. 전에 성현이 재인을 '예쁘더라.'고 말했을 때, 은우가 입을 다문 이유가 있었다.

성현의 주위에는 늘 여자가 많았다. 그 중에는 수많은 사람들에게 아름답다고 칭송받는 여배우도, 모델도 있었다. 하지만 성현은 그 어느 누구도 '예쁘다.'고 말하지 않았다.

"사람 얼굴이 다 거기서 거기지. 매일 눈을 뜨자마자 보는 게 내 얼굴인데, 다른 얼굴이 예뻐 보일 리가 있어?"

그랬던 성현이 한 여자를 '예쁘다.'고 말했다. 만난 적도 없는 재인에게 알려 주고 싶었다. 성현이 당신을 예쁘다고 한 것은, 당신이 성현에게 있어서 '유일한 한 사람'이라는 뜻이라고.

"아무튼 알겠다. 일주일만……."

거기까지 말하고 은우는 입을 다물었다. 뒤에서 인기척이 느껴졌기 때문이다.

'설마…….'

이를 악물고 뒤를 돌아봤다. 어느새 밖으로 나온 라연이 눈을 가늘게 뜨고 은우를 노려보며 말했다.

"역시 성현이 오빠가 있는 곳을 아는 거지?"

* * *

최영주의 거취를 알게 된 후 구독했던 신문을 모두 끊었다. 하지만 습관이라는 게 참 무서워서 아침에 양치질을 하며 무의식적으로 현관문을 열었다.

"난 이제 신문 안 읽어."

재인은 오늘도 여전히 문 앞에 대기하고 있는 성현에게 말했다. 성현을 알게 된 지 두 달이 다 되어 가는데, 그의 흐트러진 모습을 본 건 딱 한 번뿐인 것 같다. 지난번 천둥쳤을 때 봤던 그의 잠옷차림이 떠올랐다.

"이 시간이면 여왕님이 문을 연다는 걸 알고 있는데, 아침부터 여왕님 얼굴을 볼 기회를 놓칠 수는 없지. 오늘 수업 없지?"

"응. 그런데 조 모임 있어."

"오후에?"

"응."

"그럼 아침 같이 먹을까?"

"들어와."

성현은 재인의 집에 수시로 드나들면서도, '들어와.'라는 말을 들으면 기쁘다는 표정을 지었다. 재인은 그런 그의 표정을 볼 때마다 어쩐지 가슴이 간질간질해졌다. 서둘러 양치질을 끝내고 샤워를 했다. 젖은 머리에 수건을 두르고 나가자, 소파에 다리를 꼬고 앉아 책을 읽는 성현이 보였다.

다리가 긴 사람은 무엇을 해도 멋지다, 는 생각을 처음으로 해 봤다. 그저 소파에 앉아 있을 뿐인데도, 그는 마치 화보를 찍는 모델처럼 우아하고 섹시했다. 성현이 한 손으로 머리를 쓸어 넘기다가 재인과 눈이 마주치자 빙긋 웃었다.

두근─

무표정했던 그의 얼굴에 떠오르는 미소가 재인의 심장을 건드렸다. 성현을 마주할 때 이따금 느껴지는 이 미묘한 울림은, 그의 몸에서 나는 달콤한 향기처럼 달달하고 부드러웠다.

"머리 말려 줄까?"

성현이 수건을 달라는 듯 손을 내밀며 말했다.

"아니, 그냥 내가 할게."

"그거 참, 아쉬운걸."

"뭐가 아쉽다는 건지 모르겠네. 준비하고 나올게."

"응. 기다릴게."

재인은 방에 들어가 옷을 꺼내고 머리를 말렸다. 이제는 많이 추워져서 대충 말린 머리로 밖에 나가기에는 무리가 있었다. 준비를 끝내고 거실로 나갔을 때, 성현은 허벅지 위에 펼친 책을 올려놓고 머리를 뒤로 기댄 채 잠들어 있었다. 자는 척하는 건가 싶어서 가까이 다가가 귀를 기울였다.

새근, 새근. 고른 숨소리가 들려왔다.

'깨워야 하나?'

하지만 깨우기가 망설여졌다. 그는 너무 늦게 자고 너무 일찍 일어났다. 잠을 잘 시간이 필요할 것이다.

가지런한 눈썹 아래로 기름한 눈매가 보였다. 긴 속눈썹이 눈가에 그늘을 드리웠다. 한 번 만져보고 싶을 만큼 숱이 많았다. 그의 입가에는 자는 순간에도 미소가 묻어 있었다.

좋은 꿈이라도 꾸는 걸까? 아니면 항상 웃어서 웃는 상을 갖게 된 걸까? 재인은 그의 머리맡에 조심스레 앉았다. 소파가 잠시 출렁거렸지만 성현은 깨지 않았다. 정말로 피곤했던 모양이다.

'그럴 만도 하지.'

흐트러진 그의 머리카락은 무척 부드러워보였다. 그러고 보니 그의 머리카락을 만져본 적이 없다. 그는 수시로 재인의 머리카락을 만지는데. 망설이다가 그의 머리를 향해 손을 뻗었다. 그의 머리맡에서 머뭇거리던 자그마한 손이 새까만 머리카락 위에 살포시 내려앉았다. 손가락에 감기는 그의 머리칼은 예상대로 부드러웠다.

천천히 그의 머리를 쓰다듬었다. 손바닥에 닿는 매끄러운 감촉은 중독성이 있었다. 한 번 쓰다듬기 시작하자 손을 뗄 수가 없었다.

'이래서 개를 키우나?'

그가 재인의 머리를 쓰다듬을 때마다 달콤한 위안을 얻곤 했다. 하지만 쓰다듬는 쪽도 기분이 좋을 줄은 몰랐다. 얼마나 그러고 있었을까.

"조만간."

불쑥 들려오는 그의 음성에 재인은 손을 멈췄다. 그는 눈을 감은 채 붉은 입술을 움직였다.

"누군가가 여왕님을 찾아올 거야."

막 자다 깨어나서 그런지, 그의 목소리는 평소보다 한 톤 낮고, 조금 쉬어 있었다. 나른한 듯한 그의 음성이 듣기 좋았다.

"아마도 여왕님의 친인척 중 한 명일 거야."

"내 친척?"

"계속해 줘."

"응?"

"머리, 계속 만져 줘."

그가 솔직하게 요구해 왔다. 재인은 망설이다가 작게 한숨을 내쉬곤 다시 그의 머리를 쓰다듬었다. 그는 재인의 손길이 만족스러운 듯 눈을 감은 채로 말했다.

"그게 누구든, 만나. 만나서 얘기를 듣고 관찰해. 그러고 나서 나한테 하나도 빠짐없이 말해 줘."

"알겠어."

"응?"

"알겠다고."

"이번엔 이유를 안 묻네?"

"물어봐도 안 가르쳐 줄 거잖아. 그리고 당신이 나한테 시키는 일 중에 의미 없는 일은 없잖아."

"이거 참."

그가 두 손으로 자기 얼굴을 가렸다. 기분 탓일까? 손 밖으로 살짝 보이는 그의 볼과 귓불이 붉게 물들어 있었다.

"여왕님께 인정을 받다니. 이 감개무량한 마음을 표현하기에 마땅한 댄스가 떠오르질 않아."

"아니, 댄스는 됐어."

그는 상기된 얼굴이 가라앉기를 기다리려는 듯 한참 동안 얼굴을 가리고 있었다. 그의 순수한 행동에 오히려 재인이 당황했다. 늘 자기 입으로 잘난 체를 해 왔던 성현이다. 자기 잘난 맛에 사는 남자인 줄 알았는데, 고작 이 정도의 말에 얼굴을 붉히다니.

정말이지, 어떤 류의 인간인지 가늠할 수가 없다.

"요새 뭐 재미있는 일 좀 없어?"

이윽고 손을 내린 성현이 누운 자세로 재인을 올려다보며 물었다.

"재미있는 일은 없어. 하지만."

거기까지 말하고 입을 다물었다. 마음에 걸리는 일이 하나 있었다. 강의실 구석에 오도카니 앉아, 주위의 공기를 잿빛으로 물들이고 있던 박다희. 폭풍이 치는 날 벼랑 끝에 서 있는 듯한 그녀의 분위기가 마음에 걸렸다.

"내가 타인의 일에 신경 쓸 여유가 생긴 건, 내 옆에 당신이 있기 때문일까?"

재인의 말에 성현이 눈을 크게 뜨더니 상체를 일으켰다.

"어?"

그의 어리둥절한 표정이 웃겨서 작게 미소를 지으며, 재인은 말했다.

"아마도 내 마음을 꽉 채우고 있던 짐의 일부를 당신에게 덜어 줬나 봐. 내가 다 가지고 있으려고 했는데. 어느 누구에게도 떠넘기지 않으려고 했는데."

"……."

"괜찮은 거야? 내가 내 짐을 당신에게 떠넘기고 다른 생각이나 하고 있으면, 당신이 너무 부담스럽지 않겠어?"

"이거 참."

이번에는 똑똑히 보였다. 그의 얼굴 전체가 붉어지는 과정이. 그의 큰 손이 저래도 괜찮을까 싶을 만큼 새빨개진 얼굴을 가렸다.

"오늘 여러 번 감개무량하여 버릇될까 봐 걱정이네."

"그렇게까지 오버할 일은 아닌 것 같은데."

"오버라니."

그가 손을 내리고 씩 웃었다.

"여왕님이 날 믿어 준다고 말하고 있는데, 이 정도는 오버도 아니지. 조금만 기다리면 이 감개무량함을 표현할…….”

"댄스는 정말로 됐어. 안 해 주면 고맙겠어.”

그의 눈이 가늘어졌다. 언제부터인가, 반달 모양으로 휘어지는 그의 눈매를 보는 것이 즐거워졌다.

"아무것도 문제될 건 없어, 여왕님. 난 힘이 세거든. 여왕님이 던져 주는 짐 한, 두 덩어리 정도는 얼마든 지고 갈 수 있어. 그러니까 더 많이 타인에게 신경 쓰고, 마음 쓰고, 그렇게 조금씩조금씩 걸어서.”

그는 거기서 말을 끝냈다. 하지만 재인은 그가 미처 하지 못한 말이 무엇인지 알 수 있었다.

"그 차가운 성 밖으로 나와.”

그의 어조는 늘 망설임이 없었다. 항상 확신에 차 있어서, 그의 말이 진리인 듯 빨려 들어가곤 했다. 그래서 지금도 그의 말을 듣는 순간, '괜찮을까.'라는 의문이 깨끗이 사라졌다.

"같이 수업을 듣는 여학생이 있어.”

정면으로 시선을 돌리며 말했다.

"평범한 애라서 눈에 띄지 않았었는데, 어제 갑자기 확 눈에 들어왔어. 그 애는 뭔가, 끝나버린 세상 속에 혼자 서 있는 것 같은 표정을 짓고 있었어.”

"그래."

"무언가 부당한 일을 당한 것 같아. 대충 짐작이 가는 일도 있어. 하지만 확신은 아냐. 좀 더 가까이에서 보고, 한 마디라도 나눠 보면 알 것 같아. 그런데 걱정이 돼."

"그 애에게 상처를 주게 될까 봐?"

"응. 알다시피 나는 타인과의 관계가 원활하지 못해. 당신처럼 상황에 어울리는 말을 할 수 없어서, 어쩌면 그 애의 상처를 헤집게 될 수도 있어. 차라리 묻어 두면 좋을 일인데 괜히 건드려서 상처만 더 깊어질지도 몰라. 나는 어려워, 그런 것들이."

재인은 고개를 돌려 성현을 똑바로 응시했다. 그는 신중한 표정으로 재인의 이야기를 경청하고 있었다. 재인이 무슨 말을 하든 집중하는 그의 표정이 좋았다. 재인이 내뱉는 한 마디, 한 마디가 그야말로 주옥같은 명강이라도 된다는 듯, 그는 늘 몰입했다.

"당신은 어떻게 그렇게 상대방이 원하는 말들을 해 주는 거야?"

그래서 그에게는 솔직하게 질문을 던질 수 있었다.

"끝나버린 세상 속에 혼자 서 있는 사람은 어떤 생각을 할까? 그 사람이 가장 원하는 것은 무엇일까? 그런 생각을 하지."

그가 느릿하게 일어나 재인의 앞에 섰다. 자다 깬 사람답지 않게 정갈한 모습으로, 그는 계속해서 말했다.

"그 경우 보통의 사람은 다른 사람을 필요로 해. 누군가를 마주치기를, 누군가 내 상황을 알아주기를, 누군가에게 이 상황을 말할 수 있기를."

"……."

"여왕님이 말한 그 여학생이 세상 속에 혼자 서 있는 것 같다면, 가서 그녀를 마주봐. 그리고 그녀가 가장 필요로 하는 말을 해 줘."

"그 필요로 하는 말을 어떻게 알 수 있어?"

그가 싱긋 웃었다.

"지금의 여왕님이라면 알 수 있을 거야."

* * *

어딜 가든 여자들이 많았다. 그래서 자연스럽게 여자들의 생리에 대해 알게 되었다. 여자들의 표정이나 몸짓만 보고도, 그 여자가 자신에게 관심이 있는지 없는지 알 수 있었다. 그리고 대부분의 여자들이 진혁에게 관심을 보였다. 눈에 훤히 보이는 그녀들의 수작을 지켜보는 것이, 진혁은 즐거웠다. 적어도 유재인이라는 여자를 알게 되기 전까지는 그랬다.

재인은 진혁에게 있어서 신선한 존재로 다가왔다. 아무 감정도 드러나지 않는 유리알 같은 눈동자, 굳게 다문 입술, 대충 입은 옷차림. 처음에는 그저 '예쁘게 생긴 여자네.'라고만 생각했다. 하지만 어느 순간 자신의 시선이 그녀를 쫓고 있음을 깨달았다. 세상 무엇에도 관심 없다는 듯한 그녀의 무심한 눈동자가, 자신을 봐주었으면 좋겠다고 소망했다.

여자를 다루는 데는 도가 튼 진혁이지만, 재인에게는 섣불리 접근할 수가 없었다. 다른 여자들을 대하듯 대했다가는 재인에게 두 번 다시 말도 못 붙이게 될 것만 같았다. 상처 입은 작은 동물에게 접근하듯 조금씩 조금씩 가까워지고 있다고 생각했는데.

'그런 거물들이 나타날 줄이야.'

민성현. 류한선. 같은 남자인 진혁이 봐도 멋진 두 남자가 어느 틈에 재인의 양쪽을 차지했다. 재인을 지키는 기사처럼, 혹은 거대한 성전으로 들어가는 입구를 지키는 석상처럼.

'내가 내세울 건……'

진혁은 유리창에 비치는 자신의 얼굴을 보며 쓴웃음을 지었다.

'이것뿐이었는데.'

이제는 잘난 얼굴마저 쓸모없게 되었다. 한선도 한선이지만, 성현은 정말이지 깜짝 놀랄 만큼 잘생겼다. 그런 남자가 곁에 있으면 저절로 남자 보는 눈이 높아질 것이다.

'이제 어쩌나.'

작게 한숨을 내쉬는데 맞은편 소파에 누군가가 앉았다. 고개를 들지 않고도 그녀가 재인이라는 것을 알 수 있었다. 그녀에게서 흘러나오는 달콤한 향기 때문이었다. 언제부터인가, 재인에게서 달콤한 향기가 풍기기 시작했다. 향수라도 뿌리는 걸까?

고개를 들자 예상대로 재인이 앉아 있었다. 연갈색 머리카락 아래에 자리 잡은 작고 예쁜 얼굴, 사람의 속을 꿰뚫어볼 듯 맑은 갈색 눈동자.

"시간 내줘서 고마워."

재인이 말했다. 진혁은 살짝 고개를 까딱여 답을 대신했다.

"뭐 하나 시키셔야죠."

"응, 커피 시켜놨어."

"아아. 제가 사드리려고 했는데."

진혁의 말에 재인이 고개를 저었다.

"아니, 저번에 밥도 사 줬잖아. 오늘 이렇게 시간도 내줬고. 나중에 꼭 답례할게."

"괜……."

'괜찮아요.'라고 답하려다가 멈췄다. 답례라. 그걸 핑계로 데이트 신청이나 해볼까?

"알겠어요, 누나. 나중에 꼭 답례해 주세요."

장난스럽게 말했지만 재인은 웃음기 없이 고개를 끄덕였다.

진혁은 궁금했다. 어떻게 해야 재인을 웃게 만들 수 있을까? 민성현 그 남자는 재인을 웃을 수 있게 해 줄까? 류한선 그 남자는 재인이 미소라도 짓게 해 줄 수 있을까?

"다희한테는 얘기해 뒀어요."

커피를 가지고 돌아온 재인에게 말했다.

"오늘 저녁 때 만나자고 해 뒀는데, 누나는 시간 괜찮으세요?"

"응, 괜찮아. 내가 만나자고 하는 거라고 말해 뒀어?"

"네. 좀 어렵게 생각하는 것 같긴 하던데, 일단 그쪽 조 모임 끝나는 대로 연락 주겠대요."

"고마워, 진혁아."

우유가 섞인 듯 부드러운 재인의 음성에 두근, 심장이 움직였다. 진혁은 마른침을 삼키며 재인을 응시했다. 역시 재인은 무언가 변했다. 여전히 무표정하지만 전처럼 감정이 없지는 않았다.

유리알 같은 맑은 눈동자를 자세히 들여다보면 잔잔하게 흘러나는 감정의 물결이 보였다. 그 감정의 종류가 무엇인지는 알 수 없지만, 나쁜 종류는 아니라는 것을 알 수 있었다. 불현듯 불안해졌다.

이대로 좋은 누나, 동생 사이를 유지하고 있다가는 평생 이 상태로 지내게 될 것이다. 진혁은 재인에게 '그냥 좋은 동생'으로 남고 싶은 생각이 없었다. 그녀를 처음 본 순간부터 지금까지 쭉 다른 마음을 품고 있었다.

'어떡하지?'

늘 여자 쪽에서 접근을 해 왔지, 진혁이 먼저 누군가를 마음에 들어 한 것은 처음이었다. 게다가 그 상대가 다른 여자들과는 너무도 달라서 더 어려웠다. 어느 정도의 속도를 내야 하는지, 어떤 말을 해야 하는지, 진혁은 도통 알 수 없었다.

"다희랑 만나고 나면."

진혁은 술렁거리는 마음을 간신히 진정시켰다. 불안하다고 갑자기 달려들어 재인을 도망치게 만들 만큼 바보는 아니었다.

"적당히 눈치 봐서 빠질게요."

진혁의 말에 재인이 가볍게 고개를 끄덕였다.

"응, 고마워."

"그렇게 고마우면."

진혁은 재인이 앉아 있는 쪽으로 손을 뻗었다. 테이블 너머로 향한 커다란 손은 재인의 손에 닿기 전 멈췄다.

"이번 주 아르바이트 끝나고 시간 좀 내주세요."

"시간? 얼마나?"

이런 식으로 되물어올 줄은 몰랐다. 당혹감을 감추며 진혁은 씩 웃었다.

"밤 12시까지. 신데렐라처럼요."

다희는 누구도 만나고 싶은 기분이 아니었다. 평소 관심 있던 진혁의 전화를 받았을 때도 전혀 기쁘지 않을 만큼, 최근의 마음 상태가 엉망이었다.

"재인이 누나 알지? 그 누나가 잠깐 만나고 싶다는데."

유재인을 모를 수는 없었다. 항상 장학금을 받는데다가 얼굴까지 예쁜 여자. 그런데도 늘 무심한 표정으로 어느 누구와도 어울리지 않는 특이한 여자.

이 세상에서 사라지고 싶을 만큼 힘든 상황이지만, 그녀가 만나자고 한 이유가 궁금했다. 1년 동안 같은 수업을 들으면서도 얘기 한 번 해본 적 없는데, 갑자기 왜 보자고 한 걸까?

약속장소는 한강 근처의 커피숍이었다. 택시에서 내려 커피숍 안으로 들어가자마자 재인과 진혁이 눈에 들어왔다. 그들은 커피숍 구석에 마주 보고 앉아 있었다. 재인이 먼저 다희를 발견했다. 그녀의 연갈색 눈동자는 멀리서 봐도 티 없이 투명했다. 어쩌면 저렇게 예쁜 눈동자를 가졌을까?

"박다희."

재인의 목소리는 조금 낮지만 부드러웠다. 그제야 진혁이 뒤를 돌아봤다. 아이돌처럼 생긴 진혁은 해사한 미소를 지으며 자리에서 일어났다.

"다희 왔으니까 전 그만 가 볼게요. 다희야, 얘기 잘해."

무슨 얘기를 하라는 건지 모르겠다. 부탁할 거라도 있는 걸까? 하지만 저 예쁘고 머리도 좋은 사람이 나 같은 여자에게 부탁할 게 뭐가 있는 걸까?

진혁은 다희가 무엇을 물어볼 새도 없이 자리를 떠났다. 진혁이 앉아 있던 자리에 다희가 앉았다. 그러는 동안 재인은 다희의 얼굴에서 눈을 떼지 않았다. 그녀의 맑은 눈동자가 집요하게 따라다니는 것이 불편했다.

재인의 눈동자는 무서울 정도로 깨끗해서 자칫 잘못하면 속을 읽힐 것만 같았다. 이 속에 품은 비밀, 그 더러운 비밀이 재인의 맑은 눈동자를 물들일 것만 같아 두려웠다.

"무슨 일로…… 보자고 하셨어요?"

다희는 자신의 목소리가 쉬어 있다는 것을 느꼈지만 개의치 않았다. 목소리 따위 아무래도 좋았다.

"차 마실래요?"

"아뇨. 저…… 말씀 편하게 하세요."

"다희도 말 편하게 해. 우리 한 살밖에 차이 안 나잖아. 맞지?"

재인이 다희의 눈을 빤히 응시하며 물었다.

'왜 이렇게 뚫어져라 보는 거지? 얼굴에 뭐 묻었나?'

그녀의 시선 때문에 잠시 처한 상황을 잊었다. 한 손으로 볼을 스륵 만지다가, 생각하고 싶지 않은 일이 떠올라 버렸다. 저도 모르게 작은 신음을 흘리며 이를 악물었다. 뒤늦게 재인과 함께 있다는 것을 깨닫고 고개를 푹 숙였다.

'방금 이 행동, 굉장히 이상해 보였을 거야.'

심장이 쿵쿵 불안하게 뛰었다. 아직은 아무도 모르는 일이다. 신음 한 번 흘렸다고 재인이 알아낼 수 있는 것도 아니다. 그런데 왜 재인이 알아낼지도 모른다는 생각이 드는 걸까? 왜 저 유리알 같은 눈동자에 마음을 읽히는 기분이 드는 걸까?

"저기. 다희야."

이윽고 재인이 입을 열었다. 그녀의 목소리가 총소리라도 되는 것처럼, 다희는 움찔 몸을 떨었다.

"우리 산책할래?"

"네?"

"이 앞이 한강 고수부지인데 좀 걷고 싶어서."

"……네에."

한강은 생을 마감하기 위한 방법을 떠올릴 때, 선택지 안에 들어 있던 곳이었다. 재인이 그 사실을 알 리 없다. 그런데 왜 알고 있는

삶의 의미 *45*

것처럼 보이는 거지?

늘 학교에서만 보다가 사적으로 만난 재인은 무언가 신비로웠다. 콕 집어 말할 수 없는 기묘한 분위기가 흘렀는데, 그것이 그녀 특유의 침착함 때문인지, 눈에 띄게 예쁜 얼굴 때문인지 알 수 없었다. 어쩌면 둘 다일지도.

재인과 함께 한강 고수부지를 걸었다. 12월의 강바람은 무척이나 매서웠다. 살을 에는 듯한 바람도 느껴지지 않을 만큼, 다희의 마음은 어두웠다.

지난 달, 끔찍한 일을 경험했다. 한 번이면 족한 그 경험이 계속 이어지게 될 줄은 몰랐다. 앞으로 평생 따라다니게 될 것 같아서, 다희는 차라리 죽고 싶었다.

'죽어야 돼. 죽어야 끝나. 죽는 거 별거 아냐.'

정말로 죽는 것은 별거 아니었다. 다희가 겪고 있는 그 일들이 더 끔찍하니까. 더 고통스러우니까. 그러니까 죽는 것에 대한 공포는 없었다. 다만 가족이 마음에 걸렸다.

엄마와 아빠, 그리고 여동생. 다희의 죽음으로 충격 받을 가족들이 걱정되어서, 섣부른 선택을 할 수 없었다. 자신만의 생각에 빠져 있느라 재인이 다희의 얼굴을 뚫어져라 보고 있다는 것을 못 느꼈다.

"예전에 말이야."

재인의 목소리가 들려온 후에야 상념에서 벗어났다. 재인은 정면을 응시한 채 천천히 걷고 있었다.

"여기 뛰어내리려던 적이 있었어. 그래, 죽자. 죽는 거 별거 아냐. 이렇게 사느니 죽는 게 낫지."

믿을 수 없는 말이었다. 예쁘고 머리도 좋은 사람이 뭐가 부족해서?

"그런데 생각 하나가 내 발목을 붙들었어."

문득 재인이 걸음을 빨리 해 다희의 앞을 막아섰다. 다희를 마주 본 그녀는 다희의 눈을 똑바로 응시하며 말했다.

"내가 왜? 그놈들은 멀쩡히 살아 있는데."

쿵—

심장이 내려앉았다.

'뭐지? 이 언니, 대체 뭐지?'

재인은 다희가 처한 상황을 알고 있다는 듯한 눈빛을 하고 있었다.

'다 알아, 네 고민이 뭔지, 네 비밀이 뭔지, 나는 알고 있어.'

재인의 연갈색 눈동자가 그렇게 말하고 있었다. 불현듯 그녀가 무서워졌다. 다희는 돌아서서 도망치고 싶었다. 뭐든 꿰뚫어 보는 듯한 재인과 함께 있고 싶지 않았다.

하지만 주박에 걸린 듯 몸이 꼼짝도 하지 않았다.

손이 따뜻해졌다. 고개를 숙이자 다희의 손을 꼭 움켜잡은 재인의 두 손이 보였다. 고개를 들었더니, 이번에는 재인의 호박색 눈동자가 보였다. 아까와는 달리 다정한 온기가, 그 안에 담겨 있었다.

"그놈들이 한 짓을 말해 봐. 내가……."

재인의 입가에 연한 미소가 번졌다.
"어떻게든 해 줄게."

스쳐 지나가는 진혁을 노려보는 시선에서 한 번.
한강을 응시하는 시선에서 한 번.
'죽는 게 낫지.'라는 말을 했을 때의 반응에서 한 번.
'그놈들.'이라는 단어가 나왔을 때 한 번.
다희에게 생긴 문제가 무엇인지, 그녀의 반응이 알려 주었다. 타인은 눈치채지 못할 작은 반응들, 혹은 타인도 눈치 챌 수 있는 격한 반응들. 그 반응들을 골라낸 후 상황을 재구성하는 것이 재인의 능력이었다.
"그놈들이 한 짓을 말해 봐. 내가 어떻게든 해 줄게."
성현은 지금의 재인이라면 상대가 필요로 하는 말을 알 수 있을 거라고 했다. 하지만 재인은 저도 모르게 내뱉은 이 말이, 과연 적절한 말인지 알 수 없었다.
'어떻게 알았어요?', '당신이 뭘 안다고 그래요?' 따위의 말이 나올 거라고 예상했다. 하지만 다희는 말없이 재인을 응시했다. 슬픔과 고통에 가득 찬 그녀의 눈동자가 재인에게 무언가를 호소하고 있는데, 재인은 그것이 무엇인지 알 수 없었다.
답답했다. 성현이었다면 알았을 텐데. 지금 다희에게 필요한 것이 무엇인지, 해 줘야 하는 것이 무엇인지, 성현이라면 단번에 알아챘을 텐데.

'어떡하지?'

재인은 후회했다.

'내가 할 수 있는 건 진실을 알아내는 것뿐이야. 이 애의 상처를 치료해 줄 수는 없어.'

본인의 상처조차 어쩌질 못하는데 타인의 상처를 치료할 수 있을 리 만무했다. 순간 아무런 대책 없이 다희를 만나러 온 자신의 자만심에 화가 났다.

"어떻게……."

그때, 다희가 입을 열었다.

"어떻게 해 줄 수 있어요?"

아주 잠깐 다희의 눈동자가 일렁거렸다. 그 작은 파문이 재인의 눈에는 보였다. 파문을 일으킨 것은 '희망'이었다. 다희는 '희망'을 품고 재인에게 묻고 있었다. 재인이 어떻게든 해 주겠다는 말을 조금은 믿고 있는 것이다.

"어떻게 해 줬으면 좋겠어?"

기회를 놓치지 않고 되물으며, 재인은 성현을 떠올렸다. 그도 늘 재인에게 묻곤 했다.

"여왕님이 원하는 건 뭐야? 어떻게 해 줬으면 좋겠어?"

그도 이런 기분이었을까? 그를 앞에 둔 나도 다희와 같은 눈빛을 하고 있었을까? 아주 작은 희망을 발견한 눈빛, 아주 조금은 성현을 신뢰하는 눈빛. 그래서 그는 내가 품은 그 작은 희망이 사라질까 두려워 서둘러 되물은 것일까?

늘 여유로워 보이는 그가 사실은 초조했을지도 모른다고 생각하자, 어째서인지 가슴이 뭉클해졌다. 그가 옆에 있는 것도 아닌데 마치 함께인 듯, 재인을 생각하는 그의 마음이 전해졌다. 조금 울고 싶은 기분이 들었는데, 재인은 그 이유를 알 수 없었다.

그녀는 서둘러 감정을 갈무리했다. 딴생각을 할 때가 아니었다. 다희에게 집중해야만 했다. 다희는 고개를 살짝 숙이고 고민을 하는 중이었다. 흐트러진 그녀의 머리카락을 보니 조금 안쓰러웠다. 차림새를 신경 쓸 정신도 없었는지, 옷도, 머리도 엉망이었다.

저도 모르게 손을 뻗어 그녀의 흐트러진 머리카락을 살며시 쓸어 넘겼다. 놀란 듯 눈을 크게 뜨고 고개를 든 다희가 갑자기 울음을 터뜨렸다.

"으아아아······."

절규와도 같은 울음소리가 어스레한 한강고수부지에 울렸.

근처를 지나가던 사람들이 깜짝 놀란 이쪽을 쳐다봤다. 하지만 재인은 신경 쓰지 않고 조심스럽게 다희를 끌어안았다. 다희는 움찔했지만 몸을 빼내지 않았고, 오히려 더 서럽게 울기 시작했다.

"운다는 행위에 대해 어떻게 생각하세요?"

재인이 묻자 한선은 담배로 테이블을 톡톡 두드리며 말했다.

"남자는 태어나서 세 번만 울어야 한다는 말이 있지. 그래서 난

운다는 행위에 대해 알지 못해. 남자 중의 남자니까."

재인은 한선을 말끄러미 응시하다가 어깨가 들썩이도록 한숨을 내쉬었다.

"인느님, 나에 대한 한심함을 전신으로 표현하는 듯한 그 한숨은 뭐야?"

"보신 그대로 한심함을 전신으로 표현한 겁니다."

"쳇. 그런데 갑자기 우는 건 왜? 민성현이냐? 설마 민성현이 네 앞에서 징징 짜기라도 한 거야?"

"그런 일이 있었다면 제가 여기서 형사님이랑 만나고 있겠어요?"

"그래, 그 녀석을 달래 주고 있었겠지."

"아뇨. 어디든 그 인간 없는 곳으로 이민 갈 준비를 하고 있었을 거예요."

재인의 말에 한선이 환하게 웃었다. 언제 봐도 유쾌한 미소였다.

"그럼 우는 건 왜 물어본 거야?"

"전 운다는 게 오래 알고 지낸, 신뢰할 수 있는 사람 앞에서만 할 수 있는 행위라고 생각했어요. 그러지 않은 사람은 분명 귀찮아할 거라고 여겼었죠."

"흐음."

"아까 한 여자애가 내 품에서 울었어요. 이제 막 이름을 알게 된 애예요. 친하지도 않고, 그 애에 대해서 아는 것도 별로 없죠. 그런데…… 귀찮지 않더라고요."

"그래."

"만약 두 달 전에 그런 일이 벌어졌다면 전 분명 귀찮아했을 거예요. 제가 요새 좀 변한 거겠죠?"

"글쎄. 인느님이 변한 건 사실이지만, 두 달 전의 인느님도 우는 여자를 귀찮아하진 않았을 것 같은데."

한선이 씩 웃으며 말했다. 재인은 한선을 물끄러미 응시하다가 물었다.

"만약 제가 류 형사님 앞에서 왈칵 울음을 터뜨리면, 형사님은 귀찮아할까요?"

한선이 눈을 부릅떴다.

"인느님이 내 품에서 우는데 귀찮아할 리가 없잖아! 그야말로 내가 원하는 바다! 자, 이리 와! 여기서 울어!"

한선이 자기 가슴을 팡팡 두드리며 외쳤다.

이 남자는 왜 이렇게 목소리가 클까? 성현과는 다른 의미로 눈에 띄는 남자였다.

"그건 나중으로 미루고요. 형사님한테만 은밀하게 부탁드리고 싶은 게 있어요."

한선과 헤어져 집으로 돌아왔다. 동래 아파트 입구로 들어서서 걸어가다가 문득 걸음을 멈췄다. 놀이터에 누군가 앉아 있었다.

그네에 앉아 있는 뒷모습만 보고도 성현이라는 것을 알 수 있었다. 어쩔까 하다가 그쪽으로 걸어간 이유는, 성현이 재인을 기다리는 중이라는 것을 알았기 때문이다. 그가 하는 기이한 행동의 이유는 늘 알 수 없지만, 이번엔 왠지 그럴 것 같았다.

　가까이에 다가가서 보니 그네 줄을 잡은 그의 손이 빨갛게 얼어 있었다. 얼마나 이곳에 앉아 있었던 걸까? 설마 아까 헤어진 후부터 이러고 있었던 건 아니겠지?

　"다녀왔어?"

　그가 고개를 들고 말갛게 웃었다. 코끝이 빨갛게 언 채로 미소 짓는 그를 보자, 또다시 가슴이 뭉클해졌다. 그리고 아까처럼 이유를 알 수 없는 증상이 찾아왔다. 울고 싶어졌다.

　재인은 꿀꺽, 울음을 삼키고 그를 향해 미소를 지었다.

　"응, 다녀왔어."

　그의 미소가 조금 더 밝아졌다.

　"그래, 잘했어."

　왜 이리도 가슴이 아릿한 걸까?

　그 이유는 알 수 있었다.

　'다녀왔어?', '응, 다녀왔어.' 그 아무것도 아닌 일상적인 대화가, 재인에게는 꿈조차 꿀 수 없었던 것이었다. 소망조차 품을 수 없을 정도로 허황된 일인데, 그런 대화를 지금 이렇게 아무렇지도 않게 나누고 있으니까.

　"당신은 언제나."

　재인은 두 손을 뻗어 그의 볼을 감쌌다. 재인의 예상대로 그의 양 볼은 꽝꽝 얼어 있었다.

　"빈 곳을 채워 줘."

"……."

"비어 있다는 자각조차 없었는데, 당신이 따뜻한 걸 채워 줄 때마다 내가 얼마나 텅 빈 채 살아왔는지 깨닫게 돼."

"……."

"그래서 나는 지금, 당신을 만난 후 그 어느 때보다도 무서워졌어."

"……."

"이 따뜻한 게 어느 날 갑자기 훅 빠져나가버리면, 난 어떻게 해야 할까?"

"……."

"당신은 뭐든 다 알잖아. 그러니까 그 답도 알려 줘. 그러면 무서워하지 않고, 밀어내지 않고, 당신이 채워 주는 거 받아들일 수 있을 거야."

그의 입가에 서글픈 미소가 떠올랐다. 그는 재인의 손등 위에 자신의 손을 겹쳤다. 그의 볼만큼이나 손도 차가웠다.

욱씬, 그가 이곳에 앉아 있었던 긴 시간의 증명에 또 가슴이 아렸다. 그는 재인의 손을 쥐고 천천히 머리를 움직였다. 그의 입술이 재인의 왼쪽 손바닥에 한 번, 오른쪽 손바닥에 한 번 닿았다가 떨어졌다.

"그 답은 알려 주지 않을 거야."

이윽고 재인과 눈을 맞춘 그가 말했다.

"나는 여왕님의 명령이 없으면 여왕님 곁을 떠나지 않을 거니까."

그의 검은 눈동자는 조금도 흔들리지 않았다.

"여왕님의 명령 없이는 민성현의 부재도 없어. 그러니까 그 안을 채운 따뜻한 것이 훅 빠져나가는 일도, 혹은 영원히 채워져 있는 것도."

성현이 천천히 일어났다. 그는 재인을 내려다보며 달콤한 미소를 지었다.

"여왕님 뜻대로 이루어질 거야."

정신을 차려보니, 재인은 침대에 누워 있었다. 성현과 헤어져 집으로 돌아온 과정이 기억나지 않았다. 기억나는 것이라고는, 손바닥에 닿았던 성현의 차가운 입술과 그 입술이 만들어 낸 마법 같은 언어 뿐.

그건 무슨 뜻이었을까?

"나는 여왕님의 명령이 없으면 여왕님 곁을 떠나지 않을 거니까. 여왕님의 명령 없이는 민성현의 부재도 없어. 그러니까 그 안을 채운 따뜻한 것이 훅 빠져나가는 일도, 혹은 영원히 채워져 있는 것도 여왕님 뜻대로 이루어질 거야."

의미 그대로 해석하면 재인이 떠나라 말하지 않는 이상, 영원히 옆에 있어주겠다는 말이었다. 성현은 그런 이야기를 실없이 할 사람이 아니니까 아마도 진심이리라.

'하지만 왜?'

이유를 알 수 없어서 의미 그대로 받아들이기가 힘들었다.

'왜 그런 사람이?'

그는 가진 것이 아무것도 없는 재인과는 달랐다. 그런 그가 그의 삶에 존재하는 것이 재인뿐이라는 듯 행동하는 것을 이해할 수가 없었다. 그리고 가장 이해할 수 없는 것은……,

재인은 손을 쭉 뻗고 손바닥을 응시했다. 가장 이해할 수 없는 것은 심장이었다. 심장이 두근두근두근, 격하게 뛰는데, 그 박동이 예사롭지 않았다. 지금껏 성현의 가벼운 스킨십에 두근거림을 느끼긴 했었다. 하지만 이런 방식은 아니었다.

온몸이 심장이 된 것처럼 격하게 뛰어 뇌가 지끈지끈 울릴 지경이었다. 공중에 붕 뜬 것 같으면서도 바닥으로 뚝 떨어지는 것 같은, 기묘한 감각이 전신을 에워쌌다.

재인은 두 손으로 얼굴을 감쌌다가 황급히 떼어 냈다. 손바닥에 닿았던 입술의 느낌이 사라지지 않았다. 영원히 지워지지 않는 낙인처럼, 그 차가운 온도가 생생했다.

'어떡하지?'

그의 입술이 닿았던 손바닥을 차마 얼굴에 대지 못하고, 재인은 생각했다.

'어떻게 해야 하지?'

도무지 알 수 없었다.

재인은 벌떡 일어나 욕실로 뛰어들어 갔다. 서둘러 옷을 벗고 차가운 물을 틀었다. 샤워기에서 쏟아지는 물은, 겨울이라 유독 차가웠다. 그러나 재인은 얼음장 같은 물줄기에 작은 몸을 밀어 넣고 꼼짝도 하지 않았다.

머리카락이, 목이, 가슴과 배가, 다리가. 온몸이 차가운 물에 휘감겼지만 달뜬 체온은 가라앉지 않았다. 심장 박동의 속도도 줄지 않았다. 이가 딱딱딱 부딪칠 정도로 한참을 샤워기 아래에 서 있다가, 흠뻑 젖은 채 욕실 거울 앞으로 향했다. 추워서 파랗게 질린 여자가 금방이라도 울음을 터뜨릴 것 같은 얼굴로 거울 안에서 덜덜 떨고 있었다.

재인은 두 팔로 가슴을 감싸고 눈을 감았다. 이런 일은 생기지 않을 거라고 생각했다. 사실은 이런 일에 대해 상상조차 해본 적 없었다. 그래서 부정하고 거부했다. 아닐 거라고, 찬물 한 번 뒤집어쓰면 정신을 차릴 거라고, 그저 일순간 찾아온 술렁임일 뿐일 거라고. 그렇게 밀어내려 했다. 하지만 아무리 노력해도 밀어낼 수 없는 것이 있었다. 아무리 부정해도 사라지지 않는 것이 있었다.

"미안해."

재인의 파리한 입술이 달싹거리며 쉰 음성을 내뱉었다.

"미안해, 엄마. 나는 아직 엄마한테 속죄도 하지 못했는데, 행복해서도 안 되는데, 그럴 자격 없는 나쁜 계집애인데. 그런데……."

천천히 눈을 뜨고 거울 안의 여자를 노려봤다.

"그 남자를 사랑하게 되어 버렸어."

사랑에 빠진 여자는 예뻐진다던가. 하지만 재인의 눈엔 거울 안에 비친 자신이 조금도 예뻐 보이지 않았다. 제 엄마를 죽인 주제에 저 혼자만 행복해지려고 발버둥치는, 추악하고 초라한 괴물. 그 어떤 범죄자들보다도 비열한 흉악범으로 보였다.

한선은 국과수로 향하며 들고 있는 검은 봉지를 내려다봤다.

> "같이 수업을 듣는 여자애가 협박을 당하고 있어요. 남자 친구였던 놈한테. 아니, 남자 친구인 줄 알았던 놈한테."

부탁할 것이 있다던 재인은 검은 봉지를 건네며 이야기를 시작했다.
박다희에게는 남자 친구가 있었다. 남자 친구의 이름은 최명진. 25살로 박다희가 다니는 대학의 대학생이었다. 박다희와의 잠자리를 몰래 동영상으로 찍은 최명진은 그것으로 그녀를 협박하기 시작했다. 돈을 뜯어내는 것은 물론이거니와 몸을 팔아서라도 돈을 벌어오라는, 해서는 안 될 짓까지 시키기 시작했다.

> "죽을 생각이었는데, 최명진이 그랬대요. 죽더라도 그 동영상은 뿌릴 거라고."

박다희는 죽는 것조차 할 수 없었다. 박다희의 죽음으로 고통스러울 가족들이 동영상을 보고 더 괴로워할 것이 걱정됐던 것이다.

"억지로 관계를 맺을 때 입었던 옷들을 받아왔어요. 이게 성폭행의 증거가 될 수는 없겠지만 그래도 최명진의 흔적이 남아 있는 걸 확인해 주세요."

재인은 일단 거기서부터 시작하자고 말했다. 한선은 박다희가 경찰에 신고를 하는 게 어떻겠느냐고 물었지만, 재인은 고개를 저었다.

"그런 방법으로는 최명진에게 대가를 치르게 하기 힘들 거예요. 최명진이 잡아떼면 그만이니까요. 좀 더 확실하게."

거기까지 말했을 때 재인의 눈이 반짝 빛났다.

"대가를 치르게 할 방법을 생각해 낼 거예요."

그녀의 연갈색 눈동자는 그 여느 때보다도 생기가 넘쳤다. 그래서 한선은 재인이 정말로 많이 변했다는 것을 실감할 수 있었다. 성현의 영향일 것이다.

성현이 한선에게 그런 말을 한 적이 있었다. 재인의 마음은 텅 비어 있어서, 그곳에 무언가 가득 채워주고 싶다고. 그것의 이름이 무엇이든, 가득가득 채우다 보면 언젠가 그녀도 진심으로 그녀 자신을 용서하는 날이 올 거라고. 하지만 그 텅 빈 가슴을 채울 수 있는 방법을, 아직은 잘 모르겠다고.

'이미 채워졌어, 민성현.'

재인의 빛나는 눈동자를 보며, 한선은 생각했다.

'네놈이 생각하는 것 이상으로 채워졌어.'

성현은 그녀의 텅 빈 가슴을 채울 수 있는 것의 이름을 알 수 없다고 했다. 하지만 한선은 그녀를 채운 것이 무엇인지 알 수 있었다.

민성현이었다.

"난 굉장히 바쁜 사람이야, 류 형사."

한선의 얼굴을 보자마자 혜란이 생글생글 웃으며 말했다. 한선은 혜란에게 검은색 봉지를 내밀었다. 그녀는 받아 들 생각을 하지 않고 한선을 올려다봤다.

"나 바쁘다고."

"부탁 좀 하자. 인느님이……."

"유재인은 안됐다고 생각해. 하지만 난 그 애를 도와줄 의리 같은 거 없어. 저번에 검안 결과를 알려 준 걸로 끝이라고 생각했는데?"

"아니, 그 일이 아니라 인느님이 사건 하나를 가지고 왔어. 도움이 필요하대."

"아아, 유재인이 사건을 하나 가지고 왔단 말이지?"

혜란이 한쪽 입꼬리를 올리고 비아냥거리듯 말했다. 혜란의 작은 손이 한선의 단단한 가슴을 찰싹 때렸다. 한선이 험악하게 인상을 구겼지만 그녀는 눈썹 하나 깜빡하지 않았다.

"류 형사, 지금 나랑 장난해? 그 애가 가지고 온 사건을 왜 나한테 넘기려는 거야? 나한테 걔 뒤치다꺼리나 하라는 거야?"

말을 제대로 할 틈도 없이 혜란이 끊어버리는 통에, 한선은 벌컥 화가 치밀었다. 아니, 그것 때문이 아니다. 재인의 가슴을 채운 것이 성현이라는 것을 알게 되었기 때문이다. 그 사실을 깨닫고 나니 울컥, 울컥 화가 치밀었다. 그리고 그런 일로 화를 내는 자기 자신이 경멸스러워서, 더 많이 화가 났다.

재인은 늘 위태로웠다. 바람이 훅 불면 사라질까, 잘못 건드리면 흩어질까. 그렇게 불안하고 안타까웠다. 그런 재인의 가슴을 채워주는 것이 생겼다. 그게 민성현이든, 다른 누구든, 아주 잘 된 일이다. 그녀를 진심으로 사랑한다면, 그녀가 행복해지는 것을 기뻐해야 마땅했다.

'그런데 나란 놈은 화만 내고 있고.'

"아무튼 돌아가, 바쁜 사람 자꾸 불러내지 말고."

한선은 휙 돌아서는 혜란의 어깨를 거세게 붙잡았다.

"어떤 빌어먹을 놈이 자기 여친이랑 관계를 맺으면서 몰카를 찍었어. 그리고 그걸 빌미로 여친을 협박하는 중이고, 개 같은 짓까지 시키고 있대. 인느님이 그걸 알아냈고!"

그러지 않으려고 했는데 목소리가 격해졌다. 혜란의 눈이 커졌다.

"그 여친이란 애는 죽고 싶은데, 그 동영상 퍼져서 자기 가족들 충격 받을까 봐 죽지도 못하겠대. 인느님이 그 여자애를 도와주고 싶대. 그런데 인느님이랑 나랑 단둘이서는 힘드니까, 좀 도와 달라고! 제기랄!"

혜란에게는 아무런 잘못도 없는데, 화풀이를 하는 자신이 한심했다. 한선은 혜란의 어깨를 놔주고 돌아섰다.

"빌어먹을. 바쁜데 방해해서 미안하게 됐다."

"류 형사."

혜란이 뚜벅뚜벅 걸어가는 한선의 팔꿈치를 붙잡았다. 걱정스레 올려다보는 혜란의 눈빛에 지끈, 가슴이 아팠다. 한선은 한풀 누그러진 목소리로 말했다.

"소리 질러서 미안."

"류 형사, 무슨 일 있어?"

"아무것도 아냐."

"유재인이 그 잘생긴 미친놈을 좋아하기라도 한대?"

"……어떻게 알았어?"

"그냥. 그날 그 남자가 하는 얘기 들었을 때, 그렇게 될 것 같더라고."

혜란은 안쓰럽다는 표정을 짓고 있었지만, 솔직하게 말했다. 한선의 입가에 쓴웃음이 번졌다.

"그래, 그렇게 될 줄 알았지."

"유재인이 류 형사한테 그렇게 말한 거야? 민성현을 좋아한다고?"

"아니. 그런 말은 하지 않았어. 하지만 알겠더라. 인느님 눈이 반짝거리는 이유가 민성현 덕분이라는 걸."

"너무 상심하지 마. 사람 마음은 움직이게 돼 있어. 민성현이 유재인을 잘 다독여놓으면 그때 가로채버려."

혜란이 위로해 주기 위해 노력한다는 것을 알 수 있었다. 늘 속내를 감추고 웃기만 하는 뱀 같은 여자라고 생각했는데, 열심히 위로해 주는 모습을 보니 조금 귀엽다는 생각까지 들었다. 한선은 고마운 마음에 혜란의 머리를 툭툭 두드렸다.

"그런 건 됐고. 아무튼 도와줄 거냐?"

혜란이 놀란 듯 한선의 손이 닿았던 자기 머리 위에 손을 올렸다가, 어깨가 들썩일 정도로 한숨을 내쉬었다.

"하여간 류 형사는 나한테 일거리만 많이 만들어 주는 것 같아. 그거 이리 줘. 그리고 어떤 사건인지 얘기해 봐."

혜란이 박다희의 옷에 남은 흔적을 조사하는 동안, 한선은 사건에 대해 이야기했다. 설명을 다 들은 혜란은 손을 바삐 움직이며 말했다.

"그런 일이라면 민성현이 처리하는 게 빠르지 않아? 그 인간 눈에 서린 광기 보면, 그 정도의 일쯤은 간단하게 해결할 수 있을 것 같던데."

"그거야 그렇겠지. 그 미친놈이라면 최명진을 지옥으로 밀어 넣을 수도 있을 거야."

한선은 성현이 '형아'라는 단어 하나로 자신을 지옥에 떨어뜨렸던 것을 떠올리며 대꾸했다.

"그런데 문제는 박다희가 민성현의 수업을 듣고 있다는 점이야. 재인이가 민성현한테는 차마 말할 수가 없다고 하더라. 아무래도 여자들은 그런 문제에 더 민감해질 수밖에 없잖아."

"흐음. 그럼 어쩔 셈이래? 재인이는 사람 상대하는 건 잘 못 하는 것 같던데."

"글쎄."

한선은 재인의 생기 넘치는 눈동자를 떠올렸다. 재인은 볼 때마다 안개에 쌓인 듯 불안했었는데, 그녀의 주위를 둘러싼 안개가 걷힌 느낌이었다. 한선의 입가에 부드러운 미소가 맺혔다.

"이젠 그렇지도 않은 것 같아. 인느님은 잘 해결할 거야."

성현은 소파에 다리를 꼬고 비스듬히 앉아, 아까부터 귀찮도록 울리는 휴대폰을 들어 올렸다. 은우였다.

"오오, 팀. 무슨……."

[리젤이 네가 한국에 있다는 걸 알아버렸어. 이건 다 네 탓이다. 내 탓 할 생각하지 마.]

"흐음. 혹시 리젤이 한국에 올 준비하고 있어?"

[그래!]

"지금은 좀 곤란한데."

성현은 지그시 눈을 감고 재인을 떠올렸다.

"오늘 말이야. 내 여왕님이 내가 요구하지도 않았는데 스스로 솔직하게 자기 마음을 털어놨어. 게다가."

볼에 닿았던 그녀의 따뜻한 손.

"두 손으로 내 얼굴을 감싸 줬는데, 어찌나 가슴이 술렁거리던지. 정말로 위험할 뻔했어, 팀."

[네놈의 사랑 타령 따위는 궁금하지도 않아!]

"정말이야, 팀. 위험해. 난 말이지, 내가 이렇게까지 소유욕이 강한 놈인 줄 몰랐거든."

성현은 눈을 뜨고 자기 손바닥을 내려다봤다.

"정말로 몰랐어. 여왕님이 내게 자기 속내를 털어놨을 뿐인데, 이렇게까지 여왕님을 갖고 싶어질 줄은."

[원래 사랑을 하면 갖고 싶어지고 안고 싶어지고, 그런 거 아니겠냐?]

"그 정도가 아니야, 팀. 난 나의 여왕님을 그 누구에게도 보여 주지 않고, 그 누구도 만나게 하지 않고, 내 옆에만 두고 싶다는 생각까지 해버렸어."

[인마, 너 그거 위험한 생각이다.]

위험한 생각이라는 것은, 성현도 알고 있었다. 사랑에 빠진 사람들이 흔히 하는 실수. 상대를 자신의 세계 안에 가두려는 욕심. 그것을 이해하지 못하고 살아왔다. 사랑하는 사람이 여러 사람들을 만나며 자신의 세계를 넓혀가는 것을 막으려는, 그 심리를 머리로는 알면서도 마음으로는 이해할 수 없었던 것이다.

하지만 오늘 재인의 따스한 손길을 느끼고, 그녀의 솔직한 마음을 듣는 순간. 그리하여 아직 말하지 못한 이 사랑이 크게 부풀어 오른 순간. 성현은 그 사람들의 욕심을 이해하게 되었다.

아무에게도 보여 주고 싶지 않아. 이 여자를, 이 사랑스럽고 예쁜 얼굴을, 그 누구에게도 보이고 싶지 않아. 이 손길도, 체온도, 향기도, 목소리도, 전부 나만 보고, 나만 느낄 수 있었으면 좋겠어. 그래야만 돼. 내가 다 가져야만 돼.

그건 이성으로 억누른다고 자제할 수 있는, 그런 종류의 감정이 아니었다. 성현이 막을 틈도 없이 불쑥 솟아올랐고, 아무리 노력해도 다시 들어갈 생각을 하지 않았다.

"난 이 감정에 익숙해질 시간이 필요해. 이런 상황에서 리젤까지 상대하려면 피곤하니까, 한 달만 여유를 줘."

[한 달 후에는 괜찮은 거냐?]

"글쎄. 내 여왕님의 사랑스러움은 끝이 없어서, 한 달 뒤에 더 사랑스러워질지도 몰라. 그러면 또 욕심이 생길 거고, 괜찮지 않아지겠지."

[중증이구만. 한 달까지는 무리일 것 같지만 2, 3주 정도라면 어떻게든 잡아 둘게.]

"그래, 고마워."

전화를 끊은 후, 성현은 다시 눈을 감았다. 강의실의 전경을 떠올렸다. 재인이 말한 '마음에 걸리는 여학생'은 아마 박다희일 것이다. 성현도 그녀를 신경 쓰고 있었다.

처음 성현이 강의에 들어갔을 때, 박다희는 생기가 넘쳤다. 이제 막 사랑을 시작한 여자의 설레고 즐거운 표정. 하지만 얼마 지나고부터 그녀의 표정이 어두워졌고, 급기야 금방이라도 사라질 것처럼 불안하게 변했다.

안 그래도 성현이 상담을 해 주려고 했었는데, 재인이 먼저 나섰다. 아주 좋은 현상이다. 자신의 세계에 갇혀 있던 재인이 타인에게 관심을 갖기 시작한 것이다.

'아마도 남자 문제겠지. 대충 어떤 문제인지도 짐작이 가고.'

성현의 입가에 미소가 떠올랐다.

'꽤나 어려울 텐데, 내 여왕님은 과연 어떻게 그걸 해결할까?'

성현을 보고 싶지 않으면서도 보고 싶다는 모순되는 감정이 생겼다. 현관문을 열면 성현이 대기하고 있을 것이다. 하지만 평소처럼 쉽게 문을 열 수가 없었다.

재인은 양치질을 하며 현관문을 노려봤다.

'어떡하지?'

한 남자를 사랑하게 되었다는 현실을 믿을 수가 없었다. 그런 건 자신과 관계없는 감정이라고 생각했다.

어느 날 느닷없이 나타나 재인의 성 안에 들어온 민성현. 그저 그뿐일 거라고 생각했다. 불쑥 들어왔으니 훌쩍 나가버릴 때까지 기다리면 된다고, 그렇게 생각했다. 그런데 그 불청객을 사랑하게 되다니.

일단 양치질을 끝내고 다시 거실로 나와 현관문을 노려봤다. 성현은 아마 아직도 저 문 앞에 서 있으리라. 그런 남자니까. 추운 날 몇 시간이고 놀이터에서 재인을 기다려 주는, 그런 남자니까.

지끈—

왜일까?

놀이터 그네에 오랜 시간 앉아 있었을 성현을 떠올리자, 뭉클하면서도 가슴이 아팠다. 그는 혼자 재인을 기다리며 무슨 생각을 하고 있었을까. 지금 저 문 앞에서 뭘 생각하며, 어떤 표정으로 문을 열리기를 기다리고 있을까.

마음을 자각하고 나자, 온 신경이 성현에게로 향했다. 그의 행동과 생각과 표정이 궁금했다. 문을 여는 순간 보일 그의 미소와 음성이 기대됐다.

"하아."

깊은 한숨을 내쉬며 현관문으로 향했다. 재인은 알고 있었다. 아무리 노력해도 결국은 이 문을 열게 될 것을. 문을 열자마자 보인 그의 단정한 모습에 안도하게 될 것을.

'그래, 지금처럼.'

재인은 그녀의 예상대로 문 앞에 서 있는 성현을 보며 그만 미소를 짓고 말았다.

성현이 아침을 차리는 동안, 재인은 소파에 앉아 리포트에 쓸 자료를 정리했다. 이번 리포트를 내고 나면 또 한 학기가 끝난다. 이제 1년만 더 다니면 대학원도 졸업이다.

연습장에 끼적이던 손을 멈추고 주방 쪽을 흘끗 돌아봤다. 성현은 분홍색 앞치마를 두르고 홍얼거리며 요리에 한창이었다. 요리를 하는 그의 뒷모습에 익숙해질 날이 올 줄은 몰랐다.

'특강도 곧 끝이구나.'

미국의 유명한 프로파일러가 와서 몇 주 간 특강을 해 주겠다는 말을 들었던 게 지난 10월의 일이었다. 그때만 해도 특강 강사와 개인적으로 아는 사이가 될 거라고는 꿈에도 생각하지 못했다.

재인은 다시 자료로 눈을 돌렸다. 언젠가 성현이 가지고 온 압력 밥솥이 칙칙, 가스레인지 위의 된장찌개가 보글보글, 식기를 내려놓는 소리가 달그락달그락.

고요한 황무지 같았던 재인의 집안이 생활 소음과 생활 냄새로 가득 찼다. 거기에 섞인 성현의 콧노래가 싫지 않아서, 재인은 저도 모르게 부드러운 미소를 지은 채 과제에 몰입했다.

얼마나 시간이 흘렀을까. 머리를 쓰다듬는 손길에 고개를 들자, 성현이 재인의 앞에 서 있었다.

"아침 먹자."

"응."

성현의 맞은편에 앉아 "잘 먹겠습니다."라고 말하고 숟가락을 들었다. 성현은 언제나 팔꿈치를 식탁에 대고, 손바닥에 턱을 괴고,

재인이 한 술 뜰 때까지 지켜봤다.

"맛있다."

밥 한 숟가락, 된장찌개 한 술을 입에 넣고 말했더니 성현이 환하게 웃었다.

"나란 남잔 역시 못 하는 게 없어. 어쩌지? 아직 요리사가 되고 싶진 않은데 재능이 흘러넘치고 있어."

"그러게. 조금만 참고 견뎌 봐."

성현을 알게 된 지 이제 한 달 남짓. 재인에게는 그의 헛소리를 적당히 받아넘기는 기술이 생겼다.

"궁금한 게 있는데."

"응."

"증거가 없이 범죄자를 궁지에 몰고, 자백을 하게 만들려면 어떻게 해야 돼?"

잠깐이라도 고민을 하고 대답해 줄 거라 생각했는데, 성현은 기다렸다는 듯 숟가락을 내려놓고 손가락 하나를 들었다.

"첫 번째. 고문을 한다. 고문 방법으로는 전기 감전이나 간지럼을 추천해 주고 싶어."

"아니, 고문은 패스."

"그렇다면 두 번째. 오, 브이가 됐네."

"응, 멋지네."

재인이 건성으로 칭찬하자 성현은 환하게 웃으며 조금 더 신난 목소리로 말했다.

"빠져나갈 구멍이 없게 만들면 돼."

"빠져나갈 구멍?"

"앞을 봐도, 뒤를 봐도."

성현이 슬쩍 일어나더니 재인의 옆으로 걸어와 손을 내밀었다. 재인은 무심코 그의 손 위에 자신의 손을 올려놨다. 성현이 그 손을 움켜쥐더니 갑자기 끌어당겼다. 재인의 가벼운 몸이 강한 힘에 확 끌려 일으켜졌다.

놀랄 틈도 없이 성현은 그녀를 벽으로 밀어붙였다. 그리고 두 손으로 벽을 짚고 양쪽 팔 안에 재인을 가뒀다. 재인이 눈을 동그랗게 뜨고 그를 올려다봤다. 성현은 오묘한 미소를 지으며 조금 더 재인에게 바짝 다가섰다. 그의 양쪽 팔꿈치가 재인의 머리 옆쪽 벽에 닿았다.

재인과 성현 사이에는 1cm의 공간도 남아 있지 않았다. 그의 뜨거운 숨결이 이마를 간질였다. 너무 가까운 곳에 그의 입술이 있었다. 촉촉하게 젖은 붉은 입술이 선정적이었다. 재인은 저도 모르게 꿀꺽, 마른침을 삼키며 시선을 아래로 내렸다. 날카로운 턱 선을 지나 남자답게 이어지는 그의 목덜미가 보였다. 도드라진 목울대가 지금 앞에 있는 사람이 남자라는 것을 증명했다.

달콤한 향기에 민성현이란 남자의 체취가 섞였다. 그것은 무척이나 달고 진하고 섹시했다.

"어디로도."

문득 들려오는 그의 굵은 저음. 허벅지를 눌러오는 그의 다리가

삶의 의미 71

신경 쓰였다.

'어떡하지?'

눈동자를 어느 쪽으로 돌려도 민성현이 있었다. 도망칠 곳이 없다.

"도망칠 수 없게."

그의 음성이 마법처럼 재인을 옭아맸다.

"여왕님이 만든 구멍 안에."

어느새 내려온 그의 손이 재인의 볼을 살며시 쓰다듬었다. 그는 한 발 물러서더니 허리를 굽혀 재인과 눈을 맞추고 부드럽게 웃었다.

"밀어 넣는 거야."

"이런 짓 좀……."

재인은 입술 사이로 흘러나오는 음성이, 자신의 목소리 같지 않다고 생각했다.

"하지 않았으면 좋겠어."

재인의 말에 그가 또 한 발 물러섰다. 그래도 그의 향기는 여전히 코끝에 남아 있었다. 심장이 격하게 뛰는 소리가 성현의 귀에까지 들릴 것 같아서 걱정됐다.

그는 눈치챘을까? 접촉하는 순간의 긴장을. 마른침을 삼키는 소리를. 흔들리는 눈동자를. 붉어진 얼굴을.

"미안해, 여왕님. 앞으로는 자제할게."

그가 순순히 사과했다. 바짝 긴장한 재인과 달리 성현은 여전히 여유가 넘치는 표정이었다. 그런 그가 얄미워서 한 번 노려보고는 식탁 의자로 돌아갔다. 성현도 재인의 맞은편으로 돌아가서 앉았다.

재인은 숟가락을 들었지만 먹을 기분이 들지 않았다. 성현과의 접촉 때문에 두근거리는 심장이 진정할 기미를 보이지 않았다. 이러다가 심장이 입 밖으로 튀어나갈 것 같다. 성현은 손에 턱을 괴고 느긋하게 재인을 응시하고 있었다. 그의 시선이 신경 쓰여서 견딜 수가 없었다.

평소에는 쉽게 했던 '그만 좀 봐.'라는 말을 할 수가 없었다. 그랬다가는 그가 재인이 품게 된 마음을 눈치챌 것 같았기 때문이다.

'어쩌면 벌써 눈치챘을지도 몰라. 그래서 날 놀리려고 더 스킨십을 해오는 걸지도.'

그렇게 생각하자 울컥 화가 치밀었다. 성현과 함께 있으면 감정이 롤러코스터를 탄 듯 빠르게 변했다. 그게 재인을 당혹스럽게 만들었다. 감정을 억누르려고 노력하며 재인은 입을 열었다.

"내가 만든 구멍이란 말이지?"

"그래. 아주 깊은 구멍을 만들어. 빠져나올 수 없도록."

곧바로 성현의 대답이 돌아왔다. 재인은 흰쌀밥을 응시하며 '깊은 구멍'에 대해 생각했다. 깊은 구멍. 어떻게 해야 최명진이란 이름의 그 나쁜 놈을 구멍 안에 밀어 넣을 수 있을까?

고민에 빠진 재인을 보며 성현은 흘러나오려는 한숨을 삼켰다.

'와, 진짜 위험했네.'

큰일 날 뻔했다. 하마터면 진짜로 재인을 덮칠 뻔했다.

'미치겠군.'

그 누구보다도 사랑스러운 여자를 앞에 두고 이성을 유지하기란 쉬운 일이 아니었다. 세상에 어려운 일 없고, 앞으로도 없을 거라고 생각했는데, 아니었다. 어렵다.

처음에는 그저 '예쁜 여자'라고 생각했다. 타인을 봤을 때 '예쁘다'고 생각한 것이 처음이기에, 재인을 향한 자신의 마음이 남다르다는 것 정도는 인지하고 있었다.

하지만 그 마음이 이렇게까지 부풀어 오를 줄은 몰랐다. 사랑이라는 것은 가랑비에 옷이 젖듯 느릿하게 진행되는 줄 알았는데, 풍덩 빠져 버렸다.

재인은 알까? 그녀를 앞에 두면 여유가 없어지는 이 마음을. 그녀의 얼굴을 볼 때마다 심장이 쿵쿵 뛰고 입안이 바싹 말라 버리는 이 바보 같은 육체를. 서두르지 말아야 된다고 주문을 외면서도 정신을 차리고 보면 스킨십을 하려 드는 다급함을. 그리고 누구에게도 그녀를 뺏기고 싶지 않아 전전긍긍하는 이 소유욕을.

"내가 뭐 도와줄 건 없어?"

성현이 묻자 밥공기와 눈싸움을 하고 있던 재인이 천천히 고개를 들었다. 불빛 아래에서 호박색으로 빛나는 그녀의 눈동자가, 성현은 말도 못 하게 좋았다. 저 눈동자가 오롯이 자신만을 향해 주었으면 좋겠다고 간절히 원하는데, 재인의 입가에 희미한 미소가 번졌다.

잘 웃지 않는 재인이기에, 그녀의 미소를 볼 때마다 성현은 정말로 감개무량했다. 저도 모르게 그녀를 향해 손을 뻗으려 하는데, 재인의 입술이 벌어지며 더없이 달콤한 말을 만들어 냈다.

"항상 도와주고 있잖아. 매일매일 고마워하는 중이야."

다희에게 어디어디에서 보자고 연락을 해 둔 후 집을 나섰다. 비가 오려는지 하늘이 잿빛이었다. 유독 차가운 바람을 맞으며 신기하다는 생각을 했다.

타인을 위해 먼저 나서서 고민하는 자신의 모습이 생소했다. 자신이 부당한 일을 당했을 때도 별일 아니라 생각하며 넘겨왔던 재인이었다. 그런 그녀가 이제는 다른 사람의 일 때문에 움직이고 있었다.

이게 좋은 일인지 나쁜 일인지는 잘 모르겠지만, 싫은 기분은 아니었다. 오히려 무언가 가득 찬 기분이 들었다. 아직 아무것도 해결하지 못했는데도.

"누님."

서둘러 걸음을 옮기는데 뒤에서 귀에 익은 목소리가 들렸다.

"어, 영민아."

교복을 입은 영민이 건들거리며 걸어왔다.

"학교 가세요?"

"아니, 약속이 있어서."

"아아."

"넌 이제야 학교 가는 거야?"

"네, 뭐 그렇죠."

버스를 타러 간다는 영민과 나란히 걸었다. 이런 것 또한 재인에게는 신기하기만 했다. 불과 얼마 전까지만 해도 타인과 함께 걷는 일이 익숙하지 않았다. 그나마 연락처를 알고 지내는 진혁과도 나란히 걸은 적이 없는데…….

"저기요, 누님. 궁금한 게 있는데요."

영민이 문득 입을 열었다.

"예전에 그…… 돈 훔친 게 제가 아니라는 거, 어떻게 아셨어요?"

"그러게. 어떻게 알았을까."

"혹시 그거예요? 그, 마음을 읽는다거나, 마음의 소리가 들린다거나, 그런 거."

"그런 편리한 능력이 있으면 좋겠네."

'민성현 씨 속을 읽을 수 있을 테니까. 왜 그렇게 잘해 주는 건지, 무슨 생각을 하는 건지, 날 어떻게 생각하는지, 읽어 낼 수 있으니까.'

라고 생각하며 재인은 건성으로 대꾸했다.

"그럼 어떻게 아신 거예요? 누님이랑 전 인사도 해본 적 없고, 그렇잖아요. 그런데 어떻게 절 믿어 주신 거예요?"

영민은 꼭 대답을 듣고 싶은 듯했고, 그다지 감춰야 하는 일도 아니었다. 재인은 고개를 돌려 영민을 물끄러미 올려다봤다. 연갈색 투명한 눈동자가 자신을 빤히 응시하자, 영민은 괜히 쑥스러워진 듯 얼굴을 붉혔다. 이러니저러니 해도 아직 애는 애구나.

"난 있잖아. 사람을 보고 있으면 그 사람이 진실을 말하는지, 거짓말을 말하는지 알 수 있어."

"저, 정말요?"

"응."

"그럼 지금 제가 무슨 생각하는지도 아세요?"

마음이 읽힐까 봐 두려운 듯 영민이 시선을 피하며 물었다.

"아니, 생각을 알 수 있는 게 아냐. 그저 네게 남에게 말 못할 비밀이 있는지 없는지, 그 정도만 알 수 있을 뿐이야. 그리고 대화를 하다 보면, 네가 하는 말이 거짓말인지 아닌지 알 수 있고. 그러다 보면 상황이 그려지면서 무슨 일이 벌어졌는지 알게 돼."

"아, 뭔지 알겠어요."

"거짓말."

재인이 눈을 가늘게 뜨며 말하자 영민이 바보처럼 웃었다.

"네, 사실은 모르겠어요."

"응, 나도 잘은 모르겠어. 게다가 이건 만능이 아니거든. 거짓말을 아주 잘하는 사람을 만나면 통하지 않겠지. 게다가 내가 짜 맞춘 상황이 전부 들어맞는 것도 아니고."

"전 거짓말 되게 잘하는 편인데."

"그래. 하지만 난 네가 지금 학교에 가는 길이 아니라는 걸 알고 있어. 음. 여자 친구? 아니, 친구들 만나러 가는구나."

재인이 영민의 얼굴을 쓱 훑어보며 말했다. 영민은 놀란 듯 눈을 휘둥그레 떴다.

삶의 의미

"영화? 노래방? PC방? 아, PC방에 게임하러 가는구나."

"우와, 누님. 진짜 대박이네요. 쩐다."

순수하게 놀라는 영민을 보며 재인은 피식 웃었다.

"앞으로 누님 앞에서는 진짜 거짓말하면 안 되겠네요."

이번에는 재인이 놀라서 영민을 올려다봤다. 영민이 왜 그러냐는 듯 고개를 갸우뚱했다. 재인은 그런 영민을 물끄러미 응시하다가 다시 걸음을 옮겼다.

방금 영민의 반응은 의외였다. 거짓말을 간파하는 사람과는 만나고 싶지 않다는 생각을 할 줄 알았다. 어릴 적 친구들은 재인을 '기분 나쁜 계집애'라고 불렀다. 이모와 수영도 재인의 눈을 '기분 나쁘다.'고 표현했다.

한선은 경찰이고, 성현은 속이 읽히지 않으니 그렇다 쳐도, 영민이 이렇게 나올 줄은 몰랐다. '기분 나쁜 사람이네. 앞으로 만나지 말아야지.'가 아니라, '앞으로는 거짓말을 하지 말아야지.'라는 반응이라니.

"세상은 살아 봐야 된다, 라는 말의 의미를 조금은 알게 된 것 같아."

"네?"

"사람들은 나를 기분 나쁜 계집애라고 하고, 난 그들이 가진 선입견을 비웃었어. 그런데 지금 나는 나 역시 선입견을 품고 있다는 걸 깨달았어."

영민은 재인이 무슨 소리를 하는지 모르겠다는 표정이었다. 그런 영민이 귀여워서 재인은 작게 웃으며 그의 팔을 톡톡 두드렸다.
"고마워. 넌 정말 착한 애야."

버스에 탄 영민은 차창에 비친 자기 얼굴이 헤실헤실 웃고 있다는 것을 깨달았다. 하지만 구태여 미소를 지울 생각을 하지 않았다.
'내가 착한 애라고?'
영민을 빤히 응시하던 재인의 눈동자가 떠올랐다. 그 맑은 연갈색 눈동자는 조금도 흔들리지 않았다. 영민은 남의 마음을 읽을 수도 없고, 재인처럼 거짓말을 간파하는 능력도 없었다. 하지만 그 순간 재인이 진실을 말하고 있다는 것을 알 수 있었다. 그렇게 진심 어린 칭찬을 받아본 것은 아주 오랜만인 것 같다. 아니, 어쩌면 처음일지도.
'내가 착한 애라니!'
별거 아닌 칭찬이었다. 그런 칭찬에 이렇게까지 기분이 좋아질 줄은 몰랐다.
'예쁜 누님이 칭찬해 줘서 그런가?'
친구들을 만나고 나서도, PC방에 들어가면서도 입가의 미소가 지워지지 않았다. 친구들이 "실성했냐?"라고 비아냥거리는데도 화가 나지 않았다.
피실피실 웃음을 흘리며 컴퓨터를 켜다가, 영민은 벌떡 일어났다. 왜 그러냐는 듯 쳐다보는 친구들을 향해, 영민은 말했다.
"야, 학교나 가자. 게임은 뭔 놈의 게임이냐? 졸업해야지."

다희와 커피숍 앞에서 만나 함께 안으로 들어갔다. 구석 자리에서 기다리는 덩치 큰 남자에게로 걸어가자, 다희는 놀란 듯 몸을 움츠렸다.

"저번에 내가 말했던, 우리를 도와줄 형사님이셔."

라고 말했더니 다희가 미심쩍다는 표정을 지으며 뒷걸음질을 쳤다. 그녀의 마음을 이해할 수 있었다. 지금으로써는 남자란 생물 자체가 무섭고 신뢰하기 힘들 것이다. 어쩔까 생각하다가, 허벅지 옆에 축 늘어진 다희의 창백한 손에 시선이 멈췄다.

망설이다가 그녀의 손을 살며시 잡았다. 다희는 움찔했지만 손을 뿌리치지는 않았다. 성현이 왜 그렇게 수시로 재인의 손을 잡아 댔는지, 조금은 알 것 같았다. 불안한 사람을 앞에 뒀을 때, 무엇을 해 줘야 할지 알 수 없으면 그 손이라도 잡아 주고 싶다. 도와줄 사람이 이 옆에 있다는 사실을 알려 주기 위해.

재인은 가볍게 숨을 몰아쉬는 다희에게 말했다.

"괜찮아. 정말 좋은 분이야."

"네, 언니."

다희의 음성은 메말라 있었다. 될 대로 되라는 심정인지도 모르겠다. 피해자 앞에서의 한선은 재인과 둘이 있을 때와는 달랐다. 그는 진지한 눈으로 다희를 지그시 응시했다. 짙은 눈썹 아래에 자리잡은 강인한 눈이 믿음직스러웠다.

"몇 가지 생각을 해봤어요."

재인은 바로 본론으로 들어갔다. 계획을 완성시키려면 시간이 많지 않았다.

"최명진은 경영학과의 과회장이죠. 사람들 앞에는 굉장히 믿음직스럽고, 성격과 매너가 좋은 사람으로 행동해서 신뢰를 받고 있어요. 맞죠?"

다희에게 확인을 구했다. 다희는 꿈에서 깨어난 표정으로 고개를 끄덕였다. 그녀가 제대로 집중하지 않는 것이 신경 쓰였다. 괜찮은 걸까? 다희의 마음은 딴 데 있는 것 같은데, 이대로 일을 진행시켜도 괜찮은 걸까? 이런 걸로 다희의 마음이 풀릴까?

계획에 대한 확신이 생기질 않았다. 성현이었다면 이런 일 정도는 여유롭게 해결했을 것이다. 자신감 넘치는 모습으로 다희에게도 확신을 주고, 그녀를 이끌어 주었을 것이다. 하지만 재인은 아무리 노력해도 성현처럼 능수능란하게 상황을 이끌어 갈 수가 없었다.

'그 남자는 목소리 하나만으로도 사람을 집중시키는데.'

그의 능력이 부러웠다.

'아니, 지금은 이런 생각을 할 때가 아냐.'

재인은 잡념을 털어 내고 말을 이었다.

"모두에게 좋은 사람으로 보이고 싶어 하는 사람이 가장 두려워하는 것은, 사람들의 비난이에요. 자신의 본성을 감추고 연기를 하는 사람은 타인이 자신의 본성을 눈치챘을 때 혼란에 빠지게 돼요. 이제부터 우리는."

거기까지 말하고 입을 다물었다. 다희가 눈을 들어 재인을 응시했다. 아주 잠깐 다희의 눈동자 안에서 희망을 발견했다. 꺼질 듯 불안한 희망이지만 재인은 똑똑히 목격했다. 다행이다. 다희가 조금은 이 일에 기대를 걸었다.

"최명진이 가장 감추고 싶어 하는 부분을 사람들에게 드러낼 거예요."

명진은 다리를 꼬고 앉아 휴대폰을 들여다보고 있었다. 다희가 앞에 있지만 아무래도 좋다는 태도였다. 왜 이런 남자가 좋은 남자라고 생각했을까.

대학 노천극장에서 처음 만났을 때가 떠올랐다. 노천극장 계단에 앉아 있는 다희에게 명진이 커피를 쏟으면서 인연이 시작되었다.

"하나만 물어볼게."

다희가 입을 열었지만 명진은 눈길도 주지 않았다.

"처음에 우리 만났을 때, 그거 계획한 거였어? 그 커피, 일부러 쏟은 거야?"

명진의 한쪽 입꼬리가 올라갔다.

"어어. 너 돈 많은 집 딸내미라는 거 들었었거든."

"그렇구나."

허벅지 위에 올린 손을 꽉 움켜쥐었다. 본성을 들어내기 전의 명진은 다희를 꼬박꼬박 '누나'라고 불렀다. 너무 연상으로 보이는 것 같으니까 말을 놓으라고 하는데도, 꼬박꼬박 존댓말을 썼다.

"누난 동안이니까 내가 누나라고 부른다고 나이 들어 보이고 그러지 않아요. 안심해요."

그렇게 말하며 눈웃음을 치는 명진을, 진심으로 사랑했었다. 만난 시간이 길지 않지만, 그와의 미래까지 꿈꿨을 정도였다. 아랫입술을 잘근 깨물며, 명진이 눈치채지 못하도록 흘끗 뒤를 돌아봤다. 모자를 푹 눌러쓴 재인이 가만히 앉아 있었다.

"이제 곧 겨울방학이 시작돼요. 학기 중에 끝낼 수 있도록 서둘러야 돼."

일반 여자들보다 한 톤 낮은 재인의 음성이 떠올랐다. 작지만 어쩐지 귀에 남는 목소리였다.

"최명진이 널 협박할 때 네가 증거를 남길 수 없도록 신경 쓴다고 했지? 그건 그 짓을 여러 번 해 봤다는 뜻이야. 어쩌면 지금도 너 이외의 다른 여자들이 협박당하고 있을지도 몰라."

"얼른 돈이나 내놔."
명진이 드디어 휴대폰에서 눈을 떼고 다희에게 말했다.
"나 말고 다른 여자들한테도 이런 짓 해?"

재인이 질문할 내용과 방법을 알려 줬다. 그런 질문이 무슨 소용이 있을지는 알 수 없으나, 다희는 지푸라기라도 잡아보기로 했다. 더는 이 끔찍한 생활을 지속하고 싶지 않았다.

"뭐야? 너, 녹음이라도 하냐?"

명진이 인상을 찌푸리며 다희의 휴대폰을 향해 손을 뻗었다. 녹음 같은 건 하고 있지 않았다. 이 장면을 녹화하고 있는 사람은 다른 사람이다. 다희는 흘끗 옆자리로 시선을 옮겼다. 교복을 입은 불량스러운 외모의 소년이 앉아 있었다.

저 앤 누굴까? 라고 생각하며 두 번째 질문을 했다.

"내 동영상은 어디에 보관했어? 휴대폰? 웹하드? 메일? 외장하드? 컴퓨터 본체? 아니면 다른 곳에도 보관한 거야? 친구들한테 맡기고 그랬어?"

재인은 굳이 대답을 들을 필요는 없다고 했다.

> "또박또박 질문만 하면 돼. 대답 같은 건 아무래도 좋아. 대답하지 않을 것 같으면 바로 다음 질문으로 넘어가."

명진은 인상을 찌푸렸다. 얼마 전까지만 해도 애정으로 가득 찼던 그의 눈동자가 서늘하게 변한 것이 가슴 아팠다. 이런 와중에도 그의 애정을 바라는 자신이 한심스러웠다. 이게 전부 꿈이었으면 좋겠다고 생각하며, 다희는 다음 질문으로 넘어갔다.

"왜 이런 짓을 하는 거야? 너네 집안 사정 어렵지도 않잖아. 이렇게 나랑 관계를 맺은 동영상을 찍고, 그걸로 날 협박해서 돈을 뜯어내고…… 그런 짓을 할 만큼 힘든 거 아니잖아."

"너 미쳤냐? 확…… 퍼뜨린다?"

"퍼뜨릴 때 퍼뜨리더라도 이유를 듣고 싶어."

"아, 진짜. 얼른 돈이나 내놔. 너랑 이러고 있을 시간 없으니까."

"돈 줄게. 그런데 이유 정도는 말해 줘. 말해 줄 수 있잖아."

"아, 이걸 진짜……!"

명진은 다희를 한 대 치고 싶은 듯했지만, 주위의 눈을 의식해서인지 꾹 참았다. 숨을 고른 명진이, 구겨진 얼굴로 말했다.

"어렵지는 않은데, 너처럼 많은 것도 아니거든. 부의 분배야, 부의 분배. 넌 많으니까 없는 나한테 좀 나눠달라고. 그게 나쁜 건 아니잖아."

"하지만 넌 날 협박하고 있잖아."

"야, 야. 이게 뭐가 협박이야. 내가 널 사랑하지 않는다는 게 아니잖아. 사랑해, 사랑하고 있지. 그 동영상도 그래서 찍은 거고. 그런데 이왕 내 손에 들어온 김에 잘 좀 써보자는 거야. 그거 없어도 네가 나한테 용돈 꼬박꼬박 주겠다고 각서라도 쓰면, 당장에라도 지워 줄 수 있어."

"정말?"

"아니, 거짓말."

"……."

"얼른 돈 줘. 당장 퍼뜨리기 전에."

명진이 손을 내밀었다. 다희는 가방 속에서 흰 봉투를 꺼내 그의 손에 얹었다. 돈을 받자마자 명진은 더 이상 볼일이 없다는 듯 벌떡 일어났다. 그가 커피숍을 나감과 동시에, 옆자리에 앉아 있던 불량 학생도 스윽 일어나서 그의 뒤를 따라갔다.

참담한 기분이었다. 아무것도 달라진 것이 없다.

명진은 무엇 하나 제대로 답해 주지 않았다. 옆자리 학생이 영상을 찍긴 했지만, 그런 걸로는 아무것도 증명하지 못할 것이다. 10분쯤 지나 옆에 재인이 와서 앉는 것이 느껴졌다. 갑자기 화가 치밀었다.

재인은 모든 것을 가졌다. 공부도 잘하고, 예쁘고, 게다가 경찰 같은 신뢰할 수 있는 남자를 알고 지낸다. 학생들과 거리를 둬서 아무와도 친하지 않은 줄 알았는데 아니었다. 재인의 한 마디에 귀찮은 기색 없이 달려와서 도와주는 사람들이 많았다.

그런 재인이니까 이 문제를 가볍게 생각했을 것이다. 어쩌면 범죄심리학과 대학원생으로서 흥미로운 사례라고 생각하며 접근했을지도 모른다. 그 증거가 바로 '대답은 들을 필요 없다.'라고 말한 것이다.

대답을 들을 필요 없다니. 그야말로 '동영상을 찍어 구경하는 남자'를 한 번 구경이나 해 보자는 의도 아닌가.

"다행이야."

재인의 낮은 음성이 들려왔다. 다희는 눈을 부릅뜨고 재인을 돌아봤다. 작고 아름다운 얼굴을 가진 그녀는 방금 전 명진이 앉아 있던 자리를 뚫어져라 응시하고 있었다. 긴 속눈썹, 오뚝한 코, 도톰하고 붉은 입술. 그녀에게 분노를 느끼는 와중에도 참으로 예쁜 얼굴이란 생각이 들었다.

"정말 다행이야."

재인이 천천히 고개를 돌렸다. 투명하고 깨끗한 눈동자가 여과 없이 다희를 담아냈다. 거울 같은 눈동자에 비친 자신의 얼굴이 추악하게 일그러져 있는 것이 보였다.

다희는 울고 싶어졌다. 이 아름다운 여자와 비교해서 자신은 얼마나 끔찍한가. 남자 보는 눈도 없어서 이런 일을 겪고.

"최명진은 동영상을 자기 휴대폰과 외장하드에만 저장해 놨어."

"……네?"

재인이 생각지도 못한 말을 내뱉는 바람에 바보 같은 반문을 하고 말았다.

"최명진은 가족과 함께 살고 있다고 했지?"

"네? 아, 네."

"그래. 그럼 분명 외장하드를 가지고 다닐 거야. 휴대폰은 영민이한테 맡겨 두기로 했으니까, 외장하드 문제만 처리하면 되겠다."

재인은 넘겨짚는 것이 아니라 확신을 가지고 말하고 있었다. 명진에게서 아무 대답도 듣지 못했는데, 마치 전부 다 들은 것처럼 말하는 재인을 멍하니 응시했다. 황당해서 분노가 사라졌다.

"이제부터 영민이가 최명진을 따라다닐 거야. 최명진이 피해자를 만날 때마다 몰래 촬영을 할 거고. 그리고 난 그 영상들을 모은 후에 범죄를 저지를 거야."

"범죄……요?"

"응. 법적으로 처리하기 애매한 일이라서 그냥 내가 나쁜 짓을 하려고."

"왜……요?"

이유를 알 수 없었다. 재인과는 인사 한 번 나누지 못한 사이였다. 친한 친구를 위해서라도 위법을 저지르는 것은 꺼려지는 일이다. 그런데 왜 재인이 자신을 위해 이런 일까지 해 주려는 걸까?

"그러게. 왜일까?"

재인도 알 수 없다는 듯 고개를 숙였다. 그녀는 테이블 위에 펼쳐 놓은 자신의 손바닥을 물끄러미 응시하고 있었다. 예쁜 외모를 가졌으니까 손도 고울 줄 알았는데, 아니었다. 그녀의 손은 궂은일을 많이 해 온 사람처럼 거칠었다.

"나도 이유는 잘 모르겠어. 속죄인지, 증명인지. 하지만 한 가지 확실한 건."

그 순간, 어딘가에서 쓸쓸한 바람이 불어오는 듯한 느낌이 들었다. 다희는 주위를 둘러봤지만 문이 열린 곳은 없었다. 그런 다희의 귀에 재인의 작은 음성이 들려왔다.

"지금 나는 20년 만에 처음으로 살아 있어도 된다는 허락을 받은 것 같아."

영민은 과자를 한 봉지 사들고 휘적휘적 놀이터로 향했다. 재인과 12시쯤에 놀이터에서 만나기로 했기 때문이었다. 약속 시간까지는 1시간 정도 남았다. 집에 들어가면 분명 또 나가냐고 잔소리를 들을 게 뻔해서, 그냥 놀이터에 앉아 시간이나 때울 생각이었다.

어두운 놀이터에 들어선 영민은 한가운데 있는 검은 덩어리를 보고 흠칫 놀라 걸음을 멈췄다.

'저게 뭐지?'

어두워서 잘 보이지 않았다. 처음에는 커다란 고양이나 개인 줄 알았다.

"두껍아. 두껍아."

그런데 그 그림자가 인간의 말을 하기 시작했다. 익숙한 목소리였다. 그 목소리의 주인공을 깨닫는 순간, 영민은 조용히 돌아서서 도망치려 했다. 반쯤 몸을 돌렸을 때였다.

"불량소년 줄게, 착한 소년 다오."

싸아악— 핏기 빠져나가는 소리가 들렸다. 온몸에 소름이 돋았다. 무서워 죽겠다!

영민은 뻣뻣하게 얼어붙은 채 검은 덩어리를 노려봤다. 어둠에 익숙해진 눈에 덩어리의 형체가 또렷하게 보이기 시작했다. 성현이었다.

춥지도 않은지 검은 슈트만 입은 성현은, 모래바닥에 책상 다리를 하고 앉아, 한 손을 모래 안에 넣고 두꺼비집을 만드는 중이었다.

"두껍아, 두껍아. 불량소년 줄게, 착한 소년 다오."

그의 음성이 음산한 놀이터에 울렸다. 정말로 무서워 죽겠다. 성현과는 종종 만나서 대화를 나눴지만 도통 익숙해지질 않았다. 이상한 사람인가 싶으면 무섭고, 무서운 사람인가 싶으면 더욱더 무섭다.

영민은 귀신도, 좀비도, 불량배도 무섭지 않았는데, 민성현만큼은 너무너무 무서웠다. 특히 저 기이한 행동이 더더욱 영민을 공포 속에 밀어 넣었다. 저 남자는 왜 저렇게 기괴한 행동들만 하는 걸까? 그냥 와서 얘기나 하자고 평범하게 말해도 될 것을.

계속 모르는 척했다가는 두꺼비에게 잡혀갈 것 같아서, 영민은 무거운 발을 옮겼다.

"저, 형님. 접니다, 주영민."

"오오, 1110호 불량소년. 난 지금 한국의 재미있는 문화를 체험 중이야."

대체 왜 이 시간에, 그런 멋진 옷을 입고!

영민은 터져 나올 뻔한 비명을 꿀꺽 삼켰다.

"함께 하겠어?"

성현이 영민을 슬쩍 올려다보며 물었다. 보통 아래에서 위로 올려다보면 귀여워 보이거나 약해 보이는데, 성현의 검은 눈은 영민을 집어삼킬 듯 빛나고 있었다. 영민은 머리가 아플 정도로 고개를 끄덕이며 성현의 맞은편에 앉았다.

"나는 지금까지 두꺼비라는 생물에 대해 크게 생각해 본 적이 없어. 그래서 두꺼비에게 소원을 비는 한국의 전통 의식을 알게 된 후, 굉장한 충격에 빠졌지."

전통 의식이 아니라 애들 놀이라고 말해 줄까 하다가 관뒀다. 성현이 틀렸다는 걸 지적해 주기가 무서웠다. 그냥 얼른 대화를 끝내고 집에 들어가고 싶었다. 엄마가 보고 싶다.

"이 의식은 말이지, 굉장히 부당해. 헌 집을 주면서 새 집을, 나쁜 소년을 주면서 착한 소년을 요구하지."

뒤의 요구는 존재하지 않는다고 말하고 싶었지만, 참았다.

"한국에서 두꺼비는 그토록 마음이 넓은 생물로 알려져 있나?"

성현이 영민을 똑바로 응시하며 물었다. 영민은 이제 될 대로 되라는 생각이 들었다.

"네, 뭐…… 그런 거겠죠."

"좋아, 불량 소년. 그렇다면 두꺼비를 닮은 자네도 마음 넓게 내 요구를 들어줄 수 있겠군."

쿵—

영민 인생 18년. 길다면 길고 짧다면 짧은 삶에서, 영민은 가장 큰 충격을 받았다. 두꺼비를 닮았다니! 이래 봬도 귀엽게 생겼다는 말을 들으며 살아왔고, 여학생들에게 인기도 많다. 그런데 두꺼비를 닮았다니! 하지만 영민은 반박하지 않았다. 아니, 반박할 수 없었다. 민성현이 너무너무 무서우니까.

"네, 들어드리겠습니다."

"좋아, 소년. 이제부터 내 말에 대답해 봐."

"네."

"오늘 뭐했지?"

영민은 입을 꾹 다물었다. 어제 오늘은 재인이 부탁한 일을 처리했다. 최명진이란 못된 남자와 관계된 일이었다. 재인은 이 일에 대해 아무에게도 말하지 말라고 부탁했다.

어제는 종일 최명진을 따라다니며 여자와 만날 때마다 몰래 촬영을 했다. 그리고 오늘 친구들을 불러 모아, 최명진이 인적 드문 곳에 들어섰을 때 덮쳤다. 폭력을 사용하진 않았다. 재인이 그러지는 말라고 했으니까.

최명진은 굳이 폭력을 사용할 것도 없이 욕설 몇 번에 하얗게 질려 달라는 대로 다 내주었다. 최명진의 휴대폰과 가방. 재인은 그것만 가지고 오면 된다고 했다.

어떡하지? 경찰에게 붙들려도 말하지 않을 각오를 했다. 하지만 상대가 민성현일 때는 달랐다. 이 알 수 없는 형님은 정말이지, 너무 무섭다.

"말해 봐, 소년."

제 딴에는 너그러운 표정을 지으며, 성현이 말했다. 하지만 영민의 눈에는 험악하게만 보였다.

"재, 재인이 누나가…… 아무한테도 말하지 말랬는데!"

너무 무섭지만 그래도 재인과 약속했다. '착하다.'고 칭찬해 준 재인과의 약속이었다. 깨고 싶지 않았다.

"그래?"

"네, 네! 아, 아무리 형님이라도 말할 수 없습니다."

성현의 입가에 해사한 미소가 번졌다. 아직 밤인데도 주위가 환하게 빛나는 밝은 미소였다. 성현을 알게 된 뒤 처음으로 그가 무섭지 않다고 생각하는데, 그의 커다란 손이 영민의 머리 위에 툭 내려앉았다. 그는 영민의 머리를 쓱쓱 쓰다듬으며 말했다.

"이거 참. 한국의 전통 의식은 무시할 게 못 되는군. 불량소년을 줬더니, 정말로 착한 소년을 내주잖아."

한선은 혜란과 함께 최명진의 피해자들을 만나고 다녔다. 재인이 한선에게 피해자의 연락처를 넘겼고, 혜란이 그들에게 연락을 했다. 아무래도 남성보다는 여성이 연락을 해야 경계심을 낮출 수 있을 것 같았기 때문이다.

7명의 피해자 중 4명을 설득시켜서 직접 만나 이야기를 들었다. 나올 생각 없다고 한 3명이 일이 마무리되면 그 결과를 꼭 알려달라고 부탁해 왔다.

"상황이 안 된 것 같아서 도와주고는 있지만 도저히 모르겠네. 이런 걸로 뭘 어떻게 하려는 거지?"

각각의 피해자들과 면담을 끝낸 이튿날. 재인과 만나기로 한 장소에 한선과 혜란이 먼저 도착했다. 혜란이 두 말 않고 도와준 것은 고마웠지만, 그녀의 양갈래 머리는 도무지 적응이 되지 않았다.

"정 박사, 그 머리 좀 바꿀 생각 없냐?"

레모네이드를 혜란의 앞에 놔주며 한선이 툴툴거렸다.

"내 머리를 왜 바꾸니? 똥강아지 형사보다 100배는 좋은 머리인데."

"그 스타일 말이야, 스타일! 너, 그래서 결혼이나 하겠냐?"

"얼씨구? 류 형사 오지랖 넓은 줄은 알고 있었는데, 내 결혼까지 걱정해 줄지는 몰랐네. 기분 아주 별로야."

혜란이 빨대를 쪽쪽 빨아댔다. 연노란색 액체가 빠른 속도로 줄어들었다. 순식간에 레모네이드 한 잔을 해치운 혜란이 두 번째 레모네이드를 사달라고 요구했을 때, 재인이 도착했다. 재인은 혜란이 같이 올 줄은 몰랐는지 잠깐 멈칫 했지만, 곧 아무렇지도 않게 다가왔다.

"안녕하세요, 정 박사님. 정말 오랜만에 뵙습니다. 안녕하세요, 류 형사님."

예의 바르게 인사한 재인이 혜란의 옆자리에 앉았다. 혜란은 고개를 옆으로 돌려 재인의 옆모습을 지켜보다가, 한선의 옆자리로 옮겼다. 재인의 얼굴을 제대로 관찰하고 싶었기 때문이다.

"예뻐졌네."

"감사합니다."

혜란의 말에 재인이 무심히 대답했다. 언제 봐도 표정이 없는 아가씨라는 생각이 들었다. 한선의 말로는 최근에 많이 바뀌었다고 하는데, 어느 부분이 어떻게 바뀌었다는 건지 모르겠다. 예쁘다고 칭찬을 해 줘도 작은 미소조차 짓지 않는데.

"정 박사님이 많이 도와 주셨다고 들었습니다. 바쁘실 텐데, 정말 감사드려요."

"응, 정말 바쁜데 류 형사가 어찌나 귀찮게 하던지. 재인 씨도 알잖아. 류 형사가 재인 씨 일에 얼마나 발 벗고…… 읍! 읍!"

한선이 얼굴을 벌겋게 물들이고 혜란의 입을 틀어막았다. 혜란은 신경질적으로 그의 커다란 손을 떼어 내며 재인의 표정을 관찰했다. 재인은 여전히 무표정했다.

'류 형사는 대체 왜 이런 여자애를 좋아하는 거지?'

한선이 다혈질 바보이기는 해도, 어디 가서 빠지는 외모는 아니었다. 객관적으로 봤을 때 키도 크고 어깨도 넓고 잘생겼다. 여경들이 한선에 대해 떠들어 대는 소리를 들은 적도 있었다. 그런데 왜 하필이면 재인일까? 더 예쁘고 싹싹한 아가씨들도 많은데.

"인느님. 피해자 4명을 만나서 인터뷰 영상을 찍어왔어. 자기들 이름 흔하니까 사람들 앞에서 사용해도 상관없다는 말을 들었고. 남은 3명도 이름을 거론하는 건 상관없대. 다만 나이나 학교, 직업 같은 개인정보는 흘리지 말아달라고 하더라."

한선이 동영상 파일이 담긴 외장하드를 재인에게 건네며 말했다.

"감사합니다, 형사님."

"고맙긴. 원래 경찰들이 해야 하는 일인데."

한선이 쑥스러운 듯 손가락으로 코 아래를 문질렀다. 혜란은 그런 한선이 그저 바보 같아 보였다. 앞으로 어떻게 하려는지 묻지도 따지지도 않고 도와주다니. 아무리 사랑에 빠졌다지만 일에 있어서까지 바보처럼 구는 건 봐주기 힘들다.

"그렇게 고마우면 왜 우리가 이런 일들을 해야만 했는지 설명 좀 해 주지 그래?"

한선이 재인의 앞에서 유독 멍청하게 구는 걸 보니 말이 곱게 나오지 않았다. 혜란 자신이 듣기에도 너무 날카로웠나 싶었는데, 정작 재인은 무표정하게 고개를 숙였다.

"네, 죄송합니다. 먼저 설명부터 드려야 했는데. 사실은 저도 확실하게 계획을 정리하지 못해서 말씀드리기가 힘들었어요."

재인이 솔직하게 사과를 해오자, 혜란은 민망해졌다. 생각해 보면 재인이 한선에게 도움을 요청한 것은 그녀 자신을 위해서가 아니었다. 한 남자 때문에 죽음까지 결심한 한 여자를 돕기 위해서였다. 바보처럼 구는 것은 한선인데, 괜히 재인에게 화풀이를 하고 말았다. 미안한 마음이 들었지만 정작 재인은 아무렇지도 않은 표정으로 말을 이었다.

"전에 민성현 교수님이 상대를 당황시키기 위해 허를 찌르는 질문을 던져야 한다고 했어요. 그래서 최명진을 당황시킬 질문이 어떤 것일지 고민을 해봤는데…… 솔직히 잘 모르겠어요. 전 민성현 교수님과는 다르니까요."

"당연히 다르지. 인느님은 정신이 온전하잖아."

한선이 말했다. 그 순간 재인의 입가에 옅은 미소가 번졌다. 그 미소는 마치 봄 햇살처럼 은은하고 따스해서, 같은 여자인 혜란조차도 두근, 심장이 뛰었다.

저 미소는 뭘까? 불과 얼마 전까지만 해도, 웃지도 울지도 화내지도 않는 인형 같은 여자였는데.

"맞아요. 그런 것도 있죠. 그리고…… 저는 상대의 거짓말을 알아내는 것밖에 못 해요. 민성현 교수님처럼 상대의 성향을 파악하고 적절한 질문을 찾아내는 건, 아무리 고민을 해 봐도 못 하겠어요. 저는 타인과 평범한 대화를 나누는 것조차도 힘드니까요."

자조적인 내용의 이야기였지만, 그 말을 하는 재인의 표정은 그렇지 않았다. 혜란을 놀라게 한 미소는 사라졌지만, 그녀의 눈동자는 생기로 가득 차 있었다.

혜란은 지금 눈앞에 있는 유재인이, 전에 경찰청에서 마주쳤던 유재인과 동일인물인지 의심스럽기까지 했다. 그때의 재인은 손을 대면 흩어질 환상처럼 보였다.

하지만 지금의 재인은 또렷한 존재감을 가지고 혜란의 앞에 앉아 있었다. 아무리 만져도 흔들어도 때려도 부서지지 않을 것처럼 견고한 모습이었다.

"배신에 대한 상처는, 제가 달게 받을 테니까요."

갑자기 성현의 음성이 떠올랐다. 그 말을 하던 그의 표정, 눈빛, 그 모든 것이 바로 눈앞에 있는 것처럼 생생했다.

재인의 변화는 역시 민성현 효과인 거겠지.

한선이 재인을 섣불리 만지지도 못하고 바보처럼 구는 동안, 성현은 성큼성큼 재인의 세계 안으로 들어갔다. 그리고 흩어질 듯 사라질 듯 위태롭던 그녀를, 성 밖으로 끄집어냈다.

이쯤 되면 한선이 아무리 발버둥 쳐도 재인을 빼앗기 힘들 것이다. 아지랑이 같던 재인이 봄 햇살 같은 미소를 지을 수 있게 해 준 사람이 민성현이니까. 민성현이 있음으로써 유재인이 완성되었으니까.

"그래서 저는 제 방법으로 이 일에 접근해 보기로 했습니다."

재인이 한선을 똑바로 응시하며 덧붙였다.

"류 형사님. 저는 이제부터 범죄를 저지를 예정입니다."

기말고사 기간이지만 명진은 공부에 집중할 수가 없었다. 얼마 전 불량배들에게 빼앗긴 휴대폰과 가방 때문이었다. 그 안에 들어 있는 내용물 때문에 분실신고조차 하지 못했다.

'설마 외장하드 내용을 다 뒤져보진 않겠지? 그냥 팔아버렸겠지?'

그냥 팔아버리면 다행이다. 외장하드에 있는 동영상 중에 명진의 얼굴이 찍힌 것은 없었다. 목소리는 녹음되었겠지만, 그걸로 '최명진'이란 것을 눈치채는 사람은 없을 것이다.

'미치겠네, 진짜!'

휴대폰도 외장하드도 동영상들을 숨김 파일로 지정해두긴 했지만, 그것만으로 안심할 수는 없었다. 훔쳐간 놈들이 작정하고 뒤지면 다 볼 수 있었다.

'그런 놈들이 아니어야 할 텐데.'

아직까지 아무 일도 일어나지 않은 걸로 봐서는, 훔쳐가자마자 전부 팔아치웠는지도 모르겠다. 특히 휴대폰 같은 경우는 위치 추적이 가능해서 빨리 팔아치운다고 알고 있다.

'괜찮을 거야. 뭐, 벌써 며칠이나 지났는데 아무 일 없는 걸 보면. 알 만한 놈들이라면 벌써 다 알아냈겠지.'

하지만 아주 안심이 되지는 않았다. 아무 일 없이 한 달은 지나야 안심할 수 있을 것 같다.

"오빠, 안녕하세요."

재수강 중인 컴퓨터 활용 수업을 듣기 위해 컴퓨터를 켜는데, 후배들이 들어오며 명진에게 인사를 해 왔다.

속은 바싹바싹 타들어갔지만 후배들의 앞에서는 어디까지나 근사한 학생회장의 위치를 고수해야만 했다. 명진은 친근한 미소를 지으며 인사하는 후배들에게 하나, 하나 아는 척을 해 주었다.

컴퓨터실 자리가 하나, 둘 채워졌다. 명진은 무의미하게 웹페이지를 이리저리 돌아다니다가 문득 고개를 들었다. 시선이 느껴졌기 때문이다. 뒤를 돌아보자 강의실 문에서 가까운 자리에 모자를 푹 눌러쓴 남자가 앉아 있었다. 챙이 깊은 모자라서 얼굴이 잘 보이지 않았고, 이쪽을 보고 있는지도 확실하지 않았다.

'같이 수강하는 애 중에 저런 애가 있었나?'

의아하게 생각하며 다시 모니터로 시선을 돌렸다.

드르륵, 문 열리는 소리와 함께 교수가 들어왔다.

인사를 하고 잠깐의 잡담. 그리고 수업을 시작하려 할 때였다.

"어엇! 이거 최명진 아냐?"

모자를 눌러쓰고 있던 남자가 큰 목소리로 외쳤다.

"야, 야. 이 영상에 나오는 거 최명진 맞지? 우리 학생회장!"

남자가 다시 한 번 큰소리로 외치자, 학생들이 웅성거리며 그의 모니터를 흘끗거리기 시작했다. 교수도 관심을 보이며 다가왔다.

'뭐지?'

명진은 등골이 서늘해지는 것을 느끼며 벌떡 일어났다. 하지만 너무 동요하는 모습을 보이면 안 된다는 생각에, 서둘러 표정을 갈무리했다.

"왜, 무슨 일인데 그래?"

목소리가 가늘게 떨렸지만 다른 사람들이 눈치챌 정도는 아니었다.

"이거 보세요, 교수님. 이거 최명진 맞죠?"

남자는 마침 옆에 도착한 교수에게 말하며 컴퓨터 음량을 키웠다. 그리고 명진의 목소리가 강의실에 울려 퍼졌다.

―어어. 너 돈 많은 집 딸내미라는 거 들었었거든.

온몸의 피가 빠져나가는 것 같았다.

―얼른 돈이나 내놔.

―나 말고 다른 여자들한테도 이런 짓 해?

―뭐야? 너, 녹음이라도 하냐?

―내 동영상은 어디에 보관했어? 휴대폰? 웹하드? 메일? 외장하드? 컴퓨터 본체? 아니면 다른 곳에도 보관한 거야? 친구들한테 맡기고 그랬어?

며칠 전 다희를 만나 돈을 받아 낼 때의 목소리였다. 커다란 방망이가 뒤통수를 가격한 듯 정신을 차릴 수가 없었다. 정신을 가다듬느라 모자 쓴 남자가 슬쩍 자리를 떠나는데도 붙잡을 생각을 하지 못했다. 강의실 안은 금세 소란스러워졌다.

"뭐야? 이거 진짜 회장인데?"

"헐. 대박. 이게 명진이 오빠라고?"

"뭘 퍼뜨린다는 거야? 설마…… 그런 거 찍어서 협박한 건가?"

"이거 진짜야? 명진 선배가 이런 짓 할 리가 없잖아."

여기저기서 들려오는 목소리들이 가시처럼 명진의 몸에 박혔다. 명진은 주먹을 꽉 쥐었다. 영상이 얼마나 또렷한지 확인하는 것이 우선이었다. 어떻게든 도망칠 구멍이 있다.

"대체 무슨 일인지 모르겠네."

명진은 여유로운 척 중얼거리며 모니터 앞에 우글우글 모여 있는 학생들을 밀어내고 안쪽으로 들어갔다. 학생들의 반응은 반반이었다.

혐오의 눈빛, 아직은 신뢰한다는 눈빛. 그래, 모두의 마음이 떠난 것은 아니다. 얼마든지 상황을 바꿀 수 있었다.

'그 계집애가 대체 언제 이런 걸 찍은 거지?'

라고 생각하며 모니터를 확인했다. 다희가 찍은 것은 아니었다. 다른 자리에서 찍은 영상이 분명했고, 초점이 명진의 얼굴에 맞춰져 있었다. 다희의 얼굴은 모자이크 처리를 한 듯 뿌옇게만 보였다.

영상 속의 명진은 다희에게 돈이 든 봉투를 받아 챙기고 일어서는 중이었다. 그 영상은 거대 소셜 네트워크에 업로드 되어 있었다.

학생들이 해명을 요구하는 시선을 보냈다. 교수도 어둡게 가라앉은 표정으로 명진을 보고 있었다.

"이건 그러니까."

말을 하며 머리를 굴렸다. 하지만 뭐라 말해야 좋을지 알 수 없었다.

"내가 아닌 것 같은데."

"말도 안 돼."

어디선가 어이없다는 중얼거림이 흘러나왔다. 명진은 인상을 구기고 그쪽을 노려봤다. 학우들의 냉랭한 시선이 명진에게 쏟아지고 있었다. 명진을 신뢰하는 시선이 더 적어졌다.

"아니, 이거 잘 봐봐. 여자애는 모자이크를 했잖아. 이건 악의적으로 날 모함하려고……."

"동영상은 여기 있었어."

처음 듣는 여자의 목소리가 명진의 변명을 끊었다. 명진은 눈을 부릅뜨고 소리가 난 쪽으로 고개를 돌렸다. 학생들 사이에서 한 여자가 서 있었다. 몇 번인가 본 적 있는 얼굴이었다.

자그마하고 하얀 얼굴, 아주 연한 갈색의 단발머리, 속쌍꺼풀이 있는 커다란 눈. 대학 교정에서 몇 번 마주친 적이 있는데, 그때마다 예쁘게 생겼다고 생각했었다. 꼬셔보려고 했지만, 도무지 기회를 잡을 수가 없었다.

'이름이…… 유재인이었던가?'

예상치 못한 상황에서 벗어나고 싶은 마음에, 무의미한 생각을 하고 있는 자신을 깨닫지 못했다. 그런 명진을 물끄러미 응시하며, 재인은 천천히 손을 들어 올렸다. 강의실 안에 있던 학생들은 갑자기 나타난 재인에게 주목하고 있었다. 그녀의 움직임을 따라 학생들의 눈동자도 움직였다.

재인의 손에는 휴대폰 하나가 들려 있었다. 얼마 전 명진이 불량배들에게 빼앗긴 휴대폰이었다.

"이 안에 들어 있더라. 네가 여자들을 찍은 동영상."

"무…… 무슨 소리세요?"

명진은 가까스로 정신을 차렸다. 저 안에 담긴 동영상엔 명진의 얼굴이 담겨 있지 않았다. 도망칠 구멍이 생겼다.

"그 동영상은 친구가 장난으로 보내 준 겁니다. 휴대폰을 잘 다룰 줄 몰라서 미처 삭제하지 못했던 거고요."

"그래?"

"그래요."

재인의 입가에 차가운 미소가 번졌다.

"그럼 왜 이 안에도 같은 영상이 들어 있을까?"

재인이 다른 쪽 손을 올렸다. 외장하드를 들고 있었다.

"그, 그건…… 그건 처음 보는 건데요."

"아아, 그렇구나."

"네. 제 게 아닌 것 같은데…… 저, 그런데 누구신지."

명진은 여유를 되찾았다. 일단 저것들만 부정하고 나면 소셜에 올라온 영상은 어떻게든 해결할 수 있을 것이다. 누군가의 악의적인 장난, 신뢰를 얻고 있는 명진에 대한 질투, 혹은 명진에게 고백했다가 거절당한 여자의 증오. 그런 것 때문에 비롯된 일이라고 말하면 그만이다.

"거짓말을 하고 있네. 이미 날 알고 있으면서."

재인의 말에 명진은 그녀의 얼굴을 자세히 살펴보는 척 미간을 좁혔다.

"글쎄요. 전 잘 모르겠는데. 절 아세요?"

"응, 알아. 다희 애인이잖아, 너."

"……네, 그렇죠."

"그리고 돈 나갈 곳이 많지. 아니, 아니구나. 그냥 재미로 그러는 거구나. 여자애들이 곤란해하는 모습을 보고 싶어서. 그래, 여자애들 우위에 서 있다는 걸 알리고 싶은 거야."

명진은 남몰래 마른침을 삼켰다.

"왜일까? 과거에 여자들에게 안 좋은 일이라도 당했니? 아, 그렇구나. 어떤 일? 좋아하던 여자애에게 매몰차게 차였어? 음, 과거에 지금이랑 좀 달랐나? 못생겼다고 놀림이라도 받았던 거야? 그래, 둘 다였군."

재인의 연갈색 눈동자가 명진의 머릿속을 뒤지기라도 하는 듯 흔들림 없이 고정되어 있었다.

"저, 무슨 말씀이신지…… 모르겠는데요……."

본인이 듣기에도 형편없는 목소리가 흘러나왔다.

"동영상 파일을 다 뺏겼으면서도 여자를 협박했지? 어젠 누굴 만났어? 최미영? 아니, 진보라구나."

"……."

"그저께는 유정하. 음, 강지예도 만났네. 하루에 두 명이나 만나서 돈 뜯어내고 그러는 거야? 아니, 세 명이구나. 정보라까지."

높낮이 없던 그녀의 음성이 갑자기 묵직해졌다. 그와 동시에 맑고 투명했던 눈동자에 서릿발 같은 냉기가 서렸다.

"그 돈은 어디에 썼지? 오락? 쇼핑? 저축? 아, 쇼핑을 했네. 옷을 샀어? 시계? 운동화? 음. 옷이랑 운동화를 샀구나. 반은 저금했고. 해외여행이라도 가려고?"

명진은 깨달았다.

'이 여자는 내 머릿속을 읽고 있어!'

분명하다. 그러지 않으면 누구를 만났는지, 몇 명을 만났는지 알 리 없다.

혼란에 빠졌다. 생각을 읽다니. 어디까지 읽을 수 있는 걸까? 나에 대해 얼마나 많은 것을 알고 있는 걸까?

과거에 뚱뚱했고, 못생겼고, 그래서 여자들의 놀림감이 되었다는 것, 친구도 없이 혼자 밥을 먹고, 냄새난다며 다들 피해 다녔다는 것. 그런 것들까지 알고 있겠지. 그 과거를 지우기 위해 얼마나 고생했는데, 이런 여자에게 걸리다니.

그 순간, 명진은 주위에 사람들이 있다는 것을 잊었다. 눈앞에 있는 단 한 사람, 명진의 머릿속을 꿰뚫어 보는 재인만이 존재했다.

"그, 그런 거…… 아, 아니야!"

과거의 어눌했던 말투가 튀어나왔다.

"그, 그, 그런 거 아니라고!"

명진의 머릿속에 단 한 가지 생각만이 자리 잡았다. 저 여자를 없애버려야 돼. 나에 대해 많은 것을 알고 있는 저 여자를 가만히 놔둬서는 안 돼! 명진이 옆에 있던 것을 집어 들고 재인에게 달려들었다.

"꺄악!"

여학생들이 지르는 비명 소리가 강의실 안에 울려 퍼졌다.

퍼억—

이마 부근에 격통이 느껴졌다. 그러나 재인은 눈을 똑바로 뜨고 최명진을 노려봤다. 도망칠 곳을 찾지 못한 최명진은 재인을 공격한 것으로 자신의 죄를 증명했다. 그의 얼굴은 험악하게 일그러져 있었고, 눈은 두려움과 초조감으로 번들거렸다.

"이 자식!"

뜨끈한 피가 이마를 타고 흘러내려 속눈썹에 맺히는 것이 느껴졌다.

빠악—!!

한선의 외침이 들리는가 싶었는데, 또다시 머리에 강한 충격이 일었다. 울렁, 안에서 뇌가 흔들리는 느낌에 재인은 비틀거렸다. 몸이 옆으로 기울어지는 와중에도 최명진을 향한 시선을 거두지 않았다. 최명진의 입술 사이로 희미한 신음이 흘러나왔다.

우당탕! 대기하고 있던 한선이 최명진을 덮쳤다. 두 남자가 한 데

얽혀 쓰러지며 시끄러운 소리가 났다.

'어떡해!' 둘러싼 학생들의 비명 소리. 그 모든 것들이 느리게 진행되는 듯 느껴졌지만, 사실은 아주 짧은 순간에 벌어진 일이었다.

덥석—

누군가 재인의 몸을 받아 들었다. 누군지 확인하기 위해 눈동자를 움직이던 재인은,

"인느님, 괜찮아?"

한선의 목소리를 마지막으로 까무룩 정신을 잃었다.

8장
보고 싶어

화학 약품 냄새. 두런두런 들려오는 나직한 속삭임. 머리가 깨질 것 같은 두통. 눈을 떠야 한다고 생각했지만 눈꺼풀이 너무 무거웠다. 그때 달콤한 향기가 코끝을 간질였다.

그 익숙한 향기에 불안한 마음을 다독였다. 두통도 조금 가시는 것 같았다. 다시 잠에 빠져들었다가 깨어났을 때, 주위는 고요했다. 눈을 번쩍 떴다.

가장 먼저 낯선 천장이 보였다. 고개를 휙 옆으로 돌렸더니 지끈, 머리가 아파왔다.

인상을 찡그리는데 낮은 음성이 들려왔다.

"많이 아파?"

성현의 목소리였다. 눈을 감았다가 뜰 때마다 머리가 찌릉찌릉 울렸다. 고통을 드러내지 않으려고 애쓰며, 목소리가 들려온 방향으로 고개를 돌렸다. 침대 왼쪽, 창문을 등지고 성현이 앉아 있었다.

창문으로 들어오는 노을빛이 성현의 실루엣을 따라 오렌지색 곡선을 그렸다. 빛을 등지고 있어서 그의 얼굴이 잘 보이지 않았다.

"민성현 씨."

"그래, 재인아."

그는 여왕님이라는 호칭 대신 재인의 이름을 불렀다. 늘 느끼는 거지만, 그의 음성이 만들어 내는 '유재인'이라는 이름은 참으로 달콤했다. 그의 몸에서 나는 향기보다 더.

"최명진은 어떻게 됐어?"

"내가 죽였어."

흠칫 했지만 곧 미소를 지었다.

"거짓말."

처음으로 그의 거짓말이 몸짓에 드러났다. 그리고 그의 행동에 또 다른 행동이 섞여 있었다. 저건 뭘까.

초조, 불안, 공포, 그리고 분노.

자신이 읽어낸 그의 감정을 확신할 수가 없었다.

초조와 불안, 그리고 공포는 민성현이라는 남자와 어울리지 않는 감정이다.

"그래, 거짓말이지."

그가 느릿하게 일어났다. 그리고 덧붙였다.

"아직은."

오싹—

팔뚝에 소름이 돋았다. 그의 굵은 저음에 진심이 담겨 있었기 때문이다. 어째서인지, 민성현이라면 정말로 최명진이라는 남자를 죽일 수도 있을 거란 생각이 들었다.

"나는 지금 무척 화가 났어."

그가 말했다.

"나는 네가 다른 사람의 고통을 덜어 주기 위해 노력하는 게 좋은 일이라고 생각했어. 그래, 좋은 일이었지. 하지만 자기 몸을 다치게 하면서까지 해야 할 일은 아니었어."

성현이 천천히 벽면을 향해 걸어갔다.

"유재인, 너는."

달칵, 그가 스위치를 눌러 병실 안의 형광등을 켰다. 빛 아래에 그의 얼굴이 또렷이 드러났다. 성현은 무어라 형용할 수 없는 표정을 짓고 있었다.

쿵—

심장이 내려앉는 느낌이 들었다.

왼쪽 가슴 부근이 지끈거리며 저릿하게 아파왔다.

"속죄할 생각으로 그 사건에 뛰어든 거야. 어머니를 죽게 놔뒀다는 죄책감. 누군가를 도움으로써 그 죄책감에서 벗어나려고 한 거지."

그가 침대 옆으로 걸어와 재인을 내려다봤다.

"그래서, 어때? 유재인, 네가 품고 있는 죄책감이 사라졌나?"

재인은 대답할 수 없었다. 그의 질문은 강압적이었고, 약간의 조롱까지 담겨 있었다. 하지만 기분이 나쁘지는 않고 그저 아프기만 했다. 질문을 던지는 성현이 금방이라도 울 것 같은 표정을 짓고 있었기 때문이다.

"가장 화가 나는 건, 내가 너의 그런 의도를 간파하지 못했다는 점이야."

"그런 건 당연하잖아."

간신히 한 문장을 내뱉었다.

"아니, 당연하지 않아."

그가 쓰게 웃으며 재인의 볼을 쓰다듬었다.

"당연하지 않아, 재인아. 나는 미리 알아야만 했어. 그리고 네가 위험한 짓을 하지 않도록 막아야 했고. 적어도 그 현장에 내가 있어야만 했어."

알겠다. 이 아픔의 이유.

그는 자책하고 있었다.

재인이 다친 것은 그녀 자신 때문이었다. 성현이 이 일에 조금도 개입하지 않았다. 그런데도 그는 재인을 탓하지 않고, 오롯이 본인만을 원망하고 있었다.

마치 그가 재인을 때려서 다치게 한 것처럼.

"최명진이 앞으로 어떻게 나올지, 그의 희생자들이 어떻게 움직일지, 류한선 형사가 최명진을 어떻게 다룰지. 나는 알고 있어. 하지만 나는 아무리 노력해도, 널 알 수가 없어."

"당신은 나에 대해 많은 걸 알잖아."

"아니야, 재인아. 내가 아는 거라고는 네가 놀랍도록 예쁘다는 것과 굉장한 직관력을 가지고 있다는 것뿐이야. 나는 어떻게 해야 네가 기뻐할지, 네가 이 세상을 살아가고 싶어 할지, 마음껏 웃을지 알고 싶어. 그런데 모르겠어. 아무리 고민을 해도 답이 안 나와."

성현은 몹시 고통스러워 보였다. 재인은 뺨에 닿아 있는 그의 손 위에 자신의 손을 겹쳤다.

"왜 그런 걸 알고 싶어 하는 거야? 나는 잘 살고 있어, 민성현 씨."

"정말로? 이렇게 몸을 함부로 굴리는 게 잘 살고 있는 거라고 생각해?"

대답할 수가 없었다. 성현도 대답을 기대하지 않은 듯 말을 이었다.

"죽으면 그뿐, 이라고 생각하는 게 내 눈에는 보여. 그런 건 잘 살고 있다고 말하지 않아. 죽지 못해 살아가고 있다고 말해야 하는 거야."

"……."

"어떻게 해야 나의 여왕에게 삶의 의미를 찾아줄 수 있을까. 나는 매일, 매순간 그 생각을 해. 하루 중 한순간도 빼놓지 않고 그런 생각을 했더니, 도리어 알 수 없게 돼버렸어."

"난 당신한테 그런 걸 찾아달라고 부탁한 적 없어. 왜 그런 걸 하루 종일 생각하고 그래?"

재인의 질문에 성현의 옅은 미소를 지었다. 그것은 무척이나 애달프고 달콤해서, 재인은 마법에 걸린 듯 꼼짝도 할 수가 없었다.

그의 얼굴이 서서히 다가온다는 것조차 깨닫지 못했다. 이마에 따뜻하고 부드러운 것이 닿았을 때에야, 그가 이마에 입을 맞추었음을 깨달았다. 그 입술이 닿은 작은 부분에서 시작된 온기가 전신으로 퍼져 나갔다.

이윽고 몸을 일으킨 성현은 그 검고 맑은 눈동자로 재인을 똑바로 응시하며 말했다.

"내 마음이 그러라고 하니까."

다행히 큰 상처를 입지는 않았다. 다섯 바늘을 꿰맸고, 머리에는 이상이 없다고 했다. 바로 퇴원을 해도 될 정도였는데 성현이 더 쉬라고 고집을 부렸다. 침대에서 내려오지도 못하게 하는 성현 때문에, 꼼짝없이 병실에 갇혀 있었다.

1인실 병실이라는 것이 무척 마음에 걸렸다. 하루 입원비가 굉장히 비싸다고 알고 있는데. 그런 걱정을 하고 있을 때, 다희가 찾아왔다.

다희는 병실 안에 있는 성현을 보고 놀란 듯했다. 성현이 눈치 빠르게 일어나 다희를 향해 미소를 보이고는 병실을 훌쩍 떠났다.

침대 옆으로 다가온 다희가 걱정스러운 표정으로 재인의 이마를 살펴봤다.

"괜찮으세요?"

"응, 크게 다친 건 아냐."

"그래도 흉터가 남을지도 모르는데……."

"괜찮아, 그런 건."

정말이다. 이 육체의 아름다움에 대해 생각해 본 적은 단 한 번도 없었다. 흉터가 남든, 팔 하나가 잘리든 아무래도 좋았다.

그런 생각이 겉으로 드러난 걸까? 다희가 갑자기 손을 뻗어 왔다. 이불 위에 가지런히 놓여 있던 재인의 손을 잡으려다가 멈춘 다희가 미간을 좁혔다.

"살아 있어도 된다는 허락, 받은 거 아니었어요?"

무슨 말인가 싶어 다희의 얼굴을 물끄러미 응시하다가, 전에 그런 말을 한 적이 있다는 걸 떠올렸다.

"지금 나는 20년 만에 처음으로 살아 있어도 된다는 허락을 받은 것 같아."

"지금 언니는 그런 허락을 받은 사람 같지가 않아요. 저도 그런 표정이었어요? 그래서 언니가 제 상황을 눈치챈 거예요?"

재인은 입가로 손을 가져갔다. 다희가 어떻게 알았을까? 이 얼굴에 드러난 걸까? 이 어두운 생각과 감정이 고스란히 표정으로 나타나게 된 걸까?

자신의 표정을 확인하고 싶었다. 감정을 겉으로 드러내고 싶지 않았다. 날카로운 통찰력을 가진 성현에게는 어쩔 수 없더라도, 다른 사람들에게까지 속마음을 들키고 싶지 않았다.

"아니, 이런 이야기를 하러 온 게 아닌데."

재인이 당황한 것을 본 다희가 어색하게 웃으며 말을 돌렸다. 재인은 입가를 가리고 있던 손을 내리고 말했다.

"감사인사라면 안 해도 돼. 그런 걸 듣자고 한 게 아니니까. 나는 그저 내가 어디까지 할 수 있는지……."

"고마워요, 언니."

조금은 냉정하다 싶은 재인의 말을 끊으며, 다희가 말했다.

"정말로 고마워요."

이번에는 다희의 손이 재인의 손 위에 겹쳐졌다.

"언니가 아니었다면 전 지금 이 세상 어디에도 없었을 거예요. 우리 부모님은 울었을 거고, 분노했을 거고, 어쩌면 마음이 약해져서 저와 같은 선택을 했을지도 몰라요."

다희의 손은 따뜻했다.

"언니는요."

그리고 그녀는 며칠 전과 달리 또렷한 존재감을 가지고 있었다. 바람이 불어도, 누군가 건드려도 사라지지 않을 만큼 견고했다.

"제 인생뿐 아니라 우리 가족까지 구해 주셨어요. 그리고 다른 피해자들의 인생도요."

"……."

"그러니까 정말로 감사합니다."

대답을 해 줘야 하는데 목소리가 나오지 않았다. 입술을 달싹거리다가 포기하고 오히려 입을 굳게 다물었다.

아무리 노력해도 지워지지 않는 순간이 있었다. 그런데 챙그랑, 한 귀퉁이가 깨져 버렸다. 그날 집에 들어설 때에 맡았던 그 냄새가 아무리 떠올려도 기억나지 않았다.

기억해야만 하는데, 품고 있어야만 하는데. 그래서 매일, 매순간 그날을 살아가는 것처럼 괴로워해야 하는데. 그러지 않으면 엄마를 볼 낯이 없는데. 그 차가운 방에서 쓸쓸히 죽어 간 엄마를 떠올릴 자격도 없어지는데.

"네가 내 삶의 의미니까."

그날의 끔찍한 냄새 대신 달콤한 초콜릿 향기가 깨진 부분을 채웠다.

"어이구. 아빠는 우리 재인이 때문에 산다. 우리 재인이 때문에 살아."

잊고 있었던 장면이 하나 불쑥 튀어나왔다.

"우리 공주님. 아빤 우리 공주님이 있어서 사는 거야."

피곤한 아빠 힘내라고, 유치원에서 배워 온 춤을 열심히 췄었다. 박자도, 노래도 엉망이었지만, 아빠의 얼굴에는 그 여느 때보다도 환한 미소가 걸렸다.

 재인의 볼에 연신 입을 맞추며, '우리 재인이 덕에 산다.' 라고 말하는 아빠에게, 엄마는 삐친 척 '나는 없어도 되나 보지?' 라고 투덜거렸었다.

 새까맣게 잊고 있던 추억인데, 갑자기 불쑥 튀어나와 영화처럼 생생하게 펼쳐졌다.

 그날 거실의 온기, 보글보글 끓고 있던 된장국 냄새, 위이잉 돌아가던 냉장고 소음까지. 무엇하나 희미한 것 없이 또렷하게 기억났다.

 그리워할 자격이 없다고 생각했다. 오래전 돌아가신 엄마를 보고 싶어 하는 마음, 아빠를 만나고 싶어 하는 마음. 그런 걸 가질 자격이 없다고 생각했다.

 그래서 마음껏 그리워하지도 못하고, 울지도 못했다. 행복했던 기억이 떠오르려고 할 때마다 꾹꾹 밟아 억지로 밀어 넣었다. 그리고 엄마의 마지막 모습을 떠올렸다.

 냉기 서린 방안에서 외로이 죽어 간 엄마의 마지막 모습.

 품을 수 있는 추억도, 끄집어낼 수 있는 기억도 그것뿐이어야만 했다. 못된 계집애니까. 엄마를 죽인, 못된 계집애니까.

 "나는, 다희야."

 눈물이 흘러내렸다. 닦을 생각도 하지 않고 다희를 응시했다. 다희 역시 울 것 같은 표정으로 재인을 보고 있었다.

 "감사 인사를 받을 자격 같은 거 없어. 정말로."

다희가 병실 밖으로 나왔을 때, 한선과 성현은 복도 벽에 나란히 등을 대고 서서 대화를 나누는 중이었다. 다희는 한선을 알아보고는 꾸벅 인사를 했다. 한선이 슬쩍 손을 올려 인사를 받아 주었다.

다희는 잠시 망설이다가 그들에게 다가갔다.

"여기 병원비는 제가 계산하게 해 주세요."

다희의 말에 성현이 어깨를 으쓱했다.

"그렇게 해요."

다희는 고개를 들어 성현의 얼굴을 응시했다. 특강 첫 날부터 학생들을 경악시켰던 이 이상한 교수와 재인이 사적으로 아는 사이라는 것은 눈치채고 있었다. 하지만 무슨 사이인지는 잘 모르겠다.

다만 다희가 병실에 들어갔을 때, 성현은 무척이나 걱정스러운 표정으로 재인을 지켜보고 있었다. 제3자인 다희조차도 두근거릴 만큼 애달픈 눈빛이었다.

"재인이 언니는 제 감사인사를 받아 주지 않았어요."

성현과 한선이 비슷한 느낌의 미소를 지었다. 무척이나 쓰디쓴 미소였다.

"하지만 저는 정말로 언니에게 감사하고 있고."

거기까지 말하고 다희는 그게 심호흡을 했다. 재인의 눈물이 마음에 걸렸다. 그리고 언젠가 재인이 했던 말도.

"이렇게 사느니 죽는 게 낫지."

그때는 자신의 슬픔에 취해 느끼지 못했다. 하지만 이젠 알겠다. 그 말을 할 때 그녀의 음성이 얼마나 깊은 슬픔에 잠겨 있었는지.

"언젠가 재인이 언니가 알게 됐으면 좋겠어요. 감사인사를 받는데, 자격 같은 건 필요 없다는 걸."

다희는 한선에게도 깊이 허리를 숙여 감사인사를 했다. 그녀가 자리를 떠난 후, 한선이 성현에게 말했다.

"넌 안 들어 가냐?"

"응, 난 됐어. 형 혼자 들어가."

어둡게 가라앉은 성현의 눈빛이 마음에 걸렸다.

"너, 최명진 죽이러 가려는 건 아니지?"

"하하하하."

성현이 과장되게 웃었다. 진심이 조금도 섞이지 않은 웃음이라 듣는 사람을 오싹하게 만들었다.

"한국 경찰들 보호 아래에 있는 최명진을 어떻게 죽이겠어? 걱정 마."

'죽일 생각이었구나.'

사실은 한선도 최명진을 죽이겠다고 날뛰다가 쫓겨난 상황이었다. 최명진은 여성들을 협박한 일에 재인을 폭행한 사실까지 더해져 취조를 받는 중이었다.

"경찰서를 습격할 생각은 없으니까 안심해도 돼. 들어가 봐."

성현이 가슴 앞에서 팔짱을 끼며 시선을 돌렸다. 한선은 그가 당장이라도 무슨 짓을 저지를까 봐 걱정이 됐지만, 일단 병실 문을 열었다. 병실 문을 열자마자 차가운 공기가 확 빠져나왔다. 활짝 열린 창문으로 불어오는 바람에 흰 커튼이 펄럭거리고 있었다.

재인이 있어야 할 침대는 텅 비어 있었다.

활짝 열린 창문. 그리고 텅 빈 침대.

심장이 툭 떨어져 내렸다. 황급히 창문을 향해 달려가다가 발이 꼬였다.

"재인아!"

앞으로 쓰러지며 그녀의 이름을 외쳤다.

"네?"

뒤쪽에서 대답이 들려왔다. 엎어진 채로 고개만 돌려 뒤를 돌아봤다. 1인실에 딸린 화장실에서 나오던 재인이 어리둥절한 표정으로 한선을 내려다보고 있었다.

"뭐 하세요?"

"어? 아…… 어, 그러니까. 팔굽혀펴기."

네가 자살한 줄 알았어, 라는 말은 할 수 없었다. 남의 병실에 찾아와서 느닷없이 팔굽혀펴기를 시작한 한선에게, 재인은 황당하다는 눈빛을 보냈다.

"저한테 거짓말하지 마세요, 류 형사님. 제가 자살이라도 한 줄 아셨어요?"

"어? 아니, 아니. 그럴 리가. 요새 운동이 좀 부족해서. 으어, 팔근육 늘어나는 소리가 들린다!"

한선은 어색하게 웃으며 열심히 팔굽혀펴기를 했다. 재인은 작게 한숨을 내쉬고는 구석에 있던 의자 두 개를 끌어와 창문 앞에 놔뒀다.

"괜한 노력하지 말고 앉으세요."

"응, 운동도 충분히 했으니 그럴까?"

둘은 각자의 의자에 나란히 앉았다. 끊임없이 불어오는 겨울바람은 무척 차가웠지만, 재인은 창문을 닫을 생각을 하지 않았다. 어둑한 하늘에는 별 하나 없는데, 재인은 멍하니 어딘가를 응시하고 있었다.

"미안해."

침묵을 견디지 못하고 한선이 입을 열었다.

"제대로 지켜 주지 못해서 미안해."

재인이 허공을 응시한 채 말했다.

"아니요, 형사님. 그 상황에서 형사님이 절 돕기는 힘들었을 거예요."

"……인느님, 설마…… 진짜로 그렇게 될 줄 알고 배치를 그렇게 한 거야?"

그 일을 벌이기 전, 한선이 대기하고 있을 위치를 정해 준 건 재인이었다. 여차하는 순간 구하기 힘든 위치라 걱정했지만, 재인은 별일 없을 거라며 한선을 안심시켰다.

"형사님까지 속인 건 죄송합니다. 하지만 그렇게 하지 않으면 최명진에게 경찰 조사까지 받게 유도할 수가 없었어요. 상해죄가 있으니……."

쿠당—!

한선이 벌떡 일어나는 바람에 의자가 밀려 쓰러졌다. 재인이 눈을 크게 뜨고 한선을 올려다봤다.

"아, 이럴 수가!"

그의 눈동자에 짙은 어둠이 서렸다.

"아, 제기랄!"

한선의 눈가가 벌게졌다. 그는 눈물을 참는 듯 잠시 입을 다물었다. 꽉 쥔 그의 주먹이 하얗게 질려 있었다.

"그랬군, 유재인."

그의 입술 사이로 쉰 음성이 흘러나왔다. 냉기가 묻어 나오는 목소리였지만, 그의 표정은 무척이나 슬퍼 보였다.

"아아, 난 진짜 멍청이였군."

"형사님……?"

"너에게 난 고작 그 정도밖에 안 되는 존재였군."

"……."

"그래도 조금은, 정말 아주 약간은 특별하게 생각해 주는 줄 알았는데."

"아니에요, 형사님. 그런 게 아니라……."

"그런 거야, 유재인."

한선이 허리를 굽혀 재인의 양쪽 어깨를 꽉 붙잡았다. 그의 손가락 끝이 파고들어 어깨가 아팠다. 하지만 내색할 수 없었다. 한선의 표정이 더욱 아파 보였기 때문이다.

그는 칼에 찔린 사람 같은 표정을 짓고 있었다. 좁아진 미간, 깊은 주름, 고통에 젖은 눈동자, 몇 번이고 삼키는 마른침.

그 행동의 이유를, 재인은 알고 있었다. 배신을 당한 사람. 믿는 사람에게 지독한 배신을 당한 사람의 반응이었다.

당혹스러웠다. 재인은 한선을 배신한 적 없었다. 이유가 있어서 속이기는 했지만, 그렇다고 한선을 배신한 건 아니다. 그저 그 상황을 더 잘 이끌어가기 위해서 가벼운 거짓말을 했을 뿐이다. 한선이 늘 재인에게 가벼운 거짓말을 하는 것처럼.

"너에게 난 고작 그뿐인 사람이었구나."

지끈—

'고작 그뿐'이라는 것이 어느 정도인지 모르겠다. 솔직히 말해서 '고작 그뿐'이라고 생각해 온 것은 사실이었다. 재인에게는 모든 타인이 그러했다.

하지만 한선이 그것을 인정하는 순간, 가슴이 아파왔다. 그래, 마치 날카로운 것이 심장을 파고든 것처럼.

"나는 안 되겠다, 유재인. 민성현, 그 자식은 워낙 똑똑하고 잘난 놈이라서 버틸 수 있는지도 모르겠는데. 나는 안 되겠어."

"형사님."

"나는 이걸 못 견디겠어."

"대체 무슨 말씀을 하시는 건지 모르겠어요."

"그래, 그걸 모르는 유재인도 못 견디겠어. 네가 날 네 성 안에 넣어 주지 않아서 정말 다행이다. 난 고작 이 정도밖에 안 되는 놈이니까."

그의 입가에 자조적인 미소가 번졌다.

어찌나 쓰디쓴지, 보고 있는 재인의 얼굴조차 저절로 찌푸려질 정도였다.

"난 이제 네 옆에 못 있겠다. 잘 지내라, 유재인."

한선이 재인을 놔주고 휙 돌아섰다. 재인을 찾아온 한선이 먼저 돌아서는 것은 처음이었다. 미련 없이 걸어가는 그의 등을 보는 것도 처음이었다.

탁—

병실 문이 닫히고, 그 차가운 공간에 혼자 남겨지는 순간. 재인은 깨달았다. 한선은 이미 이 성안에 들어와 있었던 사람이었다는 것을.

성현은 아까와 같은 자세로 복도에 서 있었다.

"가는 거야?"

성현이 모든 걸 다 안다는 표정으로 물었다. 한선은 그 표정이 무척이나 마음에 들지 않았다.

"돌아올 거지?"

"아니."

"돌아올 거잖아."

"잘생긴 네놈은 어떤지 모르겠는데, 난 유재인이 첫사랑이야."

"……."

"그 전에도 간간이 여자를 만나기는 했는데, 이런 식으로 사랑해 본 건 처음이야. 그래서 어디까지 견디고, 어디까지 모르는 척하고, 어디까지 받아 줘야 하는지, 아는 게 하나도 없어."

"그래."

"능숙한 놈이라면 이런 상황에서 견딜지도 모르겠다. 그런데 난 아냐. 난 원래 참을성이라고는 쥐뿔도 없거든. 어릴 때부터 뭐 하나 제대로 끝내는 게 없었지."

"형."

"들어갈 수 없다면 여기서 멈추는 게 옳다고 생각한다, 나는. 난 네 여왕의 성문을 열 수가 없어. 더 이상 무의미한 시도를 하고 싶지도 않고."

"……."

"나란 놈은 재인이한테 부담스러울 뿐이겠지."

성현이 눈썹을 늘어뜨렸지만 한선은 무시하고 걸음을 옮겼다.

"간다."

성현은 붙잡지 않았고, 그래서 다행이라고 한선은 생각했다.

멍하니 앉아 창밖을 응시했다. 오랫동안 차가운 바람을 맞고 있어서 온몸이 으슬으슬 떨렸다. 하지만 창문을 닫을 생각이 들지 않았다. 꽉 막힌 공간에 혼자 남겨진 기분을 느끼고 싶지 않았다.

'대체 언제부터 혼자인 게 싫어진 거지? 류 형사님은 대체 언제부

터 내 안에 들어온 거지?'

아무리 고민을 해도 알 수 없었다.

늘 혼자인 줄 알았다. 성현을 만나기 전까지는 늘 자신이 만든 단단한 얼음 벽 안에서 홀로 살아가고 있다고 생각했다.

하지만 아니었다.

그 안에는 늘 누군가가 존재했다. 그리고 그중 한 명이 한선이었다.

비어 있는 줄 알았던 성의 일부를 한선이 채우고 있었다. 어쩌면 그가 차지하고 있던 공간은 재인의 생각보다 넓었는지도 모른다. 지금 이 뻥 뚫린 가슴으로 드나드는 찬 공기를 보면.

"난 이제 네 옆에 못 있겠다."

그 말을 했을 때의 한선은 진심이었다. 그래서 재인은 그를 두 번 다시 보지 못하리라는 것을 깨달았다. 그는 이제 재인의 성 안에 들어오지 않을 것이다. 재인이 찾아가 성문을 열고 들어오라 말해도, 그는 발을 내딛지 않을 것이다.

남의 생각과 기분과 거짓말에 민감한 이 능력이, 지금처럼 싫을 때가 없었다. 한선의 각오를 재인 역시 확신할 수 있기에 더욱 괴로웠다.

달칵—

병실 문이 열리는 소리가 들려왔다. 돌아보지 않고도 성현이라는 것을 알 수 있었다. 그가 천천히 재인의 뒤로 다가오더니 두 팔을 쭉 뻗어 창문을 닫았다. 그리고 여전히 재인의 뒤에 서서 의자 등받이를 두 손으로 잡았다.

"모르겠어."

재인이 입을 열었다. 들려오는 목소리가 자신의 것처럼 느껴지지 않았다.

"나는 류 형사님을 배신한 적 없어. 그런데 왜 그렇게까지 화를 내는 건지 모르겠어."

"배신을 했어, 여왕님. 정말로 아주 큰 배신을 했지."

"그게 왜 배신이야? 그 정도의 거짓말은 누구든 하잖아. 게다가 날 위해서 한 거짓말도 아냐. 다른 사람을 돕기 위해서 거짓말을 했어. 안 그러면 그 자식을 잡아넣기 힘들었을 거야. 경찰도 범인을 잡기 위해 동료를 속이기도 하잖아."

"류 형사에게 여왕님은 동료가 아니었으니까. 그리고 그 사실을 여왕님도 알고 있었으니까. 그런데도 류 형사의 앞에서 심하게 다치는 걸 선택했으니까. 그러니까 류 형사에게는 그것이 배신인 거야."

"그게 왜……?"

"왜냐고 물어보면 안 돼, 여왕님. 여왕님도 이미 알고 있잖아. 소중한 사람이 자기 눈앞에서 죽는 걸 보는 게 어떤 기분인지. 여왕님은 류 형사가 그런 기분을 느껴도 상관없다는 행동을 한 거야."

창문으로 비친 성현의 얼굴이 한선만큼이나 일그러져 있었다.

"……죽을 생각 없었어."

"나한테는 거짓말 안 통해, 여왕님. 죽겠다고 각오하진 않았지만, 죽어도 상관없다는 생각은 하고 있었잖아."

"……."

"거기서 여왕님이 죽었으면, 여왕님을 두 눈앞에 두고도 여왕님을 지키지 못한 류 형사는 어떤 기분이었을까?"

"……."

"평생 그 가슴에 무엇을 품고 살아가게 됐을까?"

"……."

"거리를 지나가는 여왕님 또래의 여자들을 보며, 매일 무슨 생각을 하게 됐을까?"

"나는……!"

재인은 벌떡 일어나 성현을 향해 돌아섰다. 그녀는 의자 하나를 사이에 두고 그를 노려봤다.

"나는 남의 감정까지 신경 쓸 여유 없어. 그리고 남들한테 내 감정에 신경 써달라고 요구한 적도 없어. 날 사랑해 달라고 한 적도, 날 걱정해 달라고 한 적도 없어! 그런데 왜? 왜 나한테 화를 내? 왜 나한테 배신자래? 내가 뭘 어쨌다고!?"

성현은 말없이 재인을 응시했다. 그 다정한 눈빛이, 이 순간에는 버거웠다. 버겁고 무거워서 더 화가 났다.

"다들 나한테 왜 이렇게 바라는 게 많아? 난 그냥 나쁜 계집애야. 엄마를 죽게 놔둔 계집애. 당신들이 뭐라고 말하든, 뭐라고 생각하든, 나는 그런 계집애라고. 내가 이 세상을 즐겁게 살아가든, 죽고 싶어 하든 당신들이 신경 쓸 문제가 아니란 말이야!"

"그럼 여왕님도 신경 쓰지 마."

"……뭐?"

"류 형사가 여왕님에게 화를 내든, 실망을 하든, 배신을 당했다고 생각하든, 신경 쓰지 마."

"나는…… 나는 신경 안 써."

"그래, 그럼 이렇게 화낼 이유도 없겠네."

"……"

"이제 해결된 거지?"

성현은 여전히 미소를 짓고 있었다. 하지만 그 미소에 온기는 없었다. 덜컥 겁이 났다.

성현도 나가려는 걸까? 이 성 밖으로 나가버리려는 걸까? 제멋대로인 행동에 질려서, 이기적인 생각에 질려서, 성현도 한선처럼 그렇게 떠나가려는 걸까?

'나는 왜…… 겁을 내고 있는 거지?'

성현을 사랑하게 되었다. 하지만 성현이 '삶의 의미'인 것은 아니었다. 어차피 이 삶에 의미는 없었다. 엄마를 죽인 계집애의 삶 따위에 무슨 의미가 있겠는가. 그저 숨이 붙어 있으니 살아갈 뿐이다.

그러니까 사랑하는 사람이 떠나간다고 해서 더 큰 절망에 빠질 것도, 더 슬퍼질 것도 없었다. 그저 지금까지처럼 텅 빈 채로 살아가면 되는 것이었다.

"상처를 받은 건 류 형사야. 왜 여왕님이 울고 있는 거지?"

성현의 냉정한 목소리를 듣고서야 볼에 흐르는 눈물을 느꼈다. 그것은 뜨겁지만 차갑게 느껴지는 눈물이었다.

재인은 손등으로 눈물을 쓱 닦아 냈다. 하지만 눈물이 멈추지 않았다.

다른 때였다면 성현이 이 눈물을 닦아 주었을 것이다. 하지만 지금의 성현은 코트 주머니에 손을 찔러 넣은 채, 묵묵히 재인을 응시하고 있었다.

당신의 손길 같은 거 필요 없어! 재인은 보란 듯이 또 눈물을 훔쳤다. 하지만 또, 또, 또, 쉴 새 없이 흐른 눈물이 닦은 자리를 채웠다.

성현의 말대로, 재인은 자신이 왜 울고 있는 건지 알 수 없었다. 한선이 떠나간 것이 슬퍼서? 그가 느꼈을 고통이 안쓰러워서? 아니, 그런 이타적인 이유가 아니었다. 창피할 만큼 이기적인 이유였다.

모두가 재인이 잘못했다고 몰아붙이는 지금, 재인은 무척이나 보고 싶었다. 그 무슨 짓을 해도 재인의 편이 되어 줄 엄마와 아빠가. 설령 재인이 칼을 들이댔다고 해도 용서해 줬을 그들이. 세상이 재인을 향해 손가락질해도 '우리 공주님'이라고 감싸주었을 부모님이.

그리하여 재인은 20년 만에 처음으로 알게 되었다.

엄마가 그녀를 원망하지 않는다는 것을. 그러므로 마음껏.

"엄마랑 아빠가."

그리워해도 된다는 것을.

"보고 싶어."

9장
나의 흑기사

 쭈그리고 앉아 두 손에 얼굴을 묻고 어린아이처럼 엉엉 울었다. 안쓰러운 듯 지켜보는 성현의 시선이 느껴졌다. 그러나 개의치 않았다.

 부모님이 그리웠다. 아빠는 회사 일이 바빠서 늦게 들어오는 일이 많았다. 가끔 아빠가 들어오는 소리에 잠에서 깨곤 했다. 그러면 거실에서 아빠와 엄마가 대화하는 소리가 두런두런 들려왔다.

 "우리 공주님은?"

 "자. 애 깨우지 마."

 "잠깐 들어가서 보는 것도 안 돼?"

 "그럼 조용히 들어가야 돼. 깨우면 혼낼 거야."

 "네, 여왕마마."

그리고 달칵. 조용히 방문이 열리고 아빠가 들어왔다. 잠결에 몸을 뒤적이며 칭얼거리면, 아빠는 재인을 보듬어 안고 머리에, 볼에 쪽쪽 입을 맞췄다.

결국 잠에서 깬 재인이, '엄마아.' 하고 울면 엄마는 아빠를 혼내고 재인을 얼러 주었다.

돌아가고 싶었다. 엄마와 아빠의 품에서 마음껏 칭얼거릴 수 있었던 그때로. 두 사람의 향기를 맡을 수 있고, 그들의 체온에 아늑함을 느낄 수 있었던 그때로.

엄마와 아빠의 장난스러운 대화, 재인을 향한 다정한 눈빛, "우리 재인이.", "우리 공주님." 그렇게 부르던 부드러운 목소리.

사실은 끊임없이 소망했다. 단 몇 분이라도 그때로 돌아갈 수 있기를. 엄마와 아빠를 불러볼 수 있기를.

아무렇지도 않게 부모님에 대해 이야기하고, 부모님에게 화를 내는 친구들이 부러웠다. 시험 성적이 안 좋아서 혼나겠다고 걱정하는 친구들이, 늦게 들어가서 혼났다고 투덜거리는 친구들이, 가출하고 싶다고 짜증 내는 친구들이. 부럽고 부러워서 그들과 어울리고 싶지 않았었다.

"집에…… 갈래……."

돌아가고 싶었다. 아무도 없는 집일지라도, '내 집'이라고 할 만한 곳에 가고 싶었다. 아무리 불러도 대답이 없을지라도, '내 집'에서 '엄마', '아빠'를 부르고 싶었다.

"집에…… 갈 거야……."

히끅히끅 딸꾹질을 하며 간신히 말했다. 눈물 때문에 시야가 뿌옇게 흐려져 있었다. 손등으로 눈가를 슥슥 문지르며 옷장으로 향했다. 옷장으로 손을 뻗는데 등에 체온이 닿았다. 그리고 큰 손이 재인의 어깨 너머로 쑥 넘어와 그녀의 손을 감쌌다.
　그의 무의미한 스킨십을 받아 줄 기분이 아니었다. 하지만 그 팔을 밀어낼 힘조차 없었다. 두 번 다시 볼 수 없는 부모님에 대한 그리움을 폭발시키는 순간, 온몸에서 힘이 쭉 빠져나갔다.
　"놔줘……."
　재인을 자기 쪽으로 돌려세우는 그에게 힘없이 말했다.
　"아니, 안 놔줄 거야."
　그가 한 팔로 다정하게 재인의 잘록한 허리를 감싸며 말했다.
　"놔줘, 제발…… 난 집에 가고 싶어."
　재인의 목소리는 잔뜩 쉬어 있었다.
　"집에 가고 싶으면 데려다 줄게. 남고 싶으면 같이 있어 줄게. 하지만 지금은 안 돼. 지금은 못 보내 줘."
　"대체 왜……? 날 잠깐이라도 가만 둘 순 없는 거야?"
　"여왕님이 원한다면 언제든 여왕님을 혼자 둘 수 있어. 하지만 지금은 아냐."
　"……나는 잠시 생각할 시간이 필요해."
　"그래, 생각해."
　"집에 가서 하고 싶어. 나 혼자서 하고 싶다고."
　"지금은 안 돼."

나의 흑기사

"그러니까 대체 왜?"

"네 눈물은 내 거야."

그가 한 팔로 재인의 허리를 감은 채, 다른 손으로 재인의 턱을 살짝 들어 올렸다. 그녀를 내려다보는 그의 새까만 눈동자는 어둡고 깊었다. 그리고 그 깊숙한 안쪽에서 어떠한 감정 하나가 빛나고 있었다. 밤하늘을 밝히는 별빛 같은 그 감정의 이름을, 재인은 알 수 없었다.

"널 어디로든 보내 줄 수 있지만, 네가 울 때는 안 돼. 하품하다가 나오는 눈물 한 방울까지도 내가 가질 거거든."

굵은 저음의 음성이 마법처럼 재인을 죄여왔다. 그의 얼굴이 천천히 가까워졌다. 살짝 벌어진 그의 입술이 아주 가까운 곳에 있다고 생각함과 동시에, 재인의 젖은 볼에 뜨겁고 촉촉한 입술이 닿았다.

볼을 적신 눈물을, 그의 입술이 앗아 갔다. 낙인을 찍듯 눈물이 흐른 자국을 따라, 붉은 입술이 움직였다. 그 입술이 재인의 눈가에 닿았고, 살짝 벌어지며 나온 혀가 눈물 젖은 속눈썹을 핥았다. 전신으로 퍼지는 기묘한 감각에, 재인은 움찔 몸을 떨었다.

"그러니까 유재인."

입술을 뗀 그가 허리를 펴고 재인을 똑바로 응시했다.

"그 예쁜 눈에서 눈물이 흐르는 동안에는 아무 데도 못 가."

"나는 늘 궁금했어."

성현과 나란히 서서 걸어가며, 재인이 입을 열었다.

"엄마는 죽어가며 무슨 생각을 했을까? 낯선 남자가 집에 몰래 들어와 엄마를 해칠 때, 무엇을 생각했을까?"

차가운 바람이 불고 있었다. 먹구름이 덮인 밤하늘엔 별 하나 보이지 않았다.

그런데도 따뜻하게 느껴지는 것은 재인의 손을 감싼 그의 손 덕분일 것이다.

"이제 알겠어?"

성현이 물었다.

"아니, 아직도 잘 모르겠어."

재인은 솔직하게 말했다.

"하지만 엄마가 날 미워하지 않는다는 건 알겠어."

"그래. 네 부모님은 널 원망하지도, 미워하지도 않아."

"당신은 어떻게 그렇게 확신할 수가 있어? 우리 엄마아빠를 만나본 적도 없으면서."

"네 부모님이 좋은 사람들이라는 걸 알고 있으니까."

우뚝—

재인이 걸음을 멈추고 성현을 올려다봤다.

"설마…… 우리 부모님을 알고 있는 거야?"

성현이 싱긋 웃으며 재인의 머리를 쓰다듬었다.

"한 사람의 부모님에 대해서는 그 사람을 보면 대충 알 수가 있지. 나의 여왕님은 부모님의 죽음 때문에 마음의 문을 닫아버리고 그들을 애도하는 것에 모든 삶을 바쳤어. 아주 많이 사랑을 받았기에, 그만큼 부모님의 부재에 대한 충격이 컸던 거겠지."

재인이 다시 걸음을 옮겼다. 병원에서 동래아파트까지는 걸어서 2시간이 넘는 거리였다. 택시를 잡으려는 성현을 말린 것은 재인이었다. 그를 마주 보고 하기 힘든 이야기를, 나란히 걸어가며 하고 싶었다.

그것이 우울하고 바보 같은 이야기일지라도 성현이라면 귀찮아하지 않고 귀담아들어 줄 거란 확신이 있었다. 이 확신은 어디에서 시작되는 걸까? 민성현이란 남자에 대한 믿음으로부터일까, 아니면 이 가슴에 몰래 품은 사랑으로부터일까.

"나는 네 부모님이 마지막 순간까지 널 걱정하고 네 행복을 바랐을 거라고 믿어. 그러니까 너도 네 부모님을 무시하지 마. 누구도 따라할 수 없는 깊고 진한 사랑을 의심해서는 안 돼."

바람을 타고 흘러오는 그의 음성이 가슴을 두드렸다. 너무 많이 울어서 이제 눈물도 안 나올 줄 알았는데, 또 콧등이 시큰거렸다. 매번 그의 앞에서 훌쩍거리게 되는 것이 난감했다.

"응, 그럴게."

비집고 나오려는 눈물을 꿀꺽 삼키고 대답했다.

"그래, 다행이다."

그가 조금 유쾌해진 목소리로 답했다. 대화가 끊겼다. 재인은 그의 음성을 조금 더 듣고 싶었다.

"있잖아."

"응."

"류 형사님은 많이 화났겠지?"

"응. 엄청 화났을 거야."

"나는 나도 모르는 사이에 주변 사람들에게 상처를 입히고 있었던 걸까?"

"사람은 누구나 본인도 모르는 새에 남에게 상처를 주게 되어 있어."

"나는 너무 이기적이야."

"약간은 이기적인 게 내 취향이니까 괜찮아."

성현의 헛소리는 가볍게 무시할 수 있게 되었다.

"류 형사님은 계속 옆에 있어 줬어. 많이 먹으라고, 재미있는 것 좀 찾아보라고 잔소리를 해서 참 시끄럽고 귀찮았어."

"그래. 그 형이 좀 그런 구석이 있지."

"너무너무 시끄럽고 귀찮고 버거운데, 어느 순간 익숙해져서 그 거슬리던 웃음소리도 듣기에 괜찮고, 쉴 새 없는 잔소리도 기다려지게 됐어."

"……그래."

"나는 무시했는데 그래도 매일 찾아와서 날 걱정해 줬어. 나는 그 이유를 알려고 하지 않았는데, 얼마 전에 류 형사님 마음을 알게 됐어. 왜 나를 그렇게 매일 찾아오고 많이 신경 써 줬는지."

"응."

"있잖아, 민성현 씨. 나는 지금 류 형사님의 마음을 받아 줄 수 없어. 어쩌면 앞으로도 그럴 거라고 생각해. 그렇다면…… 지금 이대로 류 형사님과의 관계를 차단시키는 게 좋은 거겠지? 나에게도, 류 형사님에게도."

이번에는 성현이 걸음을 멈췄다. 재인이 돌아보자 성현은 애달픈 미소를 짓고 있었다.

"그 부분에 대해서는 내가 대답해 줄 수가 없어. 제각각 가진 답이 다를 테니까. 하나 힌트를 주자면, 회피를 해서는 안 돼."

"회피?"

"지금까지 타인으로부터 도망치는 삶을 살아왔으니까, 이제 남들보다 더 많이 타인의 감정을 마주해야 될 때야. 네 재능은 정말 놀라워. 하지만 타인의 거짓말과 비밀을 알아내는 건, 사실 그다지 즐거운 일은 아냐. 짐이 될 때가 더 많지."

재인의 능력을 눈치챈 사람들은 재인을 괴물 취급하기도 했고, 혹은 부러워하기도 했다. 하지만 성현은 재인이 자신의 능력에 대해 가지고 있는 감정을 알아주었다.

짐이었다. 알고 싶지 않은 비밀. 알고 싶지 않은 거짓말. 사람들은 누구나 크든, 작든 거짓말을 하기 마련이다. 그 모든 것이 선명하게 눈에 보인다는 것은, 부담스럽고 버거운 일이었다.

"회피하지 마. 무서워도 타인의 감정에 똑바로 부딪쳐. 아프기도 할 거고, 괴롭기도 할 거야. 가끔은 울고 싶을 때도 있겠지. 하지만 그 모든 것을 뛰어넘었을 때, 넌 더 많이 성장할 거야."

"성장을 하는 게, 꼭 필요한 걸까?"

재인의 질문에 성현이 빙그레 미소를 지었다.

"작년보다 더 나아진 내 모습을 발견했을 때의 기분은, 참으로 근사하거든."

'참으로 근사한 기분'을 느껴보고 싶다고 생각했다. 그리고 그런 소망을 품는 자신을, 처음으로 용서했다.

이제 괜찮아. 이제 무언가를 원해도 돼. 소망을 품어도 되고, 희망을 가져도 돼. 1년 후의 내 모습에 대해 기대를 해도, 이제는 괜찮은 거야.

'이 남자는 알고 있을까?'

2시간을 걸어 도착한 동래아파트. 엘리베이터에 탔을 때 둘의 얼굴은 꽁꽁 얼어 있었다.

'더는 엄마에게 미안해하지 않는다는 걸, 그래서 1년 후의 미래를 꿈꾸게 되었다는 걸, 이 남자는 알고 있을까?'

11층 버튼을 누르는 성현의 얼굴에서 아무것도 읽어 낼 수가 없었다. 재인의 시선을 느꼈는지, 성현이 허리를 똑바로 펴며 그녀의 볼을 향해 손을 뻗었다.

"간질간질하지?"

"응?"

"추운 데 있다가 따뜻한 데 들어오면 간지러워지잖아."

"아아. 응."

"그러고 보니, 한선이 형은 간지럼에 약하더라."

"대부분 간지럼에 약하지 않아?"

"난 간지럼을 안 타거든."

"흐응."

"약점이랄 게 없는 남자지."

"내일 영화 보러 갈래? 일본 공포 영화 개봉했던데."

싸아아악―

성현의 얼굴에서 핏기 빠져나가는 소리가, 재인의 귀에까지 들렸다. 성현은 "후후후." 낮게 웃으며 고개를 저었다.

"이런, 이런. 내 여왕님은 짓궂기도 하지. 그 짓궂은 모습까지도 참으로 내 취향이라, 도무지 벗어날 수가 없단 말이야."

무슨 의도로 이런 소리를 하는 건지 알 수 없었다. 지금까지처럼 '미친 인류의 헛소리'라고 가볍게 넘기기가 힘들었다. 재인의 내부에서 무언가 변화가 일어났다는 것을, 그녀 자신도 또렷하게 자각하고 있었다.

딩동―

엘리베이터가 11층에서 멈췄다. 재인이 먼저 내렸고 성현이 그 뒤를 따라 내렸다. 복도를 유독 천천히 걸어간 이유는, 성현과 조금이라도 더 오래 함께 있고 싶기 때문이었다.

1111호 앞에 멈춰 비밀번호를 눌렀다. 집요하게 따라붙는 그의 시선이 느껴져서, 번호를 누르는 손이 더뎌졌다. 별거 아닌 일을 하는데도 괜히 긴장이 됐다.

달칵―

문을 열고 들어갔다.

"그럼 편안한 밤 되길. 나의 여왕님."

그가 살짝 고개를 숙였다. 슈트 차림으로 우아하게 고개를 숙이는 그의 모습은 무척이나 매력적이었다.

"저기."

매몰차게 문을 닫지 못하고 그를 불렀다.

"응?"

"아니, 저기."

재인은 그에게 묻고 싶었다.

'당신은 날 어떻게 생각해?'

사랑하는지 묻고 싶은 게 아니었다. 가끔 성현도 그녀의 시선에 긴장할 때가 있는지, 조금 더 같이 있고 싶어서 유독 느리게 걸을 때가 있는지. 그런 것들을 묻고 싶었다.

하지만 차마 입술이 떨어지지가 않았다. 그의 얇은 입술이 원치 않는 대답을 내뱉을까 봐 두려웠다. 그의 대답이 날카로운 얼음송곳처럼 심장을 찔러올까 봐 무서웠다.

성현은 재인에게 타인의 감정에서 도망치지 말라고 했지만, 아직은 그의 감정을 똑바로 대면할 자신이 없었다.

그래, 상관없겠지. 그의 감정은 조금만 더 나중에 마주하자. 일단은 그가 곁에 있다는 것만으로 만족하자. 적어도 앞으로 한두 달은 그의 마음이 어떠하든 곁에 있어 줄 테니까.

그렇게 생각한 재인은 어색하게 웃으며 말했다.

"민성현 씨도…… 잘 자라고."

탁, 1111호의 현관문이 닫혔다.
성현은 바로 돌아가지 않고 잠시 복도에 머물렀다.
재인은 알까? 그녀가 다쳤다는 소식을 들었을 때 얼마나 당황하고 허둥거렸는지. 침대에 누워 있는 재인을 보며 얼마나 가슴을 졸였는지. 그녀의 하얀 이마에 상처를 낸 남자를 죽이고 싶어 얼마나 많은 살해방법을 생각해냈는지. 그리고…… 그녀를 지키지 못한 자신을 얼마나 원망하고 또 원망했는지.
그는 휙 돌아서서 집으로 돌아와 휴대폰을 들었다.
은우에게 전화를 걸자 바로 전화를 받았다. 파티에라도 갔는지 주위가 시끄러웠지만, 성현은 아랑곳하지 않고 말했다.
"나는 바보 멍청이야."
[응, 맞아.]
"팀, 난 이번에 잘못된 선택을 했어. 그 결과 유재인이 다쳤지."
[최영주가 그런 거야?]
"아니, 그것과는 관계없는 일이야."
성현은 은우에게 지금까지 벌어진 일에 대해 설명했다. 은우가 가볍게 한숨을 내쉬었다.
[에디. 정신 차려. 그건 네 선택이 아니라 유재인의 선택이었어. 유재인이 그 일을 하겠다고 한 거야.]
"난 이런 일이 벌어질 수도 있다는 걸 알았어야만 했어."

[뭔 소리를 하는 거냐, 너? 네가 신이야? 선택의 결과 어떤 일이 벌어질지는 아무도 알 수 없는 거야.]

"난 아까 굉장히 당황스러웠어. 재인이가 한선이 형에 대한 그녀의 감정을 이야기하는데."

성현은 자신의 손바닥을 내려다봤다. 이 손으로 그녀의 입을 막을 뻔했다. 어마어마한 속도로 솟구치는 그 충동을 자제시키기 위해, 굉장한 인내심을 발휘했다.

"질투를 했어."

[그건 당연한 감정이야.]

"난 한선이 형을 아주 좋아해. 멋진 남자지. 바보 같을 정도로 올 곧고 정직해. 꼭 재인이나 내가 아니어도, 류한선이란 사람이 무슨 생각을 하는지 다 알 수 있을 거야. 속마음이 겉으로 드러나거든. 너도 알다시피 난 그런 사람을 무척 좋아하지."

[좋아하고 말고는 관계없어, 에디. 네가 알아 둬야 할 게 있어.]

은우가 침착하게 말했다.

[사랑은 사람을 변하게 만들어. 이제껏 하지 않았던 행동을 하게 하기도 하고, 생각지도 못한 감정을 드러내게도 하지. 사랑은 사람을 완전하게도, 불완전하게도 만드는 거야.]

"……지금 나는 불완전해졌나?"

[그래. 지금껏 너는 정말 완벽했어. 어떤 상황을 앞에 둬도, 누구를 만나도 그 상황과 네 감정을 완벽하게 통제할 수 있었지. 하지만 이젠 아니야. 너는 유재인과 관련된 모든 상황과 감정을, 네 마음대

로 통제할 수 없을 거야.]

"그건 위험한데."

[위험하지 않아. 당연한 거야. 그 사실을 받아들이도록 해.]

은우는 자신이 성현에게 이러한 조언을 해 주는 날이 올 거라고는 생각도 못 했을 것이다. 성현도 은우에게 이런 일로 조언을 받게 될 줄은 몰랐다.

[그리고 에디. 불안해하지 마. 네 이야기 속의 유재인은 전과 많이 달라졌어.]

"그래?"

[응. 전에는 그저 네가 만들어 낸 여왕님이라는 이미지였다면, 지금은 유재인이라는 여자가 똑똑히 보이거든. 이제 너의 여왕은 건드려도 흔들어도 흩어지지 않을 거야.]

*   *   *

아르바이트 시간보다 일찍 맘모스 레스토랑에 도착했다. 유니폼을 갈아입고 잠시 직원실에 머물렀다. 간밤에 한참 찬바람을 맞아서 감기 기운이 좀 있는 것 같다. 몸이 으슬으슬하고 머리가 아팠다.

'찢어진 곳이 아픈 건가?'

직원실 벽에 걸린 거울로 이마에 붙인 거즈를 살펴보는데, 달칵, 문이 열렸다. 안으로 들어오고 있는 진혁이 거울에 비쳤다. 재인을 발견한 진혁이 걸음을 서둘렀다.

"누나, 괜찮으세요?"

재인은 얼른 머리를 내려 이마를 가리고 뒤를 돌아봤다.

"응, 괜찮아."

"어제 학교에서 벌어진 일, 이야기 들었어요."

진혁의 미간에 자리 잡은 깊은 주름이 그 걱정의 크기를 알려 주었다.

"다희 일…… 그거 때문에 다친 거죠?"

"아아, 그냥……."

다희의 사정을 진혁에게 이야기할 수는 없었다. 그래서 말을 돌리려는데 진혁이 재인의 팔을 잡았다.

"자세한 걸 물어보려는 게 아니에요. 전 그냥 걱정이 돼서…… 아, 죄송해요."

재인의 팔을 너무 세게 붙잡고 있었다는 걸 깨달은 진혁이 황급히 손을 떼어 냈다.

'왜 네가 내 걱정을 하는 거야?'라는 질문은 하지 않았다. 그 질문을 던지는 대신, 진혁을 물끄러미 응시하며 말했다.

"걱정해 줘서 고마워."

"아…… 네에."

진혁이 놀란 듯 눈을 크게 떴다가 곧 시선을 옆으로 피했다. 그의 귓불과 목덜미가 붉게 물들었다.

"다친 곳은 괜찮아. 머리를 세게 얻어맞아서 기절했던 건데, 뇌진탕 증상도 없대. 어제 푹 쉬었더니 오늘은 말끔해."

성현은 타인의 감정에 똑바로 부딪치라고 했다. 진혁이 걱정을 해 준다면, 그 마음에 제대로 화답하기로 마음먹었다.

"네, 누나. 정말 다행이에요. 많이 걱정했거든요."

진혁이 눈에 띄게 안심하는 모습을 보는 것이 싫지 않았다.

"제가 괜히 다희를 소개시켜 주는 바람에 그런 일이 생긴 것 같아서 마음이 무거웠어요."

"아니야, 그런 거. 오히려……."

큰 도움이 됐다. 다희를 돕지 않았더라면 알 수 없었을 것이다. 부모님이 재인을 원망하고 있지 않다는 것, 한선이 어느새 재인의 성 안에 들어와 있었다는 것, 그리고 그의 부재가 무척이나 공허하다는 것. 그러므로 텅 비어 있는 줄 알았던 재인의 성 안을 채우고 있었던 것들이, 사실은 많았다는 것.

그런 것들을 전혀 모르는 채, 제 가슴에 상처를 입지 않기 위해 주위 사람들에게 상처를 주며 살았을 것이다.

"다희를 소개시켜 줘서 고마워. 아, 그러고 보니 전에 보답으로 뭔가 해 주기로 했었는데. 갖고 싶은 거 없어?"

재인의 질문에 진혁은 잠시 망설이다가 말했다.

"저, 갖고 싶은 것보다는…… 하루만 데이트 해 주세요."

"데이트?"

재인의 눈이 커지자 진혁이 얼른 덧붙였다.

"아, 그러니까…… 음, 이상한 의도는 아니고요. 누나랑 하루쯤 재미있게 시간을 보내고 싶어서요."

"그래, 그럼. 화요일에 수업 없으니까 그날 만날까?"

"네, 좋아요."

"응, 그럼 자세한 이야기는 월요일에 학교에서 이야기하자."

"네, 누나."

"그럼 먼저 나가 볼게."

라는 말을 남기고 재인이 직원실에서 나갔다. 혼자 남겨진 진혁은 크게 한숨을 내뱉으며 의자에 앉았다. 엄청 긴장했다.

어째서일까. 재인과 함께 있으면 바짝 긴장해서 바보같이 행동하게 됐다. 그저 데이트 신청을 하는 것뿐인데 이렇게까지 떨리다니. 손바닥이 땀으로 축축하게 젖어 있었다. 바지에 슥슥 문질러 닦고 머리를 쓸어 넘겼다.

'으아, 미치겠네.'

심장이 쿵쾅거렸다. 다희와의 만남이 재인에게 어떤 자극을 줬는지는 모르겠다. 하지만 그녀가 무척 많이 변했다는 것을 알 수 있었다. 그리고 그 변화는 재인을 전보다 훨씬 아름다워 보이게 했다.

'안 그래도 엄청 예쁜 누나라고 생각했는데 더 예뻐지다니.'

여자를 앞에 뒀다고 긴장하는 숙맥이 아닌데, 재인에게서 '고맙다.'라는 말을 듣는 순간 머릿속이 하얘졌다. 그다음부터 어떻게 행동했는지 잘 기억이 나지 않았다.

'정말 한심하다.'

진혁은 두 번째로 한숨을 내쉬었다. 재인의 곁에는 멋진 남자들이 많았다. 그들은 외모뿐 아니라 직업도 훌륭했다. 그런 남자들을 곁에 둔 재인이니, 진혁처럼 얼굴만 곱상한 남자는 눈에 차지도 않을 것이다.

지금까지는 늘 자신에게 만족하면서 살아왔는데, 재인을 짝사랑하게 된 후부터 자신감이 급격히 떨어졌다. 그리고 오늘 재인을 상대하는 자신의 모습을 되돌아보자, 자신감이 아예 바닥을 때렸다.

진혁은 고수머리를 두 손으로 거머쥐며 중얼거렸다.

"으으, 난 진짜 안 될 거야."

분주하게 점심시간을 보내고 나니 손님이 조금 줄었다. 늦은 점심, 혹은 이른 저녁을 먹기 위해 찾아온 손님들을 상대하는데, 모자를 푹 눌러쓴 여자가 들어왔다. 행동거지가 낯설지 않았다.

'수영인가?'

수영은 남들 눈에 띄지 않으려는 듯 행동했지만, 오히려 그것이 더 수상쩍었다. 이런 패밀리 레스토랑에 혼자 방문한 것부터가 이상했다.

'쟤가 웬일이지?'

아마 재인을 만나러 왔을 것이다. 수영은 목적도 없이 혼자 다닐 성격이 아니었다. 그녀는 늘 누군가와 함께 있어야만 안심을 했다.

직원에게 안내를 받아 구석자리에 가서 앉은 수영이, 재인을 찾으려는 듯 두리번거렸다. 재인은 어떻게 할까 고민했다. 수영을 상대하고 싶지 않지만, 찾아온 이유가 궁금하기도 했다.

그녀가 혼자서 왔다는 것은 재인을 괴롭히기 위한 방문은 아니라는 뜻이었다. 수영은 혼자일 때 타인을 괴롭힐 만큼 담이 크진 않았다.

수영의 자리로 걸음을 옮기는 직원을 붙잡아, 대신 그녀에게 향했다. 뒤늦게 재인이 다가오는 것을 발견한 수영이 흠칫 몸을 떨더니, 재인의 뒤를 확인했다. 다른 누군가가 있는지 살피려는 태도였다.

'뭘 감추고 있는 거지?'

수영의 태도가 유독 이상했지만, 일단은 모르는 척 테이블에 물컵과 메뉴판을 내려놨다.

"메뉴를 고르시면……."

"이따 얘기 좀 해."

재인의 말을 끊으며 수영이 말했다. 평소보다 독기가 가신 목소리였다.

"무슨 얘기?"

"그 얘기를 이따가 하자고."

한 번 되물었을 뿐인데 곧바로 짜증이 섞였다. 재인은 수영의 눈을 보려 했지만, 모자를 눌러쓰고 있어서 표정이 잘 보이지 않았다. 하지만 초조한 듯 떨리는 다리가 그녀의 긴장을 고스란히 전해 주었다.

'왜 이렇게 긴장한 걸까? 무슨 얘기를 하려는 거지?'

재인은 흘끗 시간을 확인했다. 일이 끝날 때까지 3시간 정도 남앉다.

"그래, 그럼. 긴 시간은 못 낼 거야."

"누군 뭐 한가해서 찾아온 줄 알아?"

"……."

"저 건너편에 있는 카페에서 기다릴게. 아, 맞다. 또 지켜 줄 남자들 잔뜩 끌고 오진 않아도 돼. 나쁜 얘기하려는 거 아니니까."

"나쁜 얘기가 아니라고?"

비아냥거리는 듯한 재인의 음성에, 수영이 고개를 휙 들었다. 이곳에 들어온 후 처음으로 수영의 표정을 확인할 수 있었다.

"좋은 얘기도 아닐 것 같은데."

재인의 말에 수영이 얼굴을 찡그렸다.

"기분 나쁜 계집애."

수영은 벌떡 일어나더니,

"꼭 나와. 도망치지 말고."

라는 말을 남기고 황급히 가게를 빠져나갔다. 재인은 물컵과 메뉴판을 도로 집어 들었다.

'뭐지? 나쁜 짓을 하려는 것 같진 않은데.'

처음에 혼자 나오라는 말을 들었을 때는 의심했다. 카페 근처에 재인에게 해코지를 할 사람들을 감춰 둔 게 아닐까 하고. 수영이라면 그러고도 남는다는 걸, 재인은 경험으로 알고 있었다. 오래전에도 그런 일이 있었기 때문이다.

하지만 수영의 눈빛과 표정을 보니, 그런 짓을 하려는 것처럼 보이진 않았다. 정말로 할 이야기가 있어서 온 것 같은데, 그 이야기가 무엇인지 짐작조차 할 수 없었다.

아르바이트가 끝나자마자 가게를 나서는데 진혁이 따라왔다.
"누나, 같이 가요."
"아, 진혁아. 나 오늘 약속이 있어서."
"아아, 그래요. 그럼 내일 봬요. 조심해서 가세요."
"응. 잘 가."
담백하게 인사하고 돌아서는 진혁의 뒷모습을 확인하고, 재인은 횡단보도로 향했다. 보행자 신호가 들어오기를 기다리는 동안, 건너편에 보이는 카페를 노려봤다. 수영은 저곳에서 기다리고 있을 것이다. 무언가 기분 나쁜 이야기를 가지고서.

무슨 얘기를 하려는 걸까?

'이모한테 무슨 일이 생겼나? 아니면 이모부한테?'

이런저런 생각들이 머릿속을 오갔다. 그들과 함께 사는 동안 겪었던 끔찍한 기억들이 어수선하게 밀려왔다가 흩어졌다. 재인은 간신히 그 기억들을 꾹꾹 눌러 밀어냈다. 불쾌한 기억을 구태여 끄집어내 기분 나빠질 이유는 없었다.

얼른 얘기를 끝내고 집으로 돌아가고 싶었다. 어디를 가도 공허한 황무지처럼 느껴졌다. 몇 년을 살아온 동래 아파트에 정을 붙이지 못했었다. 이 세상 그 어느 곳에도 편하게 앉아 있을 곳이 없다고 생각해 왔다.

하지만 이제는 아니었다. 동래 아파트로 돌아가면 성현이 있을 것이다. 놀이터에, 혹은 엘리베이터 앞에, 어쩌면 복도에. 재인이 원하기만 하면 그를 볼 수 있을 것이다.

민성현이란 사람이 살고 있는 동래 아파트는 더 이상 황량하지 않았다. 무척이나 따뜻하고 달콤해서, 언제까지고 머물고 싶은 공간이 되어 버렸다.

문득 그를 처음 만났을 당시가 떠올랐다. 그때만 해도 어떻게든 동래 아파트를 벗어나고 싶었었는데. 그를 만나지 않을 수만 있다면 빚을 져서라도 멀리 떠나려고 했는데. 지금과 완전히 달랐던 그때를 떠올리자 피식 웃음이 나왔다.

이제 됐다. 마음이 조금 가벼워졌다.

재인은 한결 나은 기분으로 카페에 들어갔다. 벽 쪽 자리에 앉아 있는 수영을 한 번에 찾았다. 수영은 모자를 쓰고 있지 않았다. 아마 아까 모자를 쓴 이유는, 진혁의 눈에 띄지 않기 위해서였던 것 같다.

"무슨 일이야?"

앉기도 전에 물었다.

"숨 좀 돌리고 묻지 그래?"

수영이 잔뜩 꼬인 목소리로 말했다. 레스토랑에서는 몸을 사리더니, 이젠 더 이상 그럴 생각이 없는 모양이다. 아무래도 좋았다. 수영의 이런 태도는 익숙하니까.

"우리 서로에게 달가운 사이가 아니잖아. 할 얘기가 있으면 빨리 끝내고 헤어지는 편이, 서로한테 좋지 않겠어?"

재인의 말에 수영이 인상을 찌푸렸다.

"너…… 변했다?"

"그래?"

"전보다 더 재수 없어졌네. 아, 전엔 남자들이 옆에 있어서 착한 척했던 거였나?"

"그런 얘기하러 온 거라면 그만 가 볼게."

"가긴 어딜 가? 얘기 듣고 가."

수영은 재인에게 명령하는 것이 습관이 되어 있었다. 예전에는 담담히 넘겼던 그녀의 말투가 신경에 거슬렸다.

'왜 이렇게 신경이 예민해진 거지? 이런 말투 정도는 대수롭지 않게 넘길 수 있는 문제인데.'

그런 생각을 하고 있는데, 수영이 말했다.

"최영주 아줌마 알지?"

생각지 못한 이름이 튀어나오는 바람에 재인은 동요를 겉으로 드러내고 말았다. 눈을 크게 뜨고 수영을 노려봤다. 마침 머리를 쓸어 넘기던 수영은 재인의 변화를 눈치채지 못하고 계속해서 말했다.

"그 아줌마가 너랑 자리 좀 마련해달라더라. 널 보고 싶어 해."

'진정해.'

재인은 동요를 가라앉히기 위해 노력하며 수영의 얼굴을 뚫어져라 응시했다. 수영의 얼굴에 드러나는 수많은 감정들을 확인하는 순간, 퍼즐이 맞춰졌다.

지난번 수영이 재인을 살펴보기 위해 찾아온 이유. 지금 수영이 최영주의 부탁을 받고 재인의 앞에 서 있는 이유. 최영주의 부탁을 들어주기 위해 자존심을 굽히는 이유.

온몸의 핏기가 싹 빠져나갔다. 손가락이 차게 식었지만 재인은 여전히 무표정을 유지했다.

"너."

재인의 도톰한 입술이 벌어졌다.

"돈 받았구나."

움찔—

수영의 몸이 떨렸다. 그리고 그녀의 얼굴이 채우는 동요. 또 다른 감정들. 이번에는 재인도 자신의 감정을 감출 수가 없었다. 그녀는 벌떡 일어나 수영의 옆으로 달려가 그녀의 멱살을 잡아 일으켜 세웠다.

"너!"

"아, 왜 이래!"

"너, 그 여자가 주는 돈을 받아 온 거야?"

재인의 눈동자가 수영의 얼굴을 한 번 훑어 내렸다.

"설마…… 내 양육비랍시고 들어온 돈이었어? 그 돈을 받아서 썼던 거야? 대체 언제부터? 오래전부터? 내가 어릴 때? 날 너희 집에 살게 해 줬을 때부터? 그때부터 받아썼구나."

수영의 얼굴이 하얗게 질렸다. 재인이 그것을 어떻게 알아냈는지 알 수 없었기 때문이다.

　재인은 예전부터 이랬다. 얼굴을 한 번 쓱 훑어보고는, 모든 것을 다 안다는 눈빛을 하곤 했다.

　"기분 나쁜 계집애. 그래, 썼다. 그게 뭐가 어때서?"

　"뭐?"

　"널 키우느라고 우리 집이 얼마나 힘들었는지 알아? 돈 한 푼 없이 기어들어온 걸 키워 줬잖아. 그런데 네 양육비 좀 쓴 게 그렇게 난리칠 일이니?"

　수영이 거칠게 재인의 손을 뿌리쳤다. 재인은 움직일 힘이 없는 인형처럼 두 팔을 축 늘어뜨리고 수영을 노려봤다.

　"네가 먹고 자고 입는 데 쓰는 돈이 어디서 나왔을 것 같아? 너 키우는 데 썼어. 그리고 지금 받는 돈은 수고비 정도로 생각하고 있고. 사람 하나 키우는 데 돈과 노력이 얼마나 많이 드는지 알잖아. 게다가 네가 우리 집에 한 짓도 있고."

　"……."

　"많이 받는 것도 아냐. 한 달에 고작 100만원 받아. 우리 엄마가 널 다 키워 줬는데 그 쥐꼬리만 한 돈이 아까워서 이러는 거야?"

　그 돈이 아까워서 이러는 게 아니었다. 그 돈이 최영주의 돈인 것이 문제였다. 그녀의 돈은 단 한 푼도 사용하고 싶지 않았다. 그런데 이모는 그 돈을 전부 사용해 왔고, 최영주는 재인이 자신이 주는 돈을 써왔다고 생각할 것이다.

　치욕스러웠다. 강렬한 감정이 재인의 안에서 폭발했다. 꾹꾹 눌러왔던 분노와 증오가 거세게 휘몰아쳤다.

이모의 가족을 이해하려고 노력해 왔다. 그들이 재인에게 아무리 모질게 굴어도, 어떻게든 그들의 기분과 상황을 이해하기 위해 애썼다. 갑자기 돈 한 푼 없는 아이를 떠안은 이모와 부모 뺏긴 기분을 느꼈을 수영을, 미워하지 않기 위해 애썼다.

하지만 그들이 최영주가 보낸 돈을 사용했다는 것을 알아챈 순간, 그 모든 노력이 수포로 돌아갔다.

"아무튼 그 아줌마가 다음 주 월요일쯤 만나자더라. 그 아줌마 덕분에 너도 우리 집에서 편하게 먹고 살 수 있었던 거야. 그러니까 바쁜 척하지 말고 시간 좀 내."

수영이 옷매무새를 정돈하며 아무 일도 없었다는 듯 말했다. 재인은 입가에 차가운 미소를 짓고 수영을 응시했다. 재인의 시선을 느낀 수영이 고개를 들었다가 흠칫, 몸을 떨었다.

지금까지 한 번도 본 적 없는 서늘한 미소와 냉정한 눈빛. 그 어떤 괴롭힘을 당해도 재인은 저런 표정을 지은 적이 없었다. 그녀의 예리한 눈빛이 칼날이 되어 수영의 목을 베어 버릴 것만 같았다.

수영은 저도 모르게 한 손을 올려 목덜미를 쓱 문질렀다.

"다음 주 월요일 저녁 7시. 홍대입구 9번 출구 근처에서 보자고 전해 줘."

재인이 미소 띤 얼굴로 말했다. 재인의 대답을 듣자마자 수영은 서둘러 자리를 뜨기 위해 가방을 집어 들었다. 더는 재인과 함께 있고 싶지 않았다. 그녀가 만들어 낸 차갑고 날카로운 무언가가 온몸을 베고 찌를 것만 같았다.

"비켜, 가게."

막아서고 있는 재인에게 말했다. 하지만 재인은 비키지 않았다. 그녀의 연갈색 눈동자가 서늘하게 수영을 머리에서부터 발끝까지 훑었다.

"내 사촌은."

그녀의 입술 사이로 낮고 허스키한 음성이 흘러나왔다.

"무슨 나쁜 짓을 하고 있을까?"

오싹—

목소리일 뿐인데, 그것이 축축하고 섬뜩한 물질이 되어 온몸을 옭아매는 기분이 들었다.

"어떤 비밀을 감추고 있을까?"

"대, 대체 무슨……."

"아마도 남자관계이려나? 흐응, 그래. 늘 그랬지, 넌 남자한테 약했어. 어떤 식의 관계일까? 친구와 남자? 아니면 임자 있는 남자? 아아, 그렇구나. 회사의 유부남…… 대리? 과장? 그래, 과장."

섬뜩했다.

'어떻게 아는 거지? 가장 친한 친구에게도 말하지 않은 걸, 유재인이 어떻게 아는 거지?'

"한 명이 아니네. 그래, 친구의 애인을 꼬시려고 한 적도 있네. 그 친구랑은 아직도 만나? 아직 그 친구는 모르는구나. 네가 자기 연인을 꼬시려고 했던 걸."

"그만햇!"

수영은 비명처럼 외치며 두 손으로 재인을 떠밀었다. 재인의 마른 몸이 수영의 힘을 이기지 못하고 뒤로 쓰러졌다. 하지만 이겼다는 생각이 들지 않았다.

재인의 눈은 여전히 수영을 뚫어져라 응시하고 있었다. 먹잇감을 노리는 맹수의 눈빛처럼 날카롭고도 냉철하게 수영의 머릿속으로 파고들어왔다.

"너, 너…… 너 이 괴물!"

"괴물?"

재인이 피식 웃었다.

"그래, 괴물일지도. 하지만 넌 어때? 넌, 인간이니?"

꽉꽉 눌러왔던 불쾌하고 처참했던 과거의 기억이 떠올랐다. 그때 느껴야만 했던 감정들이 있었다. 그러나 그런 감정을 가질 자격조차 없다고 생각해서 억눌러왔다. 그것이 이제야 생생하게 떠올라 재인을 가격했다.

구역질이 났다. 몸을 더듬던 더러운 손길, 쓰레기를 보는 듯한 시선, 때때로 부딪쳐 오는 욕설들.

꾸역꾸역 구역질을 삼키고 택시를 잡았다. 이런 식으로 돈 낭비를 하는 건 처음이었다. 하지만 얼마가 들더라도 서둘러 돌아가고 싶었다. 동래 아파트로. 민성현이 있는 곳으로.

재인은 동래 아파트 입구에서 내리자마자 달려갔다.

제발, 제발 있어 줘. 어디에든 있어 줘. 간절히 바라야 하는 시간은 길지 않았다. 성현은 놀이터에 있었다. 그는 늘 그렇듯 정장에 근사한 코트를 입고 놀이터 모래바닥에 앉아 흙 놀이를 하고 있었다. 도통 이해할 수 없는 그의 행동을 보자마자 갑자기 웃음이 나왔다.

성현은 정말이지 놀라운 사람이었다. 그저 그곳에 있는 것만으로 이 수많은 감정을 가라앉혀 주다니. 이 지저분하고 허름한 아파트가 '내 집'이라고 여겨지게 해 주다니.

"나한테는 방이 없었어."

그의 맞은편에 털썩 앉으며 말했다. 모래를 쌓고 있던 성현이 고개를 들었다.

"이모는 수영이한테 방을 같이 쓰라고 했는데, 수영이는 그걸 되게 싫어했어. 그래서 난 잘 곳을 찾아야만 했어. 처음에는 거실에서 잤는데, 새벽에 화장실에 가는 이모나 수영이가 거슬린다고 짜증을 냈어. 그래서 난 부엌으로 옮겼는데, 물 마시러 나올 때 깜짝 놀랐다고 혼났어."

"……."

"그래서 내 방은 베란다였어. 겨울에는 차가운 바람이 들어오고, 여름에는 벌레가 들어오는 그 베란다가, 내 방이었어."

성현의 미간에 깊은 주름이 생겼다.

"그래서였어. 이모부가 내 방에 몰래 들어오는데도 방문을 잠글 수 없었던 이유. 베란다는 바깥쪽에서 문을 잠글 수 없으니까. 그래서 나는 아무것도 할 수 없었어."

모래를 쌓고 있던 성현의 손이 멈췄다. 그래서 재인은 대신 모래를 끌어와 산처럼 쌓인 모래더미 위에 뿌렸다.

"내가 입는 옷은 수영이가 안 입는 옷이나 헌옷 수거함에서 건져 온 옷들이었어. 속옷은…… 모르겠어. 아마 그것도 돈 주고 산 건 아니겠지. 사춘기가 되면서 몰래 알바를 했고, 그걸로 내가 직접 속옷을 사 입었어."

"……."

"밥은 그들이 먹다가 남은 걸 먹어야 했어. 한 식탁에서 밥을 먹어본 건, 초반에 몇 번이 전부야. 부모님이 남긴 것이 아무것도 없다는 게 알려지면서, 나는 먹다 남은 것만 먹었어. 그게 무슨 뜻이냐 하면."

한껏 쌓아 올린 모래더미 끝이 허물어지고 있었다.

"먹다 남은 게 없을 땐 밥을 못 먹었다는 뜻이야. 나는 하루 한 끼만 먹는 게 보통이었고, 그마저도 못 먹을 때가 많았어. 그래서 나는 배고픔에 익숙해. 늘 배가 고프다는 것이, 내게는 아주 당연한 감각인 거야."

"……."

"수영이는…… 처음에는 나한테 좀 잘해 주려고 했었어. 그런데 초등학교 첫 시험을 봤을 때, 난 좋은 성적을 받았고 그게 수영이에게 상처가 됐나 봐. 그 애는 거의 병적으로 나를 싫어했어. 그래서 괴롭히고, 또 괴롭히고…… 날 괴롭힐 방법만 연구하는 것처럼 보일 정도였어."

재인은 허물어진 모래더미의 끄트머리를 토닥토닥 매만졌다.

"초등학교 때는 그래도 견딜 만했는데, 중학교에 들어가면서…… 나는 김수영의 개였어. 그 애가 바닥에 떨어뜨린 걸 주워 먹어야만 하는 개."

"……."

"있잖아, 민성현 씨. 나는 학교에도, 집에도 있을 곳이 없었어. 모두가 나를 괴롭히기 위해 존재하는 것 같았고, 모두가 날 죽이려고 칼끝을 벼르고 있는 것 같았어. 아무리 더운 날이어도, 난방이 잘 된 곳에 들어가도, 나는 늘 춥기만 했어."

어둠 속에서도 성현의 눈가가 빨개진 것이 보였다.

"그런데 참 이상하지. 오늘은 참 추운 날인데, 난 이곳이 무척이나 따뜻해. 얼마나 따뜻한지 더위를 먹는 게 아닐까 싶을 정도야."

마지막에는 농담이랍시고 덧붙인 말이었는데, 성현의 입가엔 미소 한 조각 묻어나오지 않았다. 그는 무척 고통스러운 표정으로 재인을 응시하고 있었다.

사실 이곳이 따뜻하게 느껴지는 건 이상한 일이 아니었다. 저런 눈빛으로 재인의 이야기를 경청해 주는 사람이 있으니까, 당연히 따뜻할 수밖에 없었다.

"오늘 수영이가 날 찾아왔어. 아깐 미처 생각하지 못했는데, 당신을 보니까 생각나. 저번에 그랬지? 내 친인척 중에 누군가가 찾아올 거라고."

나의 흑기사

"그래."

그의 음성이 잔뜩 쉬어 있었다.

"당신에게 궁금한 것들이 정말 많아. 그런데 당신은 늘 대답을 회피하거나 다른 곳으로 주의를 돌려. 당신에게 제대로 된 대답을 들으려면, 난 나에 대해 얼마나 더 많은 것을 알려 줘야 할까? 그리고 무엇을 해야 할까?"

성현이 눈썹 끝을 내리며 옅은 미소를 지었다. 조금 슬프게 보이는 미소였다.

"아무것도 안 해도 돼."

그의 손이 의미 없이 모래를 토닥이는 재인의 손등 위에 겹쳐졌다. 오랫동안 밖에 있었는지, 그의 손은 무척이나 차가웠다.

"내게 무엇을 묻든, 여왕님은 그 대답을 들을 수 있을 거야. 앞으로 두 번 다시는."

그의 손에 힘이 들어갔다.

"내 대답을 들을 수 없어서 답답한 일 없을 거야."

"정말?"

"응. 정말."

그가 좀 더 밝은 미소를 지으며 재인의 손을 자신의 입술 앞으로 끌어왔다. 그리고 그와 마찬가지로 차가워지는 재인의 손등에 호호 입김을 불어주다가 말했다.

"여왕님 한정 특별 파격 세일로, 오는 게 없어도 다 대답해 주기로 정했거든."

재인과 성현은 벤치에 나란히 앉았다. 엉덩이에 깔고 앉은 성현의 코트가 신경 쓰였다. 재질과 모양을 보면 굉장히 비쌀 것 같은데, 그는 그것을 마치 신문지처럼 다뤘다.

"이런 거 안 깔고 앉아도 되는데."

"내가 안 돼."

성현이 단호하게 말했다.

"여성의 엉덩이는 보호를 받아야 할 권리가 있어."

성현은 꼭 안 해도 될 말을 덧붙였다.

"민성현 씨, 안 추워?"

코트를 벗은 성현은 슈트 재킷 하나만 걸치고 있었다. 안에는 연하늘색 와이셔츠 한 장뿐. 감기 걸리기에 딱 좋은 차림새였다.

"춥고 더움은 결국 마음의 문제야."

"아니, 그런 건 아닐 것 같은데."

"걱정 마, 여왕님. 여왕님이 내 걱정을 해 주는 건 언제나 감개무량하지만, 지금은 여왕님의 문제가 먼저잖아."

그가 고개를 돌려 재인을 응시하며 빙그레 웃었다.

그의 입가에 번지는 미소를 보는 게, 언제부터 이렇게 좋아졌을까? 그저 얄밉기만 했던 미소였는데.

"오늘 수영이가 찾아왔어."

정면으로 시선을 옮기며 말했다. 쌓다 만 모래성이 세게 불어오는 바람에 무너지고 있었다.

"전에 당신이 그랬지? 조만간 내 친인척이 찾아올 거라고. 오늘 정말로 찾아왔어. 그리고 최영주를 만나보래."

"그래서 여왕님은 뭐라고 대답했어?"

"만나기로 했어. 다음 주 월요일에 홍대에서."

"장소 선택이 아주 좋은걸."

"응. 구형진이 죽은 지역이니까."

"그래. 그래서?"

"나는 알고 싶어. 당신이 최영주에 대해 어디까지 알고 있고, 어디까지 생각하고 있는지. 그 여자의 문제를 전부 당신에게 맡겨두고 싶지 않아. 이젠 나도 알고 싶고, 관여하고 싶어."

"좋아, 내가 알고 있는 걸 말해 줄게."

성현이 차분한 목소리로 이야기를 시작했다.

"최영주와 구형진이 몇 건의 살인을 저질렀는지는 알지 못해. 그러니 네 부모님의 살해만 두고 정리해 보자. 20년 전, 최영주는 구형진과 공모해서 네 아버지를 죽였어. 그리고 19년 전 네 어머니까지 죽였지. 난 그 당시 최영주는 계획을 짜고 구형진이 살인을 실행했다고 생각해. 아니, 확신해."

"응."

"구형진은 19년 동안 최영주의 돈을 마음껏 써왔어. 최영주는 똑똑하고 계산이 빠른 여자야. 그런데도 구형진과 함께한 이유는, 아마도 구형진에게 약점이 잡혔기 때문일 거야."

"약점?"

"네 부모님의 살해 공모에 대한 증거."

"아……!"

"무엇을 어떻게 잡았는지는 확신할 수 없어. 아마 녹음 파일이나 동영상일 거라고 생각해. 최영주는 그것이 녹화, 혹은 녹음되는 것을 꿈에도 몰랐겠지."

"응."

"최영주는 네 아버지의 회사를 인수받은 후, 재빨리 그것을 정리하고 살인으로부터 멀어지고 싶었을 거야. 하지만 네 아버지의 회사는 구형진의 형, 구형리의 손에 들어갔어. 그건 아마도 구형진의 압박이 있었기 때문이라고 생각해."

성현은 마치 브리핑을 하듯 술술 말했다.

"이번에 구형진을 살해한 것은 최영주야. 구형진이 탕진한 돈이 상당해. 최영주는 더 이상 그에게 휘둘리고 싶지 않았겠지. 증거가 남지 않도록 똑똑하게 처리를 했는데, 최영주의 앞에 네가 나타났어. 그리고 네가 최영주의 살인을 알고 있다는 걸, 최영주도 알게 되었어."

"응."

"최영주는 위험한 입장이야. 구형진의 형 구형리는 강성파의 부두목이야. 그리고 동생을 굉장히 아끼고 있지. 최영주와의 관계는 나쁘지 않지만, 최영주가 자신의 동생을 죽였다는 걸 알게 되면…… 최영주를 가만히 놔두지 않겠지."

재인은 성현의 정보력이 놀랍기만 했다. 대단한 친구가 있다는 이야기는 들었지만, 이 정도일 줄은 몰랐다. 재인이 19년 동안 아무리 애써도 알 수 없었던 것들을, 성현은 단 며칠 만에 알아냈다.

"최영주는 지금 여러 가지로 곤란한 상황에 놓였어. 첫 번째. 구형진이 가지고 있는 유진석, 정희숙 살해 공모의 증거. 두 번째."

"브이네."

"응, 브이지."

성현이 근사한 미소를 지었다.

"갑자기 나타난, 진실을 보는 여왕 유재인. 세 번째."

"닭발이네."

"응, 닭발이야. 구형진의 형 구형리. 자, 그럼 이 중에서 가장 위험한 게 뭐라고 생각해?"

"구형리?"

"아니야, 구형리는 아직 동생의 죽음을 의심하지 않아. 애초에 의심할 이유가 없지. 구형진은 원래 그러고 다니던 놈이었으니까. 자, 생각해 봐. 최영주의 잔잔한 일상에 파문을 일으킨 커다란 다이아몬드가 무엇인지."

성현이 일어나 재인의 앞에 섰다. 그리고 재인을 내려다보며 부드러운 미소를 지었다.

"바로 너야, 유재인. 내 다이아몬드."

내 다이아몬드.

당혹스러울 정도로 감미로운 호칭에 공기가 바뀌었다. 분명 춥고 황량한 놀이터에 앉아 있었는데, 세상에서 가장 화려한 성에 들어온 것 같았다.

　심장에 느껴지는 달콤한 타격감에, 재인은 마른침을 꼴깍 삼켰다. 당황한 그녀의 마음을 아는지 모르는지, 성현은 계속해서 말했다.

　"나는 최영주가 최근에 제대로 잠을 자지 못했을 거라고 확신해. 매일, 하루에도 수십 번 생각할 거야. 유재인이 어디까지 알고 있을까, 뭘 알고 있을까, 앞으로 어떻게 움직이려는 걸까. 그리고 수십 번 고민하겠지. 난 어떻게 해야 할까. 일단 기다려 봐야 할까. 아니면 먼저 움직여야 할까."

　그의 말에 다시 현실로 돌아왔다.

　"그 여자가 정말 내 생각을 하고 있을까?"

　"그래. 그 어느 때보다도 많이. 아마 네 생각을 하지 않는 시간이 더 적을걸."

　"정말 그럴까?"

　믿기 힘들었다.

> "내가 죽인 것 같니? 아니야, 재인아. 네 부모는 말이야. 멍청해서 죽은 거야."

　어린 소녀에게 미소 띤 얼굴로 잔인한 소리를 지껄였던 여자가, 이제 와 재인에게 휘둘린다는 사실이 믿어지지 않았다. 하지만 성현의 검은 눈동자는 조금도 흔들리지 않았다. 그는 확신하고 있었고, 재인은 자신의 생각보다 그를 더 믿었다.

"이제부터는 즐거운 이야기가 아니야. 잘 들어둬, 여왕님."

"응."

재인은 눈을 동그랗게 뜨고 고개를 끄덕였다. 그 모습에 성현이 눈을 크게 떴다가 빙그레 미소를 지으며 재인의 머리를 쓰다듬었다.

"이런, 방금은 너무 귀여웠어. 깜짝 놀랐네."

"아……."

"자, 그럼 다시 이야기를 시작해 볼까. 아니, 잠깐. 안 되겠다. 잠깐 좀……."

성현이 갑자기 뒤로 돌아섰다. 무슨 문제가 생겼나 싶어 걱정스러웠다. 벤치에서 일어나 그의 앞으로 향했다. 고개를 숙이고 있는 그를 올려다봤다.

"어디 아파?"

"아니, 저…… 이러면 곤란해, 여왕님."

그가 한 손으로 자기 입가를 가리며 말했다. 그의 미간에 옅은 주름이 새겨졌다.

"왜 그래?"

"난 지금 노력 중이야."

"뭘?"

"여왕님의 명령을 따르려고 노력 중이니까, 잠깐 좀……."

"내 명령이라니?"

"스킨십 자제하라면서."

"아……."

"좀 전의 여왕님이 너무 사랑스럽고 귀여워서 하마터면 끌어안을 뻔했거든. 잠깐 진정할 시간이 필요해."

지금껏 손도 잡고, 쓰다듬고 스킨십이란 스킨십은 다 했으면서. 이제 와서 인내심을 발휘하는 이 남자를 어찌하면 좋을까.

재인은 황당하면서도 즐겁고, 두근거리면서도 기뻤다. 전에는 가질 수 없었던 플러스의 감정들이 요란하게 달려와 재인의 가슴을 채웠다.

그래서 재인은 저도 모르게 두 팔을 벌려, 사랑스럽고도 귀여운 남자의 허리를 꽉 끌어안았다.

그의 몸이 긴장되는 것이 전해졌다. 스킨십에 능숙하면서 포옹 한 번에 긴장하는 그의 반응이 이해가 되지 않았다.

"이러면 안 돼, 여왕님."

난처한 듯 말하면서도, 그는 재인을 밀어내지 않았다. 오히려 오른팔로 재인의 등을 감쌌다.

"말했잖아. 나는 백 번 고민하고, 백 번 시뮬레이션 한 끝에 스킨십을 하는 거라고. 이렇게 갑작스러운 포옹은 참으로 가슴이 떨리고 또 떨려서."

그가 왼손으로 재인의 머리를 쓰다듬었다.

"이거 참, 행복하군."

성현이 너무나 사랑스러워서 충동적으로 끌어안기는 했는데.

'어떡하지?'

제정신이 돌아오자 재인은 난감한 상황에 빠졌다.

'어떻게 그만둬야 하는 거지?'

먼저 포옹을 해본 적이 없어서 언제 어떻게 떨어져야 하는지, 재인은 알 수 없었다. 그래서 그를 안은 채로 얼어붙었다.

'내가 미쳤지.'

아무리 성현이 귀엽다 해도 충동적으로 끌어안은 건 바보 같은 짓이었다. 이래서야 민성현과 다를 것이 무엇이란 말인가.

'나 진짜 왜 이러지?'

아무리 성현이 감정에 솔직해지라고 했다지만, 이런 식으로 감정에 휘둘리다니. 불과 얼마 전까지만 해도 무심하게 살아왔기에, 이러한 행동을 받아들이기 힘들었다. 이렇게 충동적이어도 괜찮을까 걱정이 될 정도였다.

그런 한편 머리를 쓰다듬는 그의 손길이 좋아서, 재인은 그대로 시간이 멈췄으면 좋겠다는 생각까지 했다. 그게 얼마나 바보 같은 생각인지 알면서도 멈출 수가 없었다.

"최영주는 이번에 여왕님을 만나면 어디까지 알고 있는지 떠보려고 할 거야."

그가 갑자기 이야기를 시작했다.

"여왕님에게는 두 가지 선택지가 있어."

"두 가지?"

고개를 한껏 올려 그를 올려다봤다. 자연스럽게 그에게서 떨어질 수가 있었다.

"응. 첫 번째는 위험하지 않아. 하지만 그만큼 최영주를 끌어내기도 힘들어지지."

"내가 아무것도 모르는 척하는 거?"

"그래, 맞았어. 시치미를 떼는 거야. 아무것도 모르는 것처럼. 그냥 한 번 떠봤을 뿐인 것처럼."

"그럼 두 번째는…… 다 밝혀야 되는 거구나."

"응. 구형진이 가지고 있는 살해 공모의 증거. 그리고 최영주가 구형진의 등을 떠민 거. 전부 다 아는 척을 하는 거야."

"그러면 그 여자는 당황하겠네."

"그러겠지. 최영주는 지금껏 쌓아 올린 사회적 이미지가 있어. 그리고 그걸 아주 중요하게 여기지. 그런 만큼 잃고 싶지 않을 거야. 지금의 생활을."

"응."

"최영주는 피에 미친 살인마가 아니야. 그저 쉽게 돈을 손에 넣고 싶었던 욕심쟁이일 뿐이지. 그래서 공범을 두는 게 얼마나 위험한지 알면서도 구형진에게 살인의 실행을 맡긴 거야. 자기 손을 더럽히고 싶지 않았던 거지."

"하지만 이번에는 자기 손으로 직접 구형진을 죽였어."

"그래. 자기 욕심 때문에 손에 피를 묻히는 순간, 두 번째는 더 쉬워져. 이제 최영주는 살인이라는 것을 쉽게 생각하게 되었어. 두 번, 세 번, 자기 손을 더럽히는 걸 두려워하지 않겠지."

"나를 공격해올 수도 있겠네."

"그래, 유재인."

성현의 눈빛이 무거워졌다.

"알고 있는 것을 알리면, 최영주는 널 죽일 방법을 고민하기 시작할 거야. 그리고 실행에 옮기겠지. 타인의 손을 빌릴 수도 있고, 자기 손으로 직접 처리할 수도 있어."

"살인을 도울 타인이 있을까?"

"구형리의 존재를 잊지 마. 구형리는 최영주에게도 위험 요소지만, 우리 쪽에도 폭탄이 될 수 있어. 최영주가 구형리를 구워삶아 이쪽을 공격해올 수도 있어. 게다가 세상에는……."

성현은 작게 한숨을 내쉬고는 덧붙였다.

"돈 100만원만 쥐어줘도 뭐든 할 수 있는 사람들이 널리고 널렸거든. 너도 알겠지만."

알고 있었다. 경찰청 일을 도우며 얼마 되지도 않는 돈에 자신이 가진 것들을 내려놓는 사람들을 많이 봐 왔다.

"이제 네가 진지하게 고민을 해 봐야 할 때가 왔어."

"뭘?"

"최영주의 일을 해결할 방법은 두 가지야. 첫 번째, 나에게 맡긴다. 두 번째, 너와 내가 함께 해결한다."

"당신에게 맡기면 어떻게 되는데?"

"빠르게 해결할 수 있겠지. 네가 위험해지는 일은 없을 거야."

재인은 그의 눈동자가 위험스럽게 번뜩이는 것을 보았다. 그가 품고 있는 계획이 무엇인지 알 것 같았다.

"당신에게 맡겨두면."

재인은 성현의 오른손을 잡아 그녀의 눈높이로 끌어올렸다. 그리고 곱고 길쭉한 그의 손을 응시하며 말했다.

"이 손을 더럽히게 되겠지?"

"이 손은 여왕님을 위해 뭐든지 할 수 있는 손이야. 이 손이 무엇을 하든, 난 그것이 더럽혀지는 거라고 생각하지 않아."

"하지만……."

그의 눈과 입가를 살펴봤다.

"즐거워 보이지 않는걸."

"……."

"잘은 모르겠어. 하지만 첫 번째 방법이 당신에게 유쾌한 방법은 아니라는 걸 알겠어. 아니, 그 정도가 아니라 굉장히 선택하고 싶지 않은 방법이잖아."

재인의 손가락이 그의 입가를 더듬었다.

"이상해. 예전에는 전혀 읽을 수 없었는데, 최근에는 간혹 당신의 생각이 보여."

성현이 그의 입가를 더듬는 재인의 손을 움켜쥐었다. 그리고 차가운 그녀의 손에 가볍게 입을 맞췄다. 손가락 끝에 닿는 그의 숨결을 느끼며, 재인은 말했다.

"당신이 싫어하는 방법은 나도 싫어. 나 때문에 당신이 범죄를 저

지르는 것도 싫어. 그러니까 이 손으로 최영주를 죽일 생각은 하지 마."

그의 손에 힘이 들어갔다.

"살인은 안 돼, 민성현 씨. 나 때문에 당신의 손에 피를 묻히지 마."

감정을 드러내지 않는 훈련을 해 왔다. 그 어떤 거짓말도 능숙하게 해낼 자신이 있었다. 실제로 성현은 거짓말탐지기에도 걸리지 않도록 거짓말을 한 적이 있었다.

재인의 능력은 마음을 읽는 것이 아니라 얼굴이나 몸짓에 드러나는 동요를 읽어 내고, 그렇게 얻은 퍼즐 조각을 끼워 맞추는 '통찰력'이었다. 그 기술이 만능은 아닐 텐데 기분을 읽히고 말았다.

'이거 참.'

1111호의 문을 응시하며 성현은 한 손으로 입가를 쓸었다.

'여왕님 앞에서는 표정관리가 안 되는 지경이 돼버렸군.'

타인에게 감정을 읽히는 건 유쾌한 일이 아니다. 하지만 재인이 자신의 기분을 알아주는 것은 싫지 않았다. 아니, 오히려 그녀가 자신에게 집중해 주고 있다는 사실이 무척이나 기뻤다.

'아무튼, 지금은 혼자 즐거워하고 있을 때가 아니지.'

성현은 휴대폰을 꺼내 전화번호 목록을 눈으로 훑었다.

[형아]

저장된 이름을 물끄러미 응시하다가 통화버튼을 눌렀다. 한선은 전화를 받지 않았다. 혹시나 싶어 한 번 더 걸어봤지만 이번에도 연결이 되지 않았다. 깊은 한숨을 내쉬며 휴대폰을 도로 주머니에 넣으려는데 진동이 울렸다.

[형아]

액정에 뜬 이름을 확인한 성현의 입가에 옅은 미소가 떠올랐다.

"형."

[농담 아니고, 나 지금 진짜 바빠. 뉴스 안 보냐?]

"아아. 토막살인 말이지?"

[어, 그러니까 노닥거리려고 전화한 거면 끊어!]

"30분 후, 시간 어때?"

[……지금 바쁜데 30분 후에 시간이 나겠냐? 엉?]

"경찰청으로 갈게."

[야, 나 지금 현장에 있어.]

"그래? 그럼 거기로 갈게."

[오긴 어딜 와? 오지 마!]

"혹시 알아? 내가 사건을 해결하는 데 큰 도움이 될지."

[네 도움 필요 없다고!]

"그럼 이따 봐."

[야, 여기가 어딘 줄 알고……!]

띠롱—

전화가 끊겼다. 한선은 신경질적으로 휴대폰을 집어던지려다가 관뒀다. 비가 오려는지 하늘이 꾸물꾸물했다. 안 그래도 토막살인 사건 때문에 마음이 뒤숭숭한데, 날씨까지 이러니 기분이 영 안 좋았다.

아니, 살인 사건이나 날씨 때문이 아니다.

"난 이제 네 옆에 못 있겠다. 잘 지내라, 유재인."

재인에게 남긴 마지막 말을 후회하지 않는다. 두 번 다시 그녀를 만나지 않겠다고 선포한 것 또한 후회는 없다. 다만 그녀의 표정이 마음에 걸렸다.

아무 감정도 드러내지 않을 거라고 생각했다. 한선은 재인에게 있어서 그저 그뿐인 사람이니까, 떠나겠다고 하든 말든 신경도 쓰지 않으리라 생각했다.

그러나 한선을 올려다보던 재인의 눈동자는 일렁일렁, 여러 감정을 가지고 흔들렸다.

'아니, 관둬. 넌 감당할 수 없어, 류한선.'

한선은 스멀스멀 번지는 그녀에 대한 그리움을 서둘러 갈무리했다. 재인을 위해 뭐든 할 수 있을 거라고 생각했다. 그러나 한선을 무시하고 죽음을 감행한 그녀의 행동은 도무지 받아들일 수가 없었다. 재인은 한선이 그녀를 얼마나 아끼고 소중히 여기는지를 아예 무시하고 있었다.

그녀를 위해 죽음을 불사할 수 있지만, 죽음을 향해 달려드는 그녀를 감당하기는 힘들었다.

담배를 피우며 서성인지 얼마나 지났을까.

"형."

뒤에서 듣고 싶지 않은 목소리가 들려왔다. 한선은 깊은 한숨을 내쉬며 뒤로 돌아섰다. 여느 때처럼 근사한 정장을 입은 성현이 느릿하게 걸어오고 있었다.

"너, 인마. 여긴 또 어떻게 알아냈냐? 내 몸에 위치 추적기라도 설치했냐?"

"형은 나한테서 벗어날 수 없어."

성현이 싱긋 웃으며 말했다. 한선은 몸을 부르르 떨며 뒤로한 걸음 떨어졌다. 나쁜 녀석이 아니라는 건 알겠지만, 역시 가까워지고 싶진 않다.

"할 말 있으면 후딱 하고 꺼져. 바쁘니까."

툽상스레 말했지만 성현의 입가에 번진 미소는 사라지지 않았다. '네 마음 다 알아.'라는 듯한 어른스러운 미소가 마음에 안 들었다.

"아, 그렇게 좀 보지 말고! 할 얘기 있으면 얼른 하고 꺼지라고!"

"한선이 형."

성현이 은근하게 부르자 몸에 오도도 소름이 돋았다. '형'이라는 호칭이 기분 나쁜 호칭이라는 걸, 성현을 만나면서 알게 되었다.

'형'따위, 사라져라!

하지만 이 마음을 밝혔다가는 성현이 '언니'라고 불러올 것 같기에, 한선은 불쾌함을 드러내지 않았다. 성현은 '언니'라고 부르고도 남을 위인이었다.

"사건 이야기를 좀 해 봐. 내가 도울 수 있을지도 모르잖아."

"재인이 때문에 온 거면 그 이야기나 하고 가. 굳이 이런 일 돕지 않아도 힘을 빌려줄 테니까."

"그렇게 말하면 서운해, 형. 사건, 빨리 해결하는 게 좋지 않겠어?"

"얼씨구? 아주 자신만만하시네. 네가 끼어든다고 이 사건이 바로 해결되는 게……."

퍽—

때마침 나타난 주학이 한선의 뒤통수를 때렸다.

"야, 이 꼴통아. 넌 담배 한 대 피운다는 놈이 그걸 만들어서 피우냐? 아주 함흥차사야, 함흥차사!"

"아, 선배는 날 하루라도 안 때리면 손에 가시가 돋습니까?"

"누군 좋아서 때리는 줄 알아? 네놈이 하루도 빠짐없이 때릴 일을 만들어 주잖아!"

"안녕하십니까, 이 형사님."

성현이 은근슬쩍 끼어들었다. 험상궂게 일그러져 있던 주학의 표정이 환해졌다.

"아이고, 민 교수님. 안 그래도 막 청장님께 이야기 들었습니다. 이번 사건도 힘을 빌려주신다고."

자신을 대할 때와는 사뭇 다른 주학의 행동에 한선이 입술을 비쭉거렸다.

"네, 이 형사님. 이런 사건이 벌어졌는데 국민으로서 당연히 도와야지요."

"너, 대한민국 국민 아니잖아."

"마음은 한국인이야. 이 형사님, 자세한 내용은 류 형사님께 듣도록 하겠습니다. 잠시 류 형사님을 빌려도 되겠습니까?"

"빌려주지 마십쇼, 선배. 전 영원히 선배님의 오른팔, 선배님만의 파트너로 살고 싶습다!"

한선이 간절히 말했지만 주학에게는 통하지 않았다. 주학은 아주 흔쾌히 한선의 등을 떠밀어 성현의 품에 안겨 주고, 후련한 표정으로 그곳을 떠났다.

졸지에 성현의 포근한 품에 안긴 한선이 이를 으드득 갈며 몸을 바로 세우려고 하는데, 성현이 한선을 끌어안은 두 팔에 힘을 주며 속삭였다.

"드디어 둘만 남았네, 형.아."

토막 난 시체가 발견된 것은 새벽 3시 30분 경. 늦게 퇴근해 공원을 가로질러 가던 30대 남성이 발견했다.

"벤치 위에 커다란 가방이 하나 덩그마니 놓여 있어서, 뭔가 싶어 열어봤대. 그 안에 오른팔과 오른다리가 들어 있었고."

"그 두 개만 발견된 거야?"

"응. 근처를 샅샅이 뒤지고 있는 중인데 다른 부위는 아직 발견되지 않았어. 여성의 것으로 짐작되고 국과수에서 검시 중이야. 오늘 밤에 결과가 나오겠지."

성현과 한선은 시체가 발견된 공원을 걷는 중이었다. 한선은 책에서 읽었던 것처럼 성현이 주저앉아 이것저것 꼼꼼히 조사할 거라고 생각했다. 하지만 그는 연회색 코트 주머니에 손을 찔러 넣은 채 걷고만 있었다.

"어떻게 생각 하냐?"

"글쎄. 아직은 모르겠는데."

"설마…… 또 토막 살인이 일어날 거라고 생각하는 건 아니지?"

"아니, 그런 건 아니고. 일단 검시 결과가 나올 때까지 기다려 봐야 할 것 같아. 결과가 나오면 말해 줘."

"어."

"발견자는 어때? 의심되는 부분은 없고?"

"응. 평범한 회사원이야. 야근하고 집에 가는 길이었다고 하더군. 미혼이고, IT 업계에서 일한대."

"가방 속에 들어 있었다고 했지? 그것도 벤치 위에."

"응. 발견되기 쉽게 놔둔 것 같아."

"그렇다면 남은 부위는 아직 살인범이 가지고 있겠네."

"그럴 가능성이 농후하지."

"이틀 안에 발견되면 좋을 텐데."

"왜?"

"서둘러 시체를 유기하면 그 과정에서 실수를 범하기도 쉽고, 시체를 곁에 두고 오래 생활하는 놈들 중에 정상적인 놈은 찾기 힘드니까. 살해현장에서 토막을 낸 게 아니라면 개인적인 공간에서 살해를 했다는 말인데, 보통은 그 공간이 집이잖아. 형 같으면 집에 잘린 시체를 놔두고 생활할 수 있겠어?"

"필요하다면 꾹 참고 해볼 수도 있겠지."

"아니, 힘들 거야. 평범한 사람은 못 해. 아무튼 검시 결과 나오면 자세하게 알려 줘."

"그래."

대화가 끝났을 때, 그들은 근린공원의 맞은편 출구에 도착했다. 한선은 흡연구역으로 걸어가 주머니에서 담배를 꺼냈다.

"그래서, 왜 찾아온 건데?"

"최영주가 유재인에게 접선을 시도했어. 다음 주 월요일, 유재인과 최영주가 만날 거야."

한선의 미간에 깊은 주름이 생겼다. 한선은 입에 물고 있던 담배에 불을 붙이고 길게 한 모금 빨아들였다. 잿빛 연기를 뱉어 내며 한선이 고개를 저었다.

"별로 좋은 생각이 아닌 것 같은데."

"응, 재인이가 위험해질 거야."

"안다는 놈이 만나겠다는데 그냥 놔둬?"

"한동안은 재인이가 하고 싶은 대로 하게 놔둘 예정이야. 물론 난 열심히 재인이를 지킬 거고."

"그래, 그럼 여기서 나한테 잘난 체 하지 말고 가서 지키기나 해.

앞으로 뭘 할 건지 일일이 설명해 주지 않아도 되니까, 굳이 찾아오지 말고."

"형이 보고 싶어서 겸사겸사 찾아왔어. 이렇게 보니까 좋지?"

"징그러운 소리 좀 집어넣을 순 없는 거냐?"

한선이 몸을 부르르 떨었다.

"수줍어하긴."

"안 수줍다고! 제발 그 빌어먹을 수줍다는 표현 좀 집어치워!"

성현은 씩 웃으며 재인과 나눈 대화에 대해 설명했다.

"구형진이 가지고 있는 범죄의 증거라. 20년 전에는 소형 비디오 카메라를 구하는 게 상당히 힘든 편이었으니, 녹음파일일 가능성이 높겠군. 동영상일 가능성도 있겠지만."

"응. 녹음파일이든 동영상이든 물질적인 증거야. 최영주는 20년 동안 그 증거를 찾기 위해 애썼겠지. 하지만 결국은 못 찾았고."

"구형진이 잘도 숨겨놨군. 구형리에게 맡겨졌을 가능성은 없나?"

"없어. 만약 구형리가 그 녹음파일의 존재를 알았다면, 동생이 죽었을 때 최영주를 의심했을 거야. 구형리라면 최영주를 죽이는 데 망설일 이유도, 공들일 필요도 없겠지. 최영주는 벌써 시체가 됐을걸."

"그건 그러네. 그럼 똑똑한 최영주가 20년 동안 애써도 찾아낼 수 없는 곳에 숨겨뒀다는 게 되겠군. 우린 그걸 찾아야 하는 거고."

"응. 우. 린. 그걸 찾아야 돼."

"그럼 이제부터 구형진의 생전 인간관계와 발길이 닿은 장소들을 다 뒤져봐야겠네."

"응, 우. 린. 그걸 해야만 하지."

'우리'라는 단어를 묘하게 강조하며, 성현이 한선을 물끄러미 응시했다. 듣고 싶지 않은 질문이 나올 것 같아서, 한선은 슬쩍 시선을 피했다. 예상대로 성현이 물었다.

"형, 정말로 재인이 안 만날 거야?"

"응, 그냥."

한선의 미간에 괴로운 굴곡이 생겼다.

"여기가 내 자리인 것 같다."

* * *

잠이 오지 않았다. 이제 몇 시간 후면 최영주를 대면하게 된다.

'어디까지 이야기해야 할까?'

성현은 알고 있는 것을 다 말해도 된다고 했다. 하지만 그것이 과연 옳은 방법인지는 알 수 없었다.

이쪽이 가진 패를 모두 내보이는 것이 좋은 걸까? 오히려 일이 나쁘게 흘러가지 않을까?

위험해지는 것은 상관없었다. 하지만 이제는 아니다. 재인이 또다시 불나방처럼 위험에 뛰어들었을 때, 성현은 아마도 한선이 지은 것과 비슷한 표정을 지을 것이다.

앞뒤 재지 않는 자신의 행동으로 인해 다른 사람이 상처 입는 것이, 이제는 싫었다.

재인은 고민을 하며 아침을 맞았다. 몸이 좋지 않은데 잠까지 제대로 못 잤더니 상태가 전혀 나아지질 않았다. 온몸이 묵지근하고 목이 칼칼했지만, 수선을 피울 정도는 아니었다.

'오늘 푹 자면 나아지겠지. 그 여자를 만나고 푹 잘 수 있을지는 모르겠지만.'

힘겹게 나갈 준비를 끝내고 과제물을 챙겼다. 오늘 아침에는 성현이 찾아오지 않았다. 어젯밤 재인이 이제 매일 그럴 필요 없다고 말해 뒀기 때문이다.

"당신이 매일 앞에 서 있을 걸 생각하면 마음이 불편해. 잠 좀 푹 잤으면 좋겠어."

솔직하게 말했더니 성현은 무척이나 감격한 표정을 지었고, 그 후 굉장히 감미로운 미소로 재인의 심장을 뛰게 만들었다. 재인이 솔직한 표현을 할 때마다 과할 정도로 변하는 그의 표정이 좋았다.

콜록. 콜록.

엘리베이터에 올라 기침을 하고 있는데, 닫히려던 문이 도로 열렸다. 성현인가 싶어 고개를 들었는데 교복을 입고 있는 영민이었다.

"누나, 감기 걸렸어요?"

"응, 조금."

"병원에 가 보세요. 요새 독감 존…… 아니, 엄청 무섭다던데."

"응, 이따 가 봐야겠다. 요샌 학교 잘 나가나보네. 아, 혹시 다른

데…… 학교 가는 거구나?"

"네, 저도 졸업 좀 해 보려고요. 슬슬 출석일수 위험해지기도 했고."

"그래, 열심히 다녀. 고등학교 때 담임이 이런 얘기를 한 적이 있어. 공부하기 싫은 마음 이해하고, 필요 없다는 생각도 이해한다고. 하지만 어쩔 수 없이 공부해야 하는 이 기간 동안 공부 잘 해두면, 나중에 어디에라도 쓸 곳이 있을 거라고."

"근데 수학이나 물리 같은 건 도대체 어디에 쓰는지 모르겠던데."

"응, 나도 잘은 모르겠는데…… 세상일은 어떻게 될지 모르는 거잖아."

그런 대화를 나누며 아파트를 나섰다. 미열 때문에 가벼운 두통이 있었고, 그 두통 때문에 이마의 상처가 더 쓰리게 느껴졌다. 그 후 영민과 헤어져 버스를 타고 대학교로 향했다. 차가운 바람을 맞는 동안 열이 조금 가라앉아서 기분이 나아졌다.

강의 시간보다 1시간이나 일찍 도착하는 바람에 강의실은 텅 비어 있었다. 이 강의실에서 다른 수업이 없다는 것을 확인한 후, 재인은 구석에 자리를 잡고 앉아 콜록거리며 책을 읽기 시작했다.

진혁은 강의실 문을 열려다가 멈췄다.
콜록, 콜록. 누군가의 기침소리가 들려왔다.
'누군데 벌써 왔지?'
수업 시간까지 아직 30분이 넘게 남았다. 문에 달린 작은 창문으로 슬쩍 안을 확인하자, 창가 쪽 구석 자리에 익숙한 옆모습이 보였다.

창문으로 들어오는 햇살에 재인의 연갈색 머리카락이 금빛으로 빛났다. 투명해 보이는 흰 피부와 오뚝한 코. 빛에 파묻혀 흐트러질 듯한 그녀의 모습에 심장이 쿵 내려앉았다.

'아, 깜짝 놀랐네.'

진혁은 격하게 뛰기 시작한 가슴 위에 손을 얹었다. 사춘기 소년도 아닌데 좋아하는 여자의 모습을 발견한 것만으로도 이렇게나 심장이 뛰다니. 이런 자신의 모습이 바보 같으면서도 싫지는 않았다.

재인을 마음 놓고 보고 싶어서 들어가지 않고 문밖에 머물렀다. 문에 붙은 창문이 좀 더 컸으면 좋겠다고 생각하며 그녀의 모습을 지켜봤다. 재인은 간혹 콜록거렸고 머리가 아픈지 관자놀이를 꾹꾹 눌렀다.

'감기 걸렸나?'

걱정스러운 마음에 저절로 미간에 힘이 들어갔다.

'약이라도 사와야겠다.'

재인이라면 병원에 가지 않았을 거란 생각이 들었다. 약을 사다 줘야겠다는 결심이 서자마자, 바로 돌아서서 복도를 달렸다. 가는 길에 몇몇 아는 사람들을 마주쳤지만 멈추지 않았다.

이런 식으로 누군가를 좋아해본 것이 얼마만일까? 아마 처음일 것이다. 어릴 때부터 곱상한 얼굴 덕분에 여자가 끊이질 않았다. 한 여자와 헤어지면 다른 여자에게 고백을 받아서, 누군가를 먼저 좋아할 틈이 없었다.

짝사랑이라는 것이 어떤 건지 알지 못했고, 하게 될 거란 생각도 해 보지 못했다. 26살이라는, 어쩌면 조금 늦은 나이에 느닷없이 시작된 짝사랑은, 생각보다 어렵고, 즐겁고, 가슴이 간질간질했다.

재인을 위해 뭐든 해 주고 싶어서, 지금껏 진혁을 위해 뭐든 해 주던 여자들의 마음을 이해할 수 있게 되었다. 그녀들이 이런 마음인 줄 알았더라면, 그때 좀 더 잘해 줄 걸 그랬다는 후회도 생겼다.

진혁은 근처의 약국에서, '감기에 정말 최고로 잘 듣는 약'과 영양제를 사들고 다시 달렸다. 간만에 뛰는 건데 하나도 힘들지 않았다. 그저 이 약을 받아 든 재인이 깜짝 놀라는 것을 보고 싶을 뿐이었다.

다시 건물 안으로 들어왔을 때, 그는 달리는 것을 멈췄다. 이제 조금 차분하게 숨을 고르고, 최대한 멋진 모습으로 재인에게 약을 건네줘야지. 그런 생각을 하며 호흡을 정돈했다.

맞은편에서 걸어오는 성현을 발견한 것은 호흡이 거의 안정되었을 때였다.

성현은 후드 롱코트를 입고 있었다. 모자에 라쿤털이 있고, 허리를 벨트로 여미는 방식의 카키색 코트였다. 언젠가 백화점에서 본 기억이 있었다.

'저거…… 거의 800만 원 정도 했던 것 같은데.'

이제껏 성현이 입는 옷들이 다 명품인 것처럼 보이기는 했지만, 정말 저렇게 비싼 옷을 입고 다니는 줄은 몰랐다. 그래 봐야 3, 40

만 원쯤 하는 옷일 줄 알았는데.

'저런 걸 누가 입나 했더니 민 교수님 같은 사람이 입고 다니는구나. 교수 월급이 그렇게 대단한가? 미국에서도 교수라고 했지, 아마?'

하지만 성현이 눈에 띄는 이유는 저 옷 때문은 아닐 것이다. 그는 어깨를 쫙 펴고 자신만만한 자세로 걷고 있었다. 여유로운 미소를 띤 그는 거적때기를 입혀놔도 번쩍번쩍 빛날 것 같았다.

가까이 걸어온 성현과 진혁의 눈이 마주쳤다. 진혁이 슬며시 고개를 숙여 인사하자 성현의 눈이 가늘어졌다.

"안녕하세요."

"아니, 오늘은 별로 안녕하지 못해."

"네?"

"그래도 자네는 안녕했으면 좋겠군. 한 장소에 둘 이상 안녕하지 못한 사람들이 모여 있으면 마이너스적인 감정 때문에 불쾌한 일이 생길 수가 있거든."

"아, 네에."

"그럼 수고해."

알 수 없는 말을 내뱉은 성현이 진혁을 스쳐 지나갔다.

'멋지기는 하지만 정말 속을 모르겠어.'

라고 생각하며, 진혁은 깊은 한숨을 내쉬었다.

강의실을 학생들이 하나둘씩 채우기 시작했다. 턱을 괴고 책을 읽던 재인은, 자신을 흘끗흘끗 쳐다보는 시선들을 느꼈지만 무시했다. 왜 그렇게들 보는 건지 알 것 같았다.

모르는 척하면 다가오지 않겠지, 라고 생각했는데 오산이었다.

"재인아, 책 뭐 읽어?"

명희가 재인의 앞자리에 앉으며 물었다. 재인은 흘끗 그녀의 얼굴을 확인한 후 책을 덮어 표지를 보여 줬다.

"아, 이거 요새 영화로 개봉한 소설이지? 내 어린 소녀의 죽음."

"응. 나 책 좀 읽을게."

소설 제목을 서두로 다른 이야기를 꺼내려는 게 명백했다. 다시 책으로 시선을 돌려 '대화하고 싶지 않다.'는 의도를 전했지만 명희는 아주 작정을 하고 온 듯 또 말을 걸었다.

"있지, 너 이마 다친 거, 지난주에 그런 거 맞지? 그, 경영학과 학생회장. 이름이 뭐였더라?"

"……."

"그, 그, 최, 그…… 아, 최명진. 맞지?"

"……."

"최명진이 여자들한테 무슨 짓 저질렀다던데. 네가 사람들 있는 데서 다 알리는 바람에 너한테 폭력을 사용했다며?"

"……."

"근데 그 여자들 중에 우리 과 박다희도 있다던데, 정말이야? 넌 알지?"

재인은 대답하지 않았다. 얼마나 소문이 퍼진 걸까?

그날, 다희의 이름은 꺼내지 않았다. 하지만 최명진과 박다희가 사귀었다는 사실을 아는 누군가가 이야기를 흘린 모양이다. 그때, 재인에게 무시를 당한 명희는 기분이 상했는지, 재인의 책상을 탁 소리가 나게 쳤다.

"유재인, 내 목소리 안 들리니?"

"……."

"사람이 앞에서 얘기하는데 너무 무시하지는 말지? 네가 혼자 고고하게 살아가는 건 알겠는데, 그래도 이렇게 대놓고 무시하는 건 좀 그렇지 않아?"

재인은 책을 향하고 있던 시선을 들어 명희를 물끄러미 응시했다.

"나한테 그런 걸 묻는 의도가 뭐야?"

"의도라니…… 무슨 말을 그렇게 해? 난 네가 애들이랑 잘 어울리지도 않고, 우리 같이 공부한 지 오래 됐기도 했고…… 이런저런 얘기 좀 하면서 친해지고 싶어서 하는 말인데. 안 그래, 애들아?"

명희가 근처에 있던 학생들을 돌아보며 동의를 구했다. 명희와 숙덕거렸던 몇몇 학생들이 고개를 주억거렸다.

"글쎄. 난 그렇게 생각 안 하는데."

재인은 차갑게 말하며 명희의 눈을 똑바로 응시했다.

"너, 다희 싫어하잖아. 다희가 예쁘고 남자들에게 인기도 많으니까. 게다가 성격도 싹싹하고, 진혁이랑도 친하고. 여러 가지로 마음에 안 드는데, 뒤에서 안줏거리 삼아 수군거릴 만한 일이 벌어진 게 기쁜 거 아냐?"

담담하게 흘러나오는 재인의 말에 명희의 얼굴이 붉어졌다.

"내가 지난주의 일에 대해 아는 건."

거기까지 말하고 재인은 이쪽을 보고 있는 학생들을 천천히 둘러봤다.

"최명진에게 내가 맞아서 다쳤다는 사실뿐이야. 네가 뭘 알고 싶은 건지는 모르겠지만, 책임지지 못할 거라면 묻지도 말고, 함부로 지껄이지도 마."

친구들의 앞에서 쓴소리를 들은 명희는 하고 싶은 말이 아주 많은 듯했다. 하지만 마침 들어온 교수님 때문에 입술만 달싹거리다가 자리로 돌아갔다. 아주 작게 욕설이 들려오기는 했지만, 무시할 수 있는 수준이었다. 예전에 수영이 재인에게 내뱉던 욕설들을 생각하면 귀여울 정도였다.

몇 마디의 인사가 오간 후에 과제를 발표하는 시간이 있었다. 재인의 순서는 네 번째였다. 앞의 발표가 진행되는 동안, 재인은 뒤죽박죽인 머릿속을 정리하기 위해 애썼다.

최영주에게 할 이야기들을 이것저것 꺼내봤는데, 할 이야기가 너무 많아서, 또 묻고 싶은 것이 넘쳐서 정리하기가 힘들었다.

이왕이면 최영주가 가장 당황해할 순서로 이야기하고 싶었다.

그러는 동안 재인의 차례가 다가왔다. 재인은 발표 자료와 USB를 들고 앞으로 나갔다. USB를 노트북에 꽂고 빔 프로젝터로 PPT 자료를 쏘아 보냈다.

재인의 발표주제는 '범죄자의 거짓말'이었다. 몇 번이고 연습을 했기에 발표를 하는 것은 어렵지 않았다.

 높낮이가 없는 음성으로 담담하게 준비한 자료를 이야기하며 학생들을 한 명, 한 명 응시했다. 다희도 같은 수업을 듣는데, 오늘은 나오지 않았다.

 '학교, 아주 그만두려는 건 아니겠지?'

 다희를 걱정하며 움직이던 시선이 진혁에게서 멈췄다. 진혁은 재인이 앉아 있던 자리의 옆에서 진지하게 재인의 발표를 경청하고 있었다. 생각에 잠겨 있어서 옆자리에 누가 앉아 있었는지도 몰랐었다.

 하필이면 진혁에게서 시선이 멈춘 이유는, 그의 눈빛 때문이었다. 다른 학생들과 달리 반짝반짝 빛나는, 조금 열기를 띤 눈빛. 그건 아마 학구열 때문은 아닐 것이다.

 진혁의 눈동자는 재인의 입술에서 목으로, 목에서 손으로 느릿하게 움직였다. 하지만 재인의 눈은 똑바로 쳐다보지 못했다. 감추는 게 있어서가 아니었다.

 '아아, 그렇구나.'

 재인의 발표를 들으며 미묘하게 변하는 그의 표정. 가까이에서 대화를 할 때는 몰랐는데, 오히려 멀리 떨어져서 관찰하니 알 수 있었다.

 '그 말이 정말이었구나.'

 전에 패밀리 레스토랑에서, 재인을 몰아붙이는 수영에게 진혁이 했던 말.

"재인이 누나가 눈부시게 예뻐서 그냥 제멋대로 좋아하고 있는 거거든요."

재인을 돕기 위해 던진, 의미 없는 말이라고 생각했는데, 그렇지 않다는 걸 이제 와서야 알았다.
'난 왜 이럴까?'
재인은 기계적으로 발표를 하며, 머리로는 딴생각을 했다.
'그동안 타인의 감정을 보지 않으려고 해서 몰랐던 걸까?'
한선의 마음도, 진혁의 마음도, 성현을 알게 되고 나서야 깨달았다.
'저 애는 모르겠지. 내가 저 애의 마음을 눈치챘다는 걸.'
하마터면 발표 도중에 한숨을 내쉴 뻔했다. 타인의 얼굴과 눈빛을 보다 보면, 거짓말뿐 아니라 상대의 감정도 어느 정도 파악하게 된다. 타인의 감정에 적극적으로 부딪치겠다고 결심한 후부터, 그것이 더 잘 보이게 되었다.
별다른 표현을 하지 않아도 상대의 마음을 눈치채는 이 능력이, 좋은 것인지 나쁜 것인지 알 수 없었다. 진혁은 재인에게 자신의 마음을 알릴 기회가 여러 번 있었지만, 고백하지 않았다. 그렇다는 것은 아직, 어쩌면 앞으로도 쭉 그 마음을 감추고 싶다는 뜻일지도 모른다.
'그런데 난 알아버렸어.'

알지만 모르는 척하는 것은 어렵지 않았다. 하지만 앞으로 재인은 조금씩 진혁을 신경 쓰게 될 것이다. 혹시라도 자신이 내뱉은 말에 진혁이 상처를 입을까 봐. 한선처럼 고통스러운 눈빛을 하게 만들까 봐.

'타인의 감정을 마주한다는 게 이런 거구나.'

번거롭고 불편하다. 좋은 것보다는 나쁜 게 더 많은 것 같다. 그럼에도 피할 생각이 들지 않는 이유는,

'내가 민성현 씨를 믿기 때문이겠지. 그 남자가 그러라고 한 데는 이유가 있을 거야, 분명.'

재인의 발표가 끝나자마자, 진혁은 재인을 본 적 없다는 듯 시선을 옆으로 돌렸다. 재인은 쓴웃음을 삼키며 자리로 돌아갔다.

"네 명이 죽었습니다."

특강 시간. 강의실 앞문을 열고 들어오며, 성현은 인사도 없이 이야기를 시작했다. 성현의 기행에 익숙해진 학생들은 그러려니 하는 표정으로 그의 이야기를 들었다.

"네 명은 식품회사를 다니는 직원들로, 직장 동료 이상의 관계는 없었습니다. 두 명은 남성, 두 명은 여성. 회사에서 맡고 있는 직위도, 업무도 제각각이었지요."

낮고 굵은 그의 음성이 강의실을 채웠다. 늘 생각하는 거지만 그의 목소리는 사람의 청각을 매혹시킨다.

스윽—

강의에 집중하고 있는데, 진혁이 재인의 책상 위로 무언가를 밀어 보냈다. 시선을 내려 진혁이 보낸 것을 확인했다. 약봉지였다.

안을 확인하니 감기약과 영양제, 잘 접은 쪽지 하나가 들어 있었다. 감기에 걸린 건 어떻게 알았을까? 수업 중에는 기침을 하지 않으려고 노력했던 것 같은데.

재인은 흘끗 진혁을 돌아봤다. 진혁은 아무 일도 없었다는 듯이 정면을 보고 있었다.

[누나, 병원 안 가보셨죠? 요새 독감은 몸살까지 동반해서 굉장히 힘들대요. 더 심해지기 전에 병원 꼭 가 보세요.]

반듯한 글씨로 적힌 쪽지를 확인한 후, 가방에서 펜을 꺼냈다.

[응, 고마워. 약 잘 먹을게.]

답을 써서 보내자마자 곧바로 다시 쪽지가 돌아왔다.

[누나, 내일 약속 기억하시죠?]

[응, 기억하지.]

[오늘 병원에 가보시고 상태 안 좋아지면 꼭 말해 주세요. 약속은 취소해도 되니까.]

[아니야. 지금 상태로 봐선 자고 일어나면 괜찮아질 것 같아. 내일 점심 같이 먹을까?]

[네, 점심 먹고 영화 봐요.]

'그래, 그럼'까지 적었을 때였다. 길쭉하고 예쁜 손이 재인의 손아래에 있던 쪽지를 쓱 빼갔다. 쪽지에 집중하고 있던 재인은 고개를 번쩍 들었다. 재인의 책상 옆에 성현이 서 있었다. 그는 비스듬히 서서 눈을 살짝 내리깔고 쪽지의 내용을 읽고 있었다.

'이런…….'

그의 입가에 걸리는 의미심장한 미소를 보니, 뭔가 꾸미고 있는 것이 분명했다. 어쩌면 내일의 만남에 따라오려고 할지도 모르겠다. 난처한 기분으로 고개를 돌려 진혁을 살폈다. 진혁도 난감한 표정으로 성현을 올려다보고 있었다.

학생들이 무슨 일인가 싶어 이쪽으로 시선을 돌렸다.

'이 인간이 쓸데없는 소리는 하지 말아야 할 텐데.'

걱정한 것이 무색하게도, 성현은 씩 웃으며 쪽지를 주머니에 집어넣고는 앞으로 돌아갔다. 그는 아무 일도 없었다는 듯 강의를 계속했지만, 재인과 진혁은 바짝 긴장한 채 그를 주시하는 수밖에 없었다.

성현이 때때로 쪽지를 집어넣은 재킷 주머니를 톡톡 두드리며,

'긴장해라. 나는 이 쪽지 하나만 있어도 수백만 가지의 미친 짓을 구상할 수 있어.'

라는 눈빛을 보냈기 때문이다.

두 남녀를 긴장 속에 몰아넣고 수업을 끝낸 성현은, 들어올 때처럼 훌쩍 강의실을 나가 버렸다.

재인은 서둘러 가방을 챙겨들었다. 최영주를 만나기 전, 성현과 대화를 나누고 싶었기 때문이다.

"진혁아, 그럼 내일 봐."

황급히 인사를 하고 강의실을 나섰다. 성현은 긴 다리로 성큼성

큼 걸어가는 중이었다.

"교수님."

불렀지만 성현은 멈추지 않았다. 재인은 어쩔 수 없이 걸음을 빨리했지만, 그의 속도를 따라잡을 수 없음을 깨닫고는 달리기 시작했다.

덥석―

간신히 따라잡은 재인이 그의 팔뚝을 붙잡았다. 멈춰 선 성현이 재인을 돌아보며 빙그레 웃었다.

"여왕님이 이렇게 급하게 날 따라와 주다니. 이런 것도 나쁘지 않은데?"

"그런 것 때문에 불러도 못 들은 척한 거야?"

"여왕님이 날 필요로 하는 게 자주 있는 일은 아니니까, 누릴 수 있을 때 누려야지."

자주 있는 일이야, 라고 재인은 생각했다. 나는 늘 당신을 필요로 해. 지금도, 아마 앞으로도 그러겠지.

성현이 다시 걷기 시작했다. 이번에는 재인과 속도를 맞춰 주었다. 딱히 성현에게 할 말이 있는 것은 아니었다. 그저 그와 대화를 나누고 싶을 뿐이었다. 그의 차분하고도 자신에 찬 음성을 듣다 보면 안심이 되니까.

"나, 이제 그 여자를 만나러 가."

"응."

"내가 주의해야 할 거 없어? 하지 말아야 할 말이라든가."

"응, 없어. 하고 싶은 대로 하면 돼."

"정말 그래도 될까?"

"그럼, 당연히 그래도 되지."

자신 있게 말한 성현이 덧붙였다.

"어차피 최영주는 그 자리에서 아무 짓도 안 할 거야. 그러니까 하고 싶은 대로 해."

"응."

"무서워하지 말고 긴장하지도 마. 여왕님의 그런 모습은 나만 보고 싶어."

"또 바보 같은 소리하네."

"진심이야."

성현이 재인을 돌아보며 한 번 더 말했다.

"진심이야, 여왕님."

그의 진지한 눈동자를 똑바로 마주하면 주위의 공기가 달라지는 것을 느낀다. 그것이 그의 깊은 눈동자가 가진 마력인지, 아니면 그를 사랑하게 된 자신의 마음 때문인지, 재인은 알 수 없었다.

다만 흔들림 없는 흑진주 같은 눈동자가 참으로 좋아서, 보고 또 보아도 질리지 않을 만큼 좋아서, 재인은 시선을 돌리지 않았다. 그의 입가에 부드러운 미소가 번졌다.

"괜찮아, 여왕님. 오늘은 나도 같이 갈 거니까."

생각지 못한 말에 재인은 눈을 크게 떴다.

"정말?"

"응, 정말."

"그러지 않아도 되는데."

"응. 내가 없어도 여왕님 혼자 잘하리라는 거 알아. 그저 이건…… 내 문제야."

성현이 다시 정면으로 시선을 돌렸다.

"여왕님 혼자 보내는 내 마음이 불안해서 같이 가야겠어."

"당신도 불안한 게 있어?"

"그러게. 내 나이 7살 때, 날 불안하게 하는 것은 아무것도 없을 거라고 확신했는데. 사람 일이라는 게 참 알 수가 없는 거더라."

처음으로 그의 음성에서 자신감이 사라졌다. 재인은 그 이유를 알 수 없었다. 대체 무엇이 천상천하유아독존인 그에게서 자신감을 앗아간 걸까?

성현은 거기까지 설명해 줄 생각은 없는 듯 입을 다물었다. 재인은 그런 성현을 물끄러미 응시하다가, 그의 재킷 주머니를 향해 손을 뻗었다. 아까 진혁과 주고받았던 쪽지를 가지고 오기 위해서였다.

덥석ㅡ

다른 생각을 하고 있는 줄 알았는데, 성현이 재인의 손목을 잡았다.

"이거 참. 내 여왕님은 손버릇이 안 좋군."

"손버릇이 안 좋은 건 당신이지. 그 쪽지, 내 거야."

"그건 안 돼, 여왕님."

성현이 재인의 손목을 그대로 들어 올려 손목 안쪽에 가볍게 입을 맞췄다.

"여왕님이 받는 첫 번째 손글씨 편지는 내가 보낸 편지여야 돼."

"대체 왜?"

"이건 남자의 자존심 문제야."

"그럼 그 자존심, 이미 무너졌겠네. 나한테 처음으로 손편지를 써 준 남자는 중학교 때 같은 반 애거든."

가볍게 던진 말에 성현은 말도 못한 충격을 받았다는 표정을 지었고, 그런 그를 보는 재인은 유쾌해졌다. 이 남자는 정말이지, 놀라운 남자다. 최영주를 만나기 전이라 온몸에 퍼져 있던 긴장을 이토록 깨끗이 없애 주다니.

재인은 충격에 굳어 있는 성현의 주머니를 뒤져 쪽지를 꺼내 챙기고는 휙 돌아섰다. 성현이 정신을 차리고 황급히 뒤따라오는 것이 느껴졌다. 기분이 좋아졌다.

영주는 거울 앞에 서서 자신의 모습을 점검했다.

재인과의 약속 시간까지 2시간이 남았다.

'내가 왜 그런 계집애 때문에 이러고 있어야 하지?'

긴장할 이유는 전혀 없었다. 재인은 빽은커녕, 부모조차 없는 어린 계집이었다. 20년 전과 달라진 게 하나도 없는데, 그녀를 만날 시간이 가까워질수록 안절부절못하는 자신을 발견했다.

'그 남자가 마음에 걸려서인가?'

재인과 함께였던 남자. 그 남자의 매서운 눈빛이 생생하게 떠올랐다.

'보나 마나 별 볼 일 없는 놈이겠지. 어쩌면 돈 주고 고용한 보디가드 나부랭이일지도 모르고.'

가볍게 생각하려고 애쓰며 화장품을 꺼내 들었다. 재인에게 20년 전과 달라지지 않은 모습을 보여 주고 싶었다. 너 따위가 감히 건드릴 만한 여자가 아니라고, 넌 그때와 똑같이 무력하고, 난 그때와 똑같이 당당하다고 알려 줘야만 했다.

거울 속 자신의 모습을 확인한 영주의 얼굴에 옅은 미소가 떠올랐다. 그래, 그때와 달라진 건 아무것도 없다.

한선은 친구를 기다리며 담배를 피우는 중이었다. 눈앞에서 잿빛 연기가 어수선하게 흩어졌다. 그는 성가신 듯 한 손으로 연기를 걷어내며 재인을 떠올렸다.

오늘 재인과 최영주가 만난다. 전에 한 번 마주친 적이 있다고는 하지만, 이렇게 제대로 대화를 나누기 위해 만나는 것은 처음일 것이다.

최영주가 유재인의 부모를 살해한 후, 처음으로 갖는 대화의 자리. 부모를 죽인 상대를 마주하는 재인의 심정을 가늠조차 할 수 없었다.

"어이, 류."

약속 시간보다 10분 늦게 도착한 친구가 한선의 어깨를 툭 쳤다.

"이 자식아, 지금 몇 시냐? 백수 자식이 왜 바쁜 척이야?"

"백수라니. 이래봬도 엄연히 '탐정'이라는 직함을 가지고 있다고. 민간조사원을 무시하는 거냐, 지금?"

"아무나 다 갖다 붙이면 탐정이냐? 돈이 되긴 해?"

"쏠쏠해. 계집질하는 놈들만 따라다녀도 일주일 용돈은 벌거든. 그런데 어쩐 일이야? 요새 바쁘다고 들었는데."

"너, 사람 뒷조사도 한다고 했지?"

"응, 하지."

담배를 찾아 한선의 주머니를 뒤지는 친구에게, 한선이 낮은 목소리로 물었다.

"죽은 놈 뒷조사도 가능하냐?"

홍대입구역 9번 출구 앞에 정시에 도착했다. 오후 7시. 역 근처에는 사람이 많았다. 재인은 북적거리는 사람들 속에서 단 한 번에 최영주를 찾아냈다.

아이보리색 밍크코트를 입은 최영주는 40대 후반이라고는 믿을 수 없는 젊음과 미모를 뽐내고 있었다. 어디를 봐도 30대 중반 정도로만 보이는 외모. 본인도 자신의 아름다움을 알고 있다는 것처럼, 턱을 살짝 올리고 자신감에 찬 태도로 재인을 기다리고 있었다.

그러나 최영주와 눈이 마주친 순간, 재인은 똑똑히 목격했다. 흔들리는 눈동자. 재인은 그녀의 자신감이 그저 허세에 불과하다는 것을 간파했다.

최영주의 긴장이 전해질수록 재인은 오히려 차분해졌다. 재인은 바로 옆에 서 있는 성현의 존재를 잊을 정도로 최영주에게 몰입해 있었다.

"안녕하세요, 아줌마."

재인은 최영주의 앞에 서서 그녀를 똑바로 마주 보며 인사를 건네는 날을 상상하곤 했다. 그리고 지금, 실제로 그런 순간이 왔다.

"그래, 오랜만이구나."

최영주가 부드럽게 화답했다. 재인은 한쪽 입꼬리를 올리며 말했다.

"오랜만이긴요. 불과 며칠 전에도 만났었는데. 며칠 만에 만난 걸로 오랜만이라고 하기엔, 우리가 그렇게 자주 만나던 사이도 아니잖아요?"

"……"

"아, 그러고 보니 그때는 절 모르는 척하셨죠?"

"그땐 하도 오랜만이라서 알아보질 못했거든. 8살짜리 꼬마 아가씨가 이렇게 많이 컸을 줄 누가 알았겠니?"

"거짓말."

"넌 내가 무슨 말을 하든 다 거짓말이라고 하는구나. 옆에 그 청년은, 남자 친구니?"

그제야 성현의 존재를 자각했다. 지금 성현이 어떤 표정을 짓고 있을지 궁금했다. 그리고 물어보고 싶었다. 나, 지금 잘하고 있어? 하지만 그를 돌아보는 대신, 재인은 말했다.

"아니요. 이 남자는 내 흑기사예요. 날 위해 뭐든 해 주는."

최영주가 황당하다는 듯 미간을 좁혔다.

"요새 젊은 애들은 이상한 걸 하면서 노는구나. 일단 자리 좀 옮길까?"

"그래요. 제가 아는 커피숍이 있어요."

구형진이 떨어져서 죽은 건물을 지나가야만 하는 곳에 커피숍이 하나 있었다. 어젯밤 인터넷을 검색해서 그 근처의 커피숍을 알아두었다.

"나, 아줌마랑 같이 걸어갈게. 당신은 뒤에서 따라와."

재인이 말하자 성현이 가볍게 고개를 끄덕였다.

"분부대로."

재인은 최영주와 나란히 서서 걸어갔다. 저녁 7시의 홍대 거리는 시끌벅적했지만, 둘 사이에는 무거운 침묵이 떠돌고 있었다. 구형진이 죽은 건물이 보였다.

한 걸음. 두 걸음. 세 걸음.

걸음을 옮기며 재인은 최영주의 표정을 살폈다. 그렇게 말없이 건물을 지나간 후, 재인이 입을 열었다.

"이상하네요."

"뭐가?"

"저기, 구형진이 추락사한 건물인데. 구형진은 아줌마 남편 아니었나요?"

아주 짧은 순간 최영주의 얼굴에 '아차'하는 표정이 떠올랐다가 사라졌다. 최영주는 느릿하게 심호흡을 하고, 한껏 슬픈 표정을 지으며 고개를 옆으로 돌렸다.

"널 오랜만에 만난 거라 괜히 네 마음까지 무거워지게 만들고 싶지 않아."

"제 마음이 무거워져요?"

재인이 피식 웃었다.

"무슨 그런 말씀을. 그 남자의 죽음이 날 얼마나 즐겁게 만들어줬는데요."

재인의 말에 최영주는 당황했다. 그녀가 당황한 표정을 숨길 새도 없이, 재인이 다시 걸음을 옮겼다.

"저기예요, 커피숍."

번화가에서 조금 떨어져 있어서 손님이 많지는 않은 곳이었다. 주문을 하고 안쪽으로 들어가는데, 성현이 물었다.

"난 어디에 있을까?"

"당신은 조금 떨어진 곳에 있어야 할 것 같아. 이 아줌마가 당신을 무서워하거든."

"어머나. 무서워하다니. 잘생긴 청년의 얼굴을 보는 게 얼마나 즐거운 일인데."

"정말요?"

재인의 연갈색 눈동자가 최영주를 빤히 응시했다. 그 순간, 최영주는 재인이 머릿속으로 파고들어오는 듯한 착각을 느꼈다. 재인의 맑디맑은 눈동자가 최영주의 머릿속을 헤집고 있었다.

"광채가 나는 내 얼굴을 보고 싶은 마음은 이해하지만, 여왕님의 명이 있으니 멀찌감치 떨어져서 앉아야겠군요. 그럼 부디 즐거운 시간 보내십시오."

성현이 연극조로 말하며 가볍게 허리를 굽혀 인사하고, 다른 자리에 가서 앉았다.

"어머나, 저 남자 좀 이상한 사람인 것 같구나."

의자에 앉으며 최영주가 말했다. 재인이 피식 웃으며 최영주의 맞은편에 앉았다.

"그럴지도 모르겠지만, 제게는 최고로 멋진 남자예요."

"……."

"그런데…… 왜 보자고 하신 거죠?"

앉자마자 여유를 주지 않고 단도직입적으로 물었다.

"그냥. 오랜만에 네가 어떻게 사는지 보고 싶었어. 남편이 죽고 나니까 네 생각이 많이 나더라."

"거짓말."

"내가 하는 말마다 거짓말이라고 하면, 어떻게 대화를 할 수가 있겠니?"

"그럼 아줌마가 진실을 말하시는 게 어때요?"

"난 늘 네 앞에서 진실만 말해."

"아뇨. 아줌마가 내 앞에서 진실을 말한 것은 딱 한 번뿐이에요."

"딱 한 번?"

"내가 죽인 것 같니? 아니야, 재인아. 네 부모는 말이야. 멍청해서 죽은 거야."

"……그땐 상황이 안 좋았어. 나도 네 부모님이 돌아가셔서 마음이 안 좋은데, 네가 갑자기 날 살인범으로 몰아가니까 당황하는 마음에 그런 말을 한 거야. 그땐 나도 어렸거든."

최영주가 변명하듯 말했다.

"그래요. 아줌마가 내게 진실을 말할 생각이 없다는 건, 이제 알겠어요. 그럼 이제부터 왜 만나자고 한 건지, 그 거짓말 한번 해 보세요."

재인의 건방진 말투에 최영주는 기분이 상한 듯했다. 최영주의 볼 근육이 미세하게 실룩거렸다. 재인은 차분히 최영주의 얼굴을 응시했다. 재인의 집요한 시선이 부담스러운 듯, 최영주가 시선을 살짝 옆으로 피했다.

"네가 왜 날 그런 식으로 생각하는지 고민을 좀 해봤어. 네가 날 미워할 만도 하더구나. 네 아버지의 재산을 다 가지고 갔으니까. 하지만 재인아. 너도 알다시피 나는 네 아버지의 부인이었어. 네 아버지가 그렇게 유언장을 남겼고, 법적으로 공증까지 받아 뒀더라."

"그래요."

"사실 집까지 가지고 갈 생각은 없었어. 그런데 네 어머니가 그렇게 돌아가시고 네 이모가 널 맡아 주겠다고 하는데, 그게 딱 재산을 노리고 널 맡겠다고 하는 것처럼 보이더라. 난 네 이모가 그 집을 팔아버리고 너까지 버릴까 봐 걱정이 됐어. 그래서 차라리 내가 그 집을 판 돈으로 너에게 매달 양육비를 보내자고 생각한 거야."

"그렇군요."

"알고 있지? 난 네 양육비를 지금까지 보내고 있어. 그때 네게 했던 말도 그렇고…… 여러 가지로 마음이 쓰이더라."

"그렇게까지 생각해 주시고 있는지 몰랐네요."

"나는 재인아. 그이의 딸이었던 널 내 딸처럼 생각했어. 알다시피 나는 두 번째 남편과의 사이에서 자식이 없어. 아이를 가질 수 없는 몸이거든. 내겐 너뿐이야, 재인아."

"하나 묻고 싶은 게 있어요."

"그래, 뭐니?"

"우리 엄마는 아빠랑 이혼한 사실에 대해 몰랐어요. 대체 아빠는 언제 엄마랑 이혼하고, 언제 아줌마랑 결혼한 거죠?"

"아, 그 부분 말인데."

최영주가 난감하다는 듯 깊은 한숨을 내쉬고 말을 이었다.

"아무래도 네 엄마가 현실을 부정하고 있었던 것 같아. 네 아빠가 내게 청혼을 했을 때, 분명 이혼한 상태였거든."

최영주의 말을 끝나자마자 재인의 입가에 미소가 번졌다. 조소가 아닌 순수한 기쁨의 미소였다.

난데없는 미소에 놀란 듯, 최영주가 눈을 크게 떴다. 재인이 환하게 웃으며 중얼거렸다.

"아, 역시…… 아빠는 엄마랑 이혼한 게 아니었어."

"어머나, 재인아. 지금 내가 한 말, 안 들은 거니?"

"아줌마가 수작을 부린 거였군요. 어떤 방식이었죠? 아빠 회사에서 도장을 챙겼을 거고, 비슷하게 생긴 배우들을 고용했나요? 아아, 그랬구나. 역시……."

"재인아."

"각종 증명서들은 아빠한테 이런저런 이유를 대서 얻어 낸 거고. 도장이며, 그런 것들도 아빠 회사의 비서였으니까 몰래 손대기 쉬웠겠죠. 그럴 거라고 생각했어요."

"너도 네 엄마처럼 정신이 이상해지고 있는 거니?"

최영주가 엄마를 욕했지만 화가 나진 않았다. 그녀의 당혹감이 고스란히 전해졌기 때문이다.

"궁금해요? 내가 어떻게 아는지?"

"넌 망상을 하고 있는 거야."

"망상? 그래요, 그것도 좋겠네요. 그럼 제 망상, 한 번 들어 보실래요?"

"나는 바쁜 사람이야."

"하지만 이 만남은 아줌마가 원한 거예요. 내가 아줌마의 요구에 응해 줬으니, 아줌마도 내 요구를 하나쯤은 들어줬으면 좋겠네요."

최영주는 자신이 처한 상황을 믿을 수가 없었다.

아무것도 없는 계집애에게 밀리다니. 흔들림 없는 눈동자로 또박또박 말하는 재인에게, 최영주가 할 수 있는 것은 어설픈 변명들뿐이었다.

'저 남자 때문이야.'

최영주는 재인이 데려온 남자 때문이라고 믿고 싶었다. 그는 최

나의 흑기사

영주가 정면으로 보이는 장소에 다리를 꼬고 느긋하게 앉아 있었다. 소파에 등을 기댄 그의 입가에는 아까부터 옅은 미소가 묻어 있었다. 뭘 의미하는 미소인지 알 수 없어서 신경에 거슬렸다.

"뭘 그렇게 신경 쓰고 계세요?"

재인이 물었다. 재인의 음성은 또래 여자들에 비해 한톤 낮았고, 조금 허스키했다. 그래서 더욱 깊이 파고들어왔다.

"네 상태가 괜찮은지 신경이 쓰이네."

"지금까지 그래왔듯이 앞으로도 쭉, 제 걱정은 해 주실 필요 없어요."

정중한 존댓말이 오히려 짜증 났다. 영주는 허벅지 위에 내려놓은 손에 가만히 힘을 주었다. 그리고 애써 표정을 갈무리하고 재인을 응시했다. 어린 계집애에게 휘둘리는 것은 여기까지다.

"재인아, 나는……."

"제 나이 7살 때. 아줌마가 우리 아빠를 죽였죠. 직접 죽이지는 않았을 거예요. 구형진과 공모를 했고, 구형진이 우리 아빠를 떠밀었겠죠."

영주의 말을 끊으며 재인이 담담히 말했다. 목소리가 크진 않은데도 무게감이 있었다.

"그리고 1년 후, 아줌마는 우리 엄마를 죽이기로 결심했어요. 그래서 또 구형진과 공모를 했고, 내가 집을 비웠을 때 구형진이 우리 집에 들어와 엄마를 죽였어요."

"어머나. 너 지금 네가 무슨 소리를 하고 있는지……."

"아줌마에게는 나라는 알리바이가 있었죠."

이번에도 재인이 말을 끊었다. 무시를 당한 영주는 기분이 상했지만, 잠자코 그녀의 말을 들었다.

"나는 그날 구형진의 냄새를 기억해요. 그 냄새가 집안에 남아 있었던 것도. 하지만 그건 증거가 되지 않았고, 어린 내 이야기를 아무도 믿어 주지 않았죠."

"네 말을 믿어 주지 않은 이유는, 그게 너무 허황된 이야기이기 때문이야."

"그래요. 그럴지도 모르죠. 물질적 증거가 없다면 내 이야기는 모두 부모 잃은 어린애의 망상에 불과할 거예요."

"그래, 잘 아네."

"하지만 만약 증거가 있다면요?"

재인의 연갈색 눈동자에 기묘한 빛이 떠올랐다. 영주는 심장이 덜컥 내려앉았다.

'아니, 저 계집애가 그 사실을 알 리 없어.'

"녹음 파일."

쿵―

재인이 중얼거린 말에 간신히 버티고 있던 심장이 떨어졌다.

"그렇군요."

재인의 입가에 승리의 미소가 번졌다.

"구형진이 살인공모를 할 때, 몰래 녹음을 해 놨어요. 거기엔 살인을 지시하는 아줌마의 목소리가 똑똑히 녹음되었겠죠. 아시죠?

요새는 기술이 발달해서 성문만으로도 용의자를 확정지을 수 있다는 거."

떠보는 말이 아니었다. 재인은 확신을 가지고 말하고 있었다.

"구형진은 그걸 가지고 아줌마를 협박해 왔어요. 그 전까지만 해도 구형진이 아줌마에게 꼼짝도 못 했는데 그 반대의 상황이 된 거죠."

입안이 바싹바싹 말랐다.

'동요를 드러내선 안 돼. 저 계집애는 아무것도 모르고 되는 대로 말하는 것뿐이야. 제 부모를 잃고 20년 동안 해 온 망상 중 하나를 끄집어내는 게 틀림없어.'

그렇게 생각하면서도 굳은 표정을 풀기가 힘들었다.

"아줌마는 슬슬 짜증이 났겠죠. 20년 동안 아주 잘 참았을 거예요. 적어도 자기 손으로 직접 살인을 저지르고 싶지는 않았으니까. 하지만……."

재인은 이야기를 하며 영주의 표정을 관찰하고 있었다. 머릿속을 뒤지려는 듯한 눈동자의 움직임이 거슬렸다.

'설마, 정말로 생각을 읽는 건 아니겠지?'

"결국은 봐줄 수 없는 상황이 됐을 거예요. 편하게 살려고 우리 부모님을 죽였는데, 구형진이 그 돈마저 쓰게 생겼으니 그 전에 죽여야 됐겠죠. 대신 죽여줄 사람이 있으면 좋았겠지만, 구형진처럼 남의 살인을 대신 해 줄 정신 나간 놈을 찾기 힘들었겠죠. 믿을 만한 놈도 없었을 거고요. 그래서 아줌마는 그날, 구형진을 죽였어요.

직접."

"나는 그날."

영주는 자신의 목소리가 잔뜩 쉬어 있음을 깨달았다. 하지만 목소리를 가다듬기에는 이미 늦었다.

"강남에 있었어."

재인의 눈이 가늘어졌다.

"아니요. 아줌마는 홍대에, 구형진의 뒤에 서 있었어요. 아줌마의 알리바이를 증명해 준 그 바텐더. 그 사람에게 돈을 쥐어 줬나 보군요."

뭐지? 대체 이 계집애는 어디까지 알고 있는 거지?

"앞선 두 번의 살인은 구형진이 저질렀지만, 이번엔 아줌마가 직접 사람을 죽였죠."

"망상이 정말 심하구나. 어디 가서 그런 이야기를 해 봐야 너만 이상한 취급을 당할 거야."

"왜요? 내가 이 이야기들을 경찰에게 할까 봐 걱정이 되세요?"

"난 그저 네가 걱정될 뿐이야, 재인아."

"아까 말씀드렸잖아요."

재인이 부드러운 미소를 지었다. 달콤하게 느껴질 만큼 예쁜 미소였다.

"제 걱정은 하지 마세요. 전 이 이야기를 경찰에 할 생각 없으니까요."

영주를 안심시키기 위해하는 말 같지는 않았다. 영주는 재인의 의도를 도통 파악할 수가 없었다. 대체 이애는 어디까지 확신하고 있는 걸까? 또 무엇을 하려는 걸까?

"경찰은 아무것도 해 주지 못해요. 그래서 나는 무언가를 해 줄 수 있는 사람에게 이 일을 맡길 생각이에요."

재인의 말에 영주의 시선이 자연스럽게 성현에게로 향했다. 성현은 마네킹처럼 아까와 똑같은 표정으로 이쪽을 보고 있었다. 영주는 이제 그 미소의 의미를 알 수 있었다.

저것은 먹잇감을 앞에 둔 포식자의 미소. 언제든 영주의 목덜미를 물어뜯을 수 있는 맹수의 여유로운 미소였다. 온몸의 피가 싸늘하게 식었다.

그래도 겉으로는 동요를 드러내지 않았다. 재인도 눈치채지 못했을 것이다. 저 남자에게 공포를 느끼는 자신의 마음을. 최대한 아무렇지도 않은 척 남자에게서 시선을 돌렸다. 집요하게 따라붙는 그의 눈빛이 느껴졌지만, 애써 무시했다.

울컥.

공포가 한풀 가시자 짜증이 치밀었다.

'내가 왜 이런 것들에게……!'

재인이 눈치채지 못하도록 주먹을 꽉 쥐고 생각을 정리했다. 재인은 녹음파일의 존재를 알고 있지만, 그것을 증거로 들이밀지 못했다. 그렇다는 건 심증일 뿐, 손에 넣은 것은 없다는 것이리라.

녹음파일의 위치는 20년을 함께 산 영주조차 알아내지 못했다. 이제 막 재회한 재인이 알고 있을 리 만무했다. 결국 재인은 20년 전의 그때와 달라진 것이 없다. 증거도, 뭣도 없는 채로 영주를 협박하려는 것이다.

"아줌마가 우리 아빠, 엄마를 죽였죠?"

그 질문을 하던 때와 달라진 게 무엇이 있단 말인가. 그때 그랬듯, 이번에도 재인은 아무것도 못 할 것이다.
"무슨 생각을 하고 있는지 알아요, 아줌마."
재인의 도톰한 입술이 벌어졌다.
"어차피 증거가 없다, 20년 전과 달라진 건 없다. 그런 생각을 하고 계시겠죠."
"난 그저 널 걱정하고 있다고 했잖아."
"걱정하지 마세요. 이제부터 아줌마는 아줌마 본인을 걱정해야 할 거예요. 나는 아줌마가 저지른 범죄의 증거를 하나, 하나 찾아내서 이 손에 넣을 거고, 그 증거는 아줌마의 삶을 한 움큼, 한 움큼, 베어 낼 거거든요."

재인의 말은 그저 허세에 불과했다. 영주는 눈을 가늘게 뜨고 한쪽 입꼬리를 올렸다.
"어머나. 그러니?"
"네, 그래요."
"그거 참 다행이네. 넌 적어도 네 부모보다는 똑똑한 것 같으니까."

"글쎄요. 그건 두고 보면 알게 되겠죠."

"두고 볼 필요도 없을 것 같네. 앞으로 우리가 만나는 일은 없을 테니까."

"세상이 아줌마 마음대로 돌아갈 거라고 생각하진 마세요."

"물론 그렇게 생각하지는 않아. 하지만 이거 하나는 알고 있어. 보다 더 똑똑한 사람의 뜻대로 돌아간다는 거."

"……."

"우리의 대화를 녹음이라도 하고 있니? 하지만 아무 소용없을 거야. 나는 아무 짓도 하지 않았고, 넌 내 남편의 죽음을 모욕했어. 나는 그저 널 걱정하고 그리워하는 마음뿐이었는데, 아무리 그래도 내 남편에 대해 그런 식으로 말하는 건 화가 나는구나."

"그래요?"

"그래. 앞으로는 만날 일 없었으면 좋겠다. 네게 보내던 양육비도 이젠 보낼 필요 없겠지?"

"아아, 그 양육비 말인데요. 난 한 푼도 쓰지 않았어요. 얼마 전에 수영이가 와서 알려 주더라고요. 날 지저분한 베란다에서 자게 해 주고, 버리려던 음식을 먹게 해 주고, 주워 온 옷을 입게 해 준 대가로 자기네들이 사용했다고."

"뭐……?"

"아줌마가 날 조롱하기 위해 보내 준 그 양육비, 난 한 푼도 쓴 적 없어요."

"……."

"그럼 아줌마. 나중에 봬요. 다음엔 제가 먼저 연락드릴게요."

재인은 더 이상 할 이야기도, 듣고 싶은 이야기도 없다는 듯 미련 없이 일어났다. 허리를 꼿꼿이 세우고 우아하게 걸어 나가는 재인을, 영주는 붙잡지 못했다.

탁—

커피숍 문이 닫힌 후에야, 영주는 마지막까지 재인이 상황을 지배했음을 깨달았다.

재인의 기를 죽이기 위한 이 만남. 긴장한 것도, 공포를 느낀 것도, 분노한 것도, 영주였다.

10장
크리스마스는 그대와 함께

재인의 음성이 귓가를 울렸다.

"회사의 유부남?"

수영의 팔에 힘이 들어가는 것을 느낀 김윤호가 걸음을 멈췄다.
"왜 그래? 어디 안 좋아?"
김윤호는 수영이 다니는 회사의 과장이었고, 유부남이었다. 김윤호와의 관계가 시작된 지는 두 달이 조금 넘었다. 데이트는 일주일에 두 번 정도. 하지만 회사와 멀리 떨어진 곳에서 만났고, 늘 조심했다.
'그런데 어떻게 안 거지?'

떠보는 말이 아니었다. 재인은 분명히 말했다. 회사의 유부남 과장이라고.

"아니, 괜찮아요."

윤호의 말에 건성으로 대꾸하다가 오싹함을 느꼈다. 누군가가 지켜보고 있는 것 같다. 수영은 목덜미를 쓰다듬으며 뒤를 돌아봤다.

"수영 씨, 괜찮은 거야?"

김윤호가 수영의 어깨를 쓰다듬으며 물었다.

파앗— 수영은 저도 모르게 김윤호의 팔을 쳐냈다. 김윤호가 놀란 듯 눈을 크게 뜨고 수영을 쳐다봤다.

"아, 죄송해요. 몸이 좀 안 좋아서."

"요새 독감이 유행이라던데. 감기 걸린 거 아냐?"

"그런가 봐요. 어제부터 몸이 좀 안 좋았는데. 콜록. 콜록."

말하면서 괜히 기침을 섞었다. 거짓말하는 걸 눈치채진 않았겠지? 또 유재인의 눈동자가 떠올랐다. 몸서리칠 만큼 투명한 눈동자. 그 눈동자가 수영의 머릿속에 들어와 샅샅이 뒤지고 있는 것만 같았다. 재인이 이런 곳에 있을 리 없는데, 어딘가에서 지켜보고 있는 듯한 느낌이 들었다.

"과장님, 저…… 오늘은 몸이 너무 안 좋아서 집에 가 봐야겠어요."

아쉬운 듯 입맛을 다시는 김윤호와 헤어져 도망치듯 집으로 돌아왔다. 황급히 씻고 방에 들어와 문을 잠갔다. 그런데도 불안함이 사라지지 않았다. 수영은 침대에 누우려다가 벌떡 일어나 장롱을 열었다.

'어딘가에 몰카를 설치해 놨을지도 몰라.'

그럴 리 없다는 것을 알면서도 의심을 지울 수가 없었다.

'아니면 누군가에게 날 미행하라고 한 걸까?'

수영은 창문을 열고 아래를 내려다봤다. 몇몇 사람들이 지나다니고 있었지만, 이쪽을 올려다보는 사람은 없었다. 하지만 가로등 옆에 서서 담배를 피우는 남자가 의심스럽게 보이기도 했다. 가만히 지켜보고 있노라니, 한 여자가 다가와 남자에게 팔짱을 끼웠다. 애인을 기다리고 있었던 모양이다.

수영은 아랫입술을 잘근잘근 깨물었다.

'도대체 그 계집애가 내 생활을 어떻게 알고 있는 거지? 어떻게 알아낸 거야, 대체!'

* * *

몸이 무겁다. 재인은 간신히 눈꺼풀을 들어 올렸다.

온몸이 후끈거렸다. 열 때문에 두통이 심해서 눈을 깜빡이는 것조차 어려웠다.

'아아, 결국 제대로 걸렸구나.'

놔두면 나을 줄 알았는데.

이마의 열을 재기 위해 손을 올리려는데 몸이 욱신욱신 쑤셨다. 몸살도 같이 온 모양이다. 몸을 두드려 맞은 것 같다.

색. 색. 기침과 함께 힘겨운 숨을 토해 내며 간신히 침대에서 일어났다. 비틀거리며 욕실에 가서 샤워를 하고 나왔다. 평소보다 뜨거운 물로 씻었는데도 몸이 으슬으슬 떨렸다. 덜덜 떨며 물기를 닦아 내고 서둘러 머리를 말렸다.

'진혁이와의 약속을 취소할 수는 없어.'

진혁에게는 다희를 소개받은 빚이 있었다. 게다가 진혁은 전에 수영의 진상 짓에서 구해 주기까지 했다.

'영화 보고 밥 먹고, 가볍게 차 한 잔 하는 것 정도는 버틸 수 있겠지. 아, 진혁이 만나기 전에 병원에 들러서 주사라도 맞고 갈까?'

대충 준비를 하고 나니 만나기로 한 시간까지 2시간 정도가 남았다. 침대에 앉아 지끈거리는 머리를 두 손으로 감쌌다. 열이 나는 것이 분명한데 손까지 뜨거워서 열기가 느껴지지 않았다.

딩동―

얼마나 그러고 앉아 있었을까. 초인종이 울렸다. 처음에는 듣지 못했다.

딩동―

그러자 두 번째로 초인종이 울렸다. 재인은 힘들게 일어나 현관문으로 향했다. 묻지 않고도 성현이라는 것을 알고 있었다. 문을 열자마자 찬바람과 함께 달콤한 향기가 훅 밀려들어 왔다.

"나 오늘…… 약속 있어."

진혁과의 데이트를 방해하러 온 것이 분명한 성현에게 단호하게 말했다. 그의 얼굴을 올려다보지 않은 이유는, 열이 나는 걸 들킬지도 모른다는 생각 때문이었다.

시선을 성현의 반짝거리는 구두에 두고 있었는데, 그의 손이 스윽 다가와 재인의 볼에 닿았다. 후끈거리는 얼굴에 닿은 손이 차가워서 기분이 좋았다.

"이거 참. 곤란하게 됐군."

성현이 나직하게 말했다.

"내 귀여운 학생들의 데이트가 잘 진행되는지, 꼼꼼히 살펴보고 피드백해 줄 생각이었는데."

그래, 이런 이유일 줄 알았다.

"내 여왕님이 이렇게 아플 줄이야."

"견딜 만해."

"정말?"

"응, 정말."

"그럼 고개를 들어 봐, 여왕님."

"……."

"어서."

볼에 닿은 그의 손에 살짝 힘이 들었다. 재인은 천천히 고개를 들었다. 울컥, 콧등이 쩡한 이유는 아마도 아프기 때문일 거라고, 재인은 생각했다.

걱정스러운 듯 늘어진 그의 눈썹이라든가, 다정한 눈빛 때문이 아니라, 그저 아프기 때문일 거라고, 재인은 생각하고 싶었다. 아픈 것을 걱정해 주는 그의 시선에, 목소리에, 표정에 일일이 울 것 같아지는, 여린 심성을 지닌 여자이고 싶지 않았다.

크리스마스는 그대와 함께

그래서 열 때문에, 몸살 때문에 이런 기분이 드는 거라고, 재인은 고집스러울 정도로 자신을 설득했다.

"이런 상태로는 아무 데도 못 가, 여왕님."

"난 괜찮아."

"응, 여왕님은 괜찮겠지. 하지만 난 안 괜찮아."

성현이 몸을 굽히더니 재인을 번쩍 안아 들었다. 발버둥을 칠 힘이 없어서 반항하지 않고 그에게 안겼다. 그의 코트에 묻은 겨울 공기가 시원해서 좋았다. 성현은 성큼성큼 걸어 들어가 재인을 침대에 눕혔다. 그리고 이불을 재인의 목 아래까지 덮어 주었다.

"나 더워."

칭얼거리는 듯한 목소리가 흘러나오는 바람에, 재인은 본인이 더 놀랐다.

"응, 열이 나니까 더울 거야."

성현이 부드럽게 말했다. 재인은 인상을 찌푸리며 이불을 치우려 했다. 하지만 성현이 이불을 꽉 붙들었다.

"안 돼. 덮고 있어."

"더워, 정말로."

"알아. 그렇다고 춥게 하고 있으면 안 돼. 참아."

"땀난단 말이야."

성현에게 칭얼거리고 싶지 않았다. 성현은 재인을 위해 뭐든 해주겠다고 했지만, 그렇다고 해서 성현이 재인의 부모가 되는 것은 아니었다.

'나 왜 이러지?'

그러면 안 된다고 생각하면서도 계속 그에게 칭얼거리는 자신 때문에 당황스러웠다. 부모님이 돌아가신 후, 남에게 징징거리지 않고 살아왔다. 아픈 것도, 고통스러운 것도, 외로운 것도, 전부 자신이 감당해야 할 몫이라고 생각했다.

"땀나서 기분이 안 좋으면 내가 닦아 줄게, 여왕님. 안심해."

성현은 짜증이 나지도 않는지, 다정하게 말하며 이불 위를 토닥거렸다. 일정한 속도로 토닥이는 손길에 안심이 됐다.

"조금 자는 게 좋겠어."

"진혁이한테 연락해야 되는데."

"내가 할게. 오늘은 내가 전부 대신해 줄 테니까, 여왕님은 안심하고 자."

"하지만……."

"쉿."

성현이 허리를 굽혔다. 그의 얼굴이 갑자기 가까워졌다. 평소에는 비슷한 온도였던 그의 숨결이 조금 차갑게 느껴졌다. 그의 얼굴이 더 가까워지는 바람에 재인은 눈을 질끈 감았다. 그의 이마가 재인의 이마에 닿았다.

"열이 많이 나."

성현이 이마를 댄 채로 말했다. 그의 입술에서 흘러나오는 입김이 재인의 입술에 내려앉았다. 그의 숨결에 입술을 애무 받는 듯한 느낌이 들어, 재인은 이불 속의 손에 꽉 힘을 줬다.

크리스마스는 그대와 함께

"열이 날 때는 말이야. 제대로 된 사고를 할 수가 없어지지. 지금 연락하면 귀엽고 순수한 김진혁 군에게 해서는 안 될 말을 하게 될지도 몰라."

"해서는 안 될 말?"

"세상에서 가장 섹시한 남자를 노예로 두고 있다든가, 그 남자가 내 땀을 닦아 줄 예정이라든가. 그런 말."

"그게 뭐야?"

바보 같은 말에 피식 웃었더니 성현도 옅은 미소를 지으며 허리를 폈다.

"그러니까 얼른 자, 여왕님. 아무것도 걱정하지 말고, 생각도 하지 말고."

그의 낮은 음성이 주문처럼 귓가를 간질였다. 이마에 송골송골 맺힌 땀을 닦아 주는 그의 손길이 기분 좋았다.

"잘 자, 내 여왕님."

그 음성과 손길에 감싸여 재인은 까무룩 잠에 빠져들었다.

흥얼거리는 소리에 잠에서 깼다. 몸은 여전히 무겁지만 두통은 조금 가셨다. 이불을 덮은 가슴 위에 여전히 토닥토닥 부드러운 손길이 느껴졌다. 실눈을 뜨고 옆을 보자, 성현이 콧노래를 흥얼거리고 있었다. 언젠가 들어봤던 팝송이었다.

성현은 재인이 깨어난 것을 모르는지, 허공 어딘가를 응시하고 있었다. 반듯한 이마와 긴 속눈썹이 보기 좋았다. 다시 눈을 감으려다가 왼쪽 손에 이물감을 느꼈다. 왼쪽으로 시선을 돌리자 링거대가 보였다. 수액이 톡톡 떨어지고 있었다.

'병원……인가?'

의아하게 생각하며 눈을 뜨고 주위를 살펴봤다. 재인의 방이었다. 재인이 뒤척거리는 것을 느낀 성현이 홍얼거림을 멈췄다. 가슴을 토닥이던 손길도 멈추는 바람에, 재인은 조금 아쉬웠다.

"잘 잤어?"

"저거……."

"아아. 의사선생님께서 친절하게 왕진을 와 주셨지."

왕진이라고? 최근에는 왕진을 다니는 의사가 없다고 알고 있다. 있다면 어느 재벌 집에 속한 주치의 정도나 되려나.

'의사까지 협박한 건 아니겠지?'

의심스럽다는 시선을 보냈지만, 성현은 모르는 척을 했다.

"몸은 좀 어때? 아까보단 낫지?"

"나, 얼마나 잤어?"

"글쎄. 네 시간 정도?"

"그렇게 많이?"

"잘 자야 피부가 좋아지고, 피부가 좋아져야 피부미인이 되는 거야."

"그런 건 아무래도 좋아."

재인은 상체를 일으켰다.

"계속 여기 있었던 거야?"

"당연하지."

"계속…… 토닥토닥 해 줬어?"

성현은 대답 대신 빙그레 미소를 지었다. 또 콧등이 찡해졌다.

재인은 괜히 콜록콜록 기침을 하며 시선을 옆으로 돌렸다. 그를 사랑하는 마음을 자각한 후, 그의 얼굴을 똑바로 보는 것이 힘들어졌다. 특히 그가 미소를 지을 때면, 심장이 주책맞을 정도로 두근두근 뛰었다. 그 소리가 성현의 귀에까지 들릴까 봐 두려웠다.

"목은 좀 어때? 자면서 기침 많이 하던데."

"그냥…… 괜찮아."

"목소리는 괜찮지 않은걸."

재인의 목소리는 잔뜩 쉬어 있었다.

"참을 만해."

"이거 참."

성현이 곤란하다는 듯 어깨가 들썩일 정도로 깊은 한숨을 내뱉었다. 그러곤 이불 밖에 내놓은 재인의 손 위에 살며시 자신의 손을 겹쳤다.

"왜 참는 거지?"

"그거야…… 참을 만하니까?"

"참지 마, 여왕님."

그가 살짝 고개를 흔들었다.

"내 앞에선, 아무것도 참지 마."

"그게 뭐야?"

또 장난을 치려는 줄 알고 가볍게 웃었다. 하지만 그는 웃음기 없는 얼굴로 손에 힘을 줬다.

"미열이 있어도. 혹은 미열인가 의심스러워도. 참지 말고 말해 줘. 기침 한 번만 해도, 머리에 약한 두통이 생겨도, 나한테 말해 줘."

그의 음성은 무척이나 진지했다. 그래서 감미로웠다. 초콜릿보다 달콤한 그의 음성이 또다시 마법을 걸려는 것만 같아서, 재인은 시선을 피하며 장난스럽게 말했다.

"그럼 되게 귀찮아질 거야. 엄청 어리광을 부리게 될 테니까."

그러자 성현은 재인의 손을 들어 올리더니, 손바닥에 입술을 댄 채 재인을 똑바로 응시하며 말했다.

"나는 늘 내 여왕님의 어리광을 기대하고 있어."

* * *

범죄심리학과의 최승전 교수는 방학이 시작하자마자 교수실로 찾아온 성현을 조용히 지켜봤다. 큰 키에 명품 코트, 머리를 슥슥 위로 올린 성현은 어디에 있어도 눈에 띌 만큼 근사했다. 하지만 어릴 때부터 성현을 알고 지낸 최 교수에게 성현은, 그저 바보일 뿐이었다.

"아쉬운 게 뭔지 아십니까?"

며칠 전 재인이 심한 감기에 걸려 걱정이었다는 이야기로 2시간을 흘려보낸 성현이, 드디어 이 무의미한 대화를 끝내려는 듯 물었다. 최 교수는 자신이 무슨 말을 해도 성현이 생각하는 답과 다를 것을 알기에, 말해 보라는 듯 눈썹을 위로 치켜 올렸다.

"이런, 이런."

최 교수의 미지근한 반응에 성현이 실망스럽다는 듯한 손으로 이마를 짚고 고개를 저었다. 최 교수야말로 '이런, 이런.'이라고 말하고 싶은 기분이었지만 꾹 참았다.

이 녀석이 또 어떤 바보 같은 소리를 해대려는 걸까?

"전 지금 교수님의 상상력을 발휘할 기회를 드렸는데, 교수님은 그걸 걷어차셨어요. 인간은 30대가 넘어가면서부터 창의력이 하락세를 보인다는 것을, 교수님도 알고 계실 겁니다. 그럴 때 창의력을 다시 발달시켜 젊음을 유지할 수 있는 방법이 뭐가 있겠습니까? 첫 번째."

"브이도, 닭발도 관심 없으니까 그 망할 놈의 아쉬운 게 뭔지나 말해 봐!"

참다못한 최 교수가 처음으로 입을 열었다.

"쳇."

성현이 아쉬운 듯 입맛을 다시며 말했다.

"하여간 이번 감기몸살 사건을 겪으며, 많은 민간요법을 실행에 옮겼습니다. 생강차에 모과차, 유자차까지. 재인이가 마시지 않은 차가 없을 겁니다. 심지어 대파를 목에 감아두면 기침이 멎는다고 해서 그 방법까지 실행에 옮겼지요. 물론 재인이는 대파를 목에 걸고 있어도 예뻤습니다."

최 교수는 그저 재인이 불쌍하기만 했다.

"제 노력과 지식을 바탕으로 재인이의 감기는 깨끗이 나았죠."

'네놈과 아무 상관없이, 앓을 만큼 앓아서 나은 거다.'라는 말은 구태여 하지 않았다. 입만 아플 뿐이다.

"하지만 교수님도 아실 겁니다. 제 학구열과 한국인의 지혜를. 전 보다 빨리 감기를 낫게 하는 방법이 있을 거라 확신했고, 연구했습니다. 그리고 한 발 늦게 알게 되었죠. 감기가 뚝 떨어지는 방법이 있다는걸."

"……."

"교수님도 알고 싶으시죠? 하루 만에 감기가 떨어지는 방법."

"그런 건 아무래도 좋으니까 여기 온 이유나 말해."

"알고 싶으시면서 앙탈은."

"……너, 단어 선택 제대로 안 할래?"

"그 방법은 말입니다! 바로 소주에 고춧가루를 풀어서 들이마시는 겁니다!"

최 교수는 어디로든 도망치고 싶었다. 그곳이 어디든 성현이 없는 곳이기만 하면 만족할 수 있을 것 같았다.

몇 개월 전, 느닷없이 전화를 건 성현이 이 대학에서 일 좀 해야겠다고 말했을 때, 회식을 하는 중이라 제대로 듣지 못하고 건성으로 "응, 그래. 알아서 해."라고 말했던 것부터가 이 불운의 시작이었다.

분명 쓸데없는 소리일 거라고 생각해서 대충 대답했던 건데, 그게 이 대학에서 일하고 싶다는 말이었을 줄이야.

물론 성현의 능력에 문제가 있는 것은 아니었다. 성현은 미국의 유명 대학에서 1년간 교수로 활동한 경력도 있고, 유명한 프로파일러이기도 했다. 다만 저놈의 머리통 안에 든 것이 문제였다.

"재인이가 감기 걸렸다는 걸 알았을 때, 바로 소주에 고춧가루를 풀었더라면 그렇게까지 오래 앓지는 않았을 텐데. 전 비통할 뿐입니다, 교수님."

최 교수야말로 성현 때문에 비통했다. 그리고 재인이 더더욱 안쓰러워졌다.

"민 교수. 나 바쁘니까 할 얘기 있으면 얼른 해."

"말씀이 심하시네요, 교수님. 아무리 바빠도……."

"안 할 거면 나가."

"좋습니다. 저도 교수님이랑 단둘이 여기서 노닥거리는 게 즐겁지만은 않거든요."

"너 삐쳤냐?"

"삐치긴 뭘 삐칩니까? 나이 지긋한 분이랑 노닥거릴 생각, 애초에 없었습니다."

실컷 노닥거린 주제에. 최 교수는 한숨을 삼켰다.

참자. 여기서 괜히 반박하면 성현과 함께 있어야 하는 시간만 길어질 뿐이다. 성현은 특강 기간이 끝나면 미국으로 돌아가기로 했고, 오늘이 바로 그날이었다. 그러니까 몇 분만 더 참자.

"그렇다고 치고. 대체 왜 찾아온 건데?"

귀찮음을 감추며 묻는 최 교수에게, 성현이 청천벽력 같은 말을 던졌다.

"교수님, 저 이 대학에 1년만 더 있어야겠습니다."

'사랑이라는 건 정말 이상한 거구나.'

라고 진혁은 생각했다. 학기가 끝나는 날 저녁. 진혁은 재인과 함께 영화를 보고 식사를 했다. 그리고 진혁은 재인이 이 모든 것을 '의무감' 때문에 하고 있다는 것을 알 수 있었다.

지난번 약속 땐 재인이 감기에 걸려서 나오지 못했다. 아직 깨끗이 나은 것 같지 않은데, 재인은 괜찮다며 오늘 꼭 영화를 보자고 했다. 마치 부담스럽게 남아 있는 과제를 얼른 끝내려는 듯한 태도였다.

그럼에도 기분이 상하지 않는 것이 신기했다. 여자에게 이런 식의 취급을 받는 건 처음인데, 그저 재인과 함께 시간을 보낼 수 있음이 좋았다.

2시간 30분짜리 영화가 무척이나 짧게 느껴졌고, 요리가 나오기를 기다리는 시간도 순식간에 지나갔다. 그렇듯 재인과 함께 보내는 시간은 터무니없이 빨리 흘러가서, 진혁은 흘러가는 시간을 멈추고 싶다는 생각까지 했다. 커피숍에 들어와 딱 1시간 30분이 지났을 때. 재인은 시간을 재고 있었던 것처럼 말했다.

"이제 슬슬 일어날까?"

선을 긋고 있다는 것을, 진혁은 깨달았다.

'설마 누나가 내 마음을 눈치챈 건 아니겠지?'

불안함에 심장이 내려앉았다.

"저기, 누나."

"응?"

"금요일."

"금요일?"

"금요일에 뭐 하세요? 그날, 크리스마스이브인데."

말해 놓고 아차 싶었다. 안 그래도 재인이 선을 긋고 있는데 더 밀어붙이면 아예 진혁과 연락도 하지 않으려고 할지도 모른다. 누구와도 소통하지 않는 재인이 그나마 연락을 받아 준 이유가, 적당한 거리를 유지하기 때문이라는 것을 진혁은 알고 있었다.

"크리스마스이브."

재인의 표정이 어두워졌는데, 어쩐지 진혁이 들이대기 때문은 아닌 것 같았다.

"벌써 그렇게 됐나?"

재인의 시선이 진혁의 어깨 너머 어딘가를 응시했다. 그 눈빛이 무척이나 아련하고도 슬퍼서, 진혁은 주먹을 꽉 쥐었다.

"그날은 안 돼."

다시 진혁에게로 시선을 옮긴 재인이 단호하게 말했다. 눈동자에 서려 있던 알 수 없는 그리움은 사라진 후였다.

"나중에……."

거기까지 말한 재인이 입을 다물고 옆에 놔뒀던 가방을 잡았다.

"다음 학기 때 보자."

담담한 말투였지만, 진혁은 알 수 있었다. 재인이 그와의 사이에 무척이나 두꺼운 선을 그었다는 것을.

'벌써 크리스마스이브라니.'

시간은 빠르게 흘러갔다.

'이제 정말 딱 20년이구나.'

놀이터 의자에 앉아 있던 재인은 손을 한껏 위로 뻗었다. 그때, 엄마의 시신을 차마 건드릴 수 없어서 머뭇거렸던 손은 참으로 작았다. 엄마를 죽게 내버렸다는 것이 미안해서 만질 수가 없었다.

가슴이 죄여왔다. 만질걸. 그때 마지막으로 만질걸. 엄마의 몸이 화장터 안으로 들어가기 전에, 새까맣게 타서 뼈만 남기 전에, 싸늘하게 식은 육체라도 실컷 만져둘걸.

엄마가 꼭 끌어안아주었던 것을 기억하고 있다. 그러나 그 품의 온도가, 향기가 기억나지 않았다.

"엄마."

소리 내어 불러봤다. 성현을 만나기 전에는, 죄책감 때문에 부르지도 못했던 호칭이었다.

"엄마, 보고 싶어. 아빠, 보고 싶어."

단 하루만 그 시절로 돌아갈 수 있다면. 딱 한 시간이라도 좋으니, 부모님이 함께 있던 그 집으로 돌아갈 수 있다면. 남은 평생의 행복을 모두 포기해도 좋다고, 재인은 생각했다.

"엄마!"

어린 소녀의 앙칼진 목소리가, 뒤쪽에서 들려왔다. 흘끗 돌아보자, 앞서가는 엄마를 종종 걸음으로 따라가는 작은 소녀가 보였다.

'나도 저랬을까?'

저 아이는 알고 있을까? 어느 날 갑자기 그 행복이 산산조각날 수도 있다는 것을. 늘 곁에 있어 주던 사람이 순식간에 사라질 수도 있다는 것을.

오싹— 그런 생각을 하자마자 성현이 떠올랐다.

단 두 달을 함께 있었을 뿐인데, 성큼성큼 안으로 들어온 성현이 어느새 삶의 일부가 되고 말았다. 당연한 듯 옆에 있는 사람. 함께인 것이 너무나 당연한 사람.

그렇지 않다고, 언젠가 떠날 사람이라고 생각하려고 노력했지만 쉽지 않았다. 그는 늘 재인이 필요할 때 옆에 있었고, 재인이 말하지 않아도 필요로 하는 것을 알고 있었다.

그런 그가 갑자기 사라지는 현실을, 상상조차 하고 싶지 않았다. 그것은 무척이나 두려운 일이었다.

'별 생각이 다 드네.'

수많은 날들 중 하나일 뿐이다. 대부분의 사람들에게는 즐겁고 행복한 날. 특히 연인들에게, 가족이 있는 사람들에게, 더없이 즐거운 이벤트의 날. 크리스마스이브와 크리스마스.

그러나 재인은 20년이란 시간 동안, 그날을 즐길 수 없었다. 크리스마스는 재인의 1년 중 가장 지독하고 서글픈 날이었다. 엘리베이터 버튼을 누르고 1층으로 내려오기를 기다렸다. 누군가 옆에 와서 서는 것이 느껴졌다.

"누님."

돌아보기도 전에 목소리가 들려왔다. 영민이었다.

"아아, 영민아."

아는 사람과 마주치고 싶지 않은 날인데. 괜히 밖에 나왔다.

"메리 크리스마스입니다, 누님. 아, 내일 해야 되는 건가?"

영민이 머리를 긁적거리다가,

"아, 맞다. 잠시만요."

라며 등에 매고 있던 가방을 앞으로 돌려 맸다. 가방 지퍼를 내린 영민이 안에서 작은 상자를 꺼냈다.

"이거, 크리스마스 선물입니다."

"크리스마스 선물?"

"네. 메리 크리스마스 선물이요."

"아아."

재인은 분홍색 포장지에 쌓인 작은 상자를 물끄러미 응시했다. 재인이 받지 않자 영민이 가볍게 상자를 흔들었다.

"대단한 건 아닌데, 그래도요. 누님께 꼭 드리고 싶었습니다."

"아니, 나는. 나는 이런 건 됐어."

"네?"

"나는, 크리스마스 선물은 안 받아. 고맙지만 마음만 받을게."

딩—

마침 1층에 도착한 엘리베이터 문이 열렸고, 재인은 도망치듯 안으로 들어갔다. 돌아서서 11층 버튼을 누르는데, 영민이 타지 않고 멍하니 재인을 보고 있었다. 여전히 선물상자를 손에 든 상태였다.

"안 타?"

"아…… 타야죠."

뒤늦게 정신을 차린 영민이 미적미적 엘리베이터 안으로 들어왔다. 엘리베이터 문이 닫혔다. 무거운 침묵이 엘리베이터를 내리눌렀다. 침묵이 감도는 엘리베이터는 더디 올라가는 듯 느껴졌다. 재인은 11층에 도착하자마자 서둘러 내렸다.

"누님, 그럼…… 들어가세요."

영민이 웅얼웅얼 말하고는 1110호로 들어갔다. 재인은 크게 한숨을 내쉬고, 1111호의 문을 열었다.

딩동—

초인종이 울린 것은 밤 10시쯤 되었을 때였다.

이 시간에 찾아올 사람이 성현뿐이라는 것을 알고 있었다. 하지만 이번에는 문을 열고 싶지 않았다.

성현에게도 크리스마스는 이벤트일 것이다. 게다가 그는 미국에서 살아왔던 사람이다. 지금껏 얼마나 성대하게 파티를 하고 즐겼을지 생각하면, 이 우울함을 그에게 전염시키고 싶지 않았다. 그는 지금까지처럼 유쾌하고 즐겁게 이 날을 보냈으면 좋겠다.

'그냥 가, 민성현 씨. 당신은 아마도 날 즐겁게 해 주기 위해 애쓰겠지만, 난 웃을 자신이 없어. 당신도 같이 우울해지는 게 싫어. 나 혼자 우울할 테니까, 당신은 즐겁게 보내.'

딩동—

속으로 간절하게 말했지만, 성현은 다시 초인종을 눌렀다. 이 집 비밀번호도 알고 있으면서, 성현은 멋대로 번호를 누르고 들어오는 짓은 하지 않았다.

재인은 소파에 쭈그리고 앉은 채 현관문을 물끄러미 응시했다. 성현은 아직 저 문 뒤에 있을 것이다. 열리지 않는 문을 하염없이 바라보며 밤을 지새울지도 모른다. 그런 남자였다, 민성현은.

결국 재인이 졌다. 재인은 천천히 일어나 현관문으로 향했다.

달칵—

문을 열자 검은 코트가 먼저 눈에 들어왔다. 고개를 들어 그의 얼굴을 확인했다. 미소를 짓고 있을 줄 알았는데, 그는 무표정하게 재인을 내려다보고 있었다.

"아까 말이야."

오늘은 혼자 있고 싶다느니 하는 말로 그의 기분을 망치고 싶지 않았다. 재인은 휙 돌아서서 다시 소파로 향하며 말했다. 그가 신발을 벗고 들어오는 소리가 들렸다.

"영민이가 나한테 선물을 줬어. 나는 그 선물을 받을 이유가 없었고, 그래서 거절했어."

사실은 계속 마음에 걸렸다.

"그 애는 티를 내지 않으려고 노력했는데, 그런데…… 무척이나 상처받은 표정을 짓고 있어서…… 궁금해졌어. 왜 상처를 받는 거지?"

"그건 아마도 그 아이가 네게 선물을 줄 생각에 열심히 아르바이트를 해 왔기 때문일 거야."

지끈―

거절당한 순간 영민의 멍한 표정을 떠올리자 가슴이 아팠다. 저가 가슴 아플 이유는 없었다. 그런데 왜 이토록 까끌까끌한 느낌이 드는 걸까?

"나는 그 애한테 선물을 달라고 한 적도 없고, 아르바이트를 하라고 말한 적도 없어. 게다가 걔랑 나는 그다지 친하지도 않고."

"그래."

"내가 그 애의 기분까지 살펴야만 하는 거야? 선물 받고 싶은 기분 아닌데, 그 애가 상처 받을까 봐 걱정하면서 그 선물 받았어야 했던 거야?"

성현이 느릿하게 걸어와 재인의 옆에 앉았다.

"아니, 잘했어. 받고 싶지 않은 건 받지 않아도 돼."

"정말?"

"응, 정말. 아무도 네게 이걸 해라, 저걸 해라 강요할 수 없어. 넌 그냥 네가 하고 싶은 대로 하면 되는 거야."

하고 싶은 대로. 사실은 엘리베이터에 타서 영민의 상처 입은 표정을 마주하는 순간, 그 선물을 달라고 말하고 싶었다. 불량스러워 보이지만 사실은 의리 있고 착한 소년이 마련한 선물을 받아 들고,

"고마워."라고 웃으며 말해 주고 싶었다.

이 마음의 무거움은 아마도 '하고 싶은 대로' 하지 못해서 생긴 것이리라. 그러나 재인은 이제라도 가서 선물을 받을 생각은 들지 않았다. 20년 전부터 재인의 크리스마스는 언제나 상중이니까.

자정이 되자마자 성현이 벌떡 일어났다. 멍하니 앉아 있던 재인은 깜짝 놀라 성현을 올려다봤다.

그는 자신의 차림새를 정돈하더니 재인을 향해 손을 내밀었다.

"일어나. 나가자."

"민성현 씨. 나는 오늘 아무 데도 가고 싶지 않아."

"가자, 재인아."

그가 부드럽게 그녀의 이름을 불렀다. 그제야 재인은 그가 오늘 단 한 번도 그녀를 '여왕님'이라 부르지 않았다는 것을 깨달았다. 게다가 성현은 옅은 미소조차 짓지 않고 있었다.

"어디……가게?"

설마 하는 생각에 물었다.

"용인."

그는 말을 돌리지 않고 단번에 대답했다. 짐작했던 대답이지만, 손에 힘이 들어갔다.

"나는…… 나는 못 가."

"괜찮아, 가자."

"아니, 나는 못 가겠어."

용인에는 부모님을 모셔놓은 납골당이 있었다. 재인은 부모님이 돌아가신 후 한 번도 납골당을 찾은 적이 없었다. 자신에게는 부모님의 유골을 앞에 두고 그리워할 자격이 없다고, 이제껏 생각해 왔기 때문이었다.

"엄마가 나를 원망하지 않는다는 거, 이제는 알아. 하지만 민성현 씨. 지금은…… 지금은 아니야."

"그럼 언제가 괜찮을까?"

"응?"

"내년 네 아버지의 기일? 아니면 최영주와의 일을 해결한 후? 네가 행복해진 뒤? 언제가 적당하다고 생각해?"

"그런 건…… 생각해 본 적 없어."

"그래, 보통은 생각하지 않지. 부모님을 모신 곳에 가는 데 적당한 시기라는 건 없으니까."

"……."

"괜찮아, 재인아."

그의 음성이 감미롭게 재인을 감쌌다. 그는 재인의 앞에 한쪽 무릎을 꿇고 앉아, 재인을 향해 손을 내밀었다. 필요할 때마다 재인의 손을 꽉 잡아주었던 그의 커다란 손을, 재인은 물끄러미 응시했다. 그런 재인에게 성현이 말했다.

"같이 가자."

이런 시간에 용인까지 어떻게 가려고 하나 싶었는데, 성현은 당연하다는 듯 주차장으로 향했다.

'설마 오토바이를 타고 가려는 건 아니겠지?'

성현이라면 그런 생각을 할 법도 하다. 하지만 성현은 구석에 세워져 있는 재인의 오토바이가 아닌, 다른 쪽으로 향했다. 주차장 중간쯤에 주차된 검은색 람보르기니 앞에 멈춘 성현이 문을 열었다.

"당신 차야?"

"응."

"며칠 전부터 세워져 있는 걸 봤었어."

"재인아."

"응?"

"딴소리하지 말고 얼른 타."

"으응."

재인이 조수석에 앉자마자 탁, 문이 닫혔다. 운전석에 들어와 앉은 성현이 시동을 걸었다.

"주소는…… 알아?"

"응, 알아."

성현이 내비게이션에 주소를 찍었다. 걸리는 시간은 1시간 40분 남짓. 차가 출발했고 재인은 차창 쪽으로 시선을 돌렸다.

성현은 운전이 능숙했다. 너무 빠르지도, 느리지도 않게, 자동차는 목적지를 향해 나아갔다. 크리스마스라 유독 번쩍이는 도심을 빠져나가 고속도로에 진입했고, 용인에 들어섰다. 가로등이 별로 없는 길을 달리자, 까만 창문이 거울처럼 성현의 모습을 담아냈다.

묵묵히 정면을 응시한 채 운전하는 그가 무슨 생각을 하고 있는지 궁금했다.

동래 아파트에서 출발하고 2시간 만에 납골당에 도착했다.

'2시간. 고작 2시간 걸리는 거리였는데.'

서울 시내 한 바퀴 오가는 것만큼 가까운 거리. 하지만 재인은 이곳에 오기까지 20년이 걸렸다.

수백의 납골묘 중, 어느 곳에 부모님이 계시는지조차 알지 못했다. 기억나는 것이라곤, 화장터 안으로 들어가는 엄마를 확인한 후 부리나케 도망쳤던 일뿐이었다.

"이쪽이야, 재인아."

성현이 조금도 망설이지 않고 걷기 시작했다. 재인은 어리둥절한 눈으로 그의 뒷모습을 바라보다가 더 멀어지기 전에 얼른 그를 따라갔다.

'어떻게 묘의 위치까지 아는 거지?'

성현이라면 어느 납골당인지 알아내는 것은 어렵지 않을 것이다. 하지만 묘의 위치를 이렇게 한 번에 찾아낸다는 것은.

'설마…… 와본 적이 있는 걸까?'

그렇게 생각할 수밖에 없었다. 성현은 수많은 납골묘 중 한 군데에 멈췄다. 자그마한 봉분 앞에 비석이 세워져 있는 방식의 납골묘였다. 20년 동안 방치했으니 당연히 지저분할 줄 알았다. 하지만 비석은 깨끗했고, 그 앞엔 작은 화분까지 놓여 있었다.

왈칵—

하마터면 눈물을 쏟아낼 뻔했다.

눈가를 채운 눈물을 간신히 삼키며 그의 옷자락을 잡았다. 성현이 왜 그러냐는 듯 재인을 돌아봤다. 재인은 고개를 푹 숙인 채 말했다.

"고마워."

"천만에."

그가 부드럽게 대답했다. 역시 성현은 이곳에 왔던 것이다. 아마도 재인이 묘의 위치를 못 찾는 것 때문에, 지저분한 묘의 상태 때문에 죄책감을 느낄 것을 염려했겠지. 그래서 미리 와서 위치를 알아 두고, 깨끗하게 치워두고, 그렇게 재인의 죄책감을 덜어내 주려 한 것이 분명했다.

재인은 천천히 고개를 들었다. 처음으로 와보는 부모님의 납골묘. 아버지가 먼저 돌아가셨지만, 이모의 주장으로 어머니도 합장을 했다고 들었다.

"나는."

아버지의 장례식에 대한 기억은 또렷하지 않았다. 당시 아버지는 최영주의 남편이었고, 장례식도, 화장도, 장지도 전부 최영주가 도맡아서 했다. 재인은 그저 손님처럼 장례식장에 한 번 들렀다가, 어머니의 손에 이끌려 도망치듯 집으로 돌아왔을 뿐이었다.

"나는 무서웠어."

묘 가까이 다가가 무릎을 꿇었다.

"여기에 오면 진짜가 되니까. 엄마랑 아빠가 없는 현실이 진짜가 되고, 아픈 엄마를 혼자 놔두고 최영주와 어울린 게 사실이 되고, 그래서 내가 나쁜 계집애였다는 게 진실이 되니까."

비석에 손바닥을 가져갔다. 비석은 몹시 차가웠다.

"그런데 이렇게 오니까."

고개를 숙였다.

툭— 툭— 툭—

참고 있던 눈물이 무게를 이기지 못하고 바닥으로 떨어졌다.

"다행이야. 엄마랑 아빠가 같이 있어서. 그래서 정말…… 안심했어."

똑똑히 기억난다.

"네 아빠가 날 버렸을 리 없어."

주문처럼 외우던 엄마의 음성을.

"그 여자가 무슨 짓을 한 게 분명해. 네 아빠는 절대로, 절대로 우릴 버리지 않아. 알겠지?"

어린 재인의 양쪽 어깨를 꽉 붙들고 말하던 엄마의 눈빛을.

"왜…… 왜 대답을 안 해? 네 아빠가, 그이가 우릴 버렸을 리 없다니까. 응? 재인아. 대답 좀 해."

그리고 아무 대답하지 못했던 그 어린 소녀를. 재인은 똑똑히 기억하고 있었다.

"엄마, 알겠어."

그날로 돌아갈 수 있다면.

"나도 알고 있어."

딱 한 시간만이라도 그때로 돌아갈 수 있다면.

"아빠는 절대로 우릴 버리지 않아. 그리고…… 엄마도."

대답하고 싶었다.

"엄마도 날 버리지 않아."

이 말을 꼭 전하고 싶었다.

재인은 소리를 내지 않고 울었다. 멀리서 보면 고개를 푹 숙이고 가만히 앉아 있는 것으로 보였으리라. 그러나 가까이에 서 있는 성현의 눈엔, 그녀의 마른 어깨가 떨리는 것이 보였다.

흐느낌을 참으며 우는 여성의 뒷모습은 무척이나 안타까워, 안아주고픈 충동을 불러일으켰다. 하지만 성현은 그녀를 혼자 두어야 할 때라는 것을 알고 있었다.

며칠 전.

성현이 혼자 이곳에 찾아왔을 때, 20년간 방치된 묘소는 엉망이었다. 잘 정리된 다른 묘소들 사이에 있어서 더욱 형편없이 느껴졌다. 성현은 공들여 풀을 다듬고 비석을 닦았다. 그리고 떠나기 전,

그 안에 잠든 이들을 향해 말했다.

"아버님, 어머님. 전 두 분이 원하시는 게 뭔지 알고 있습니다. 여기가 좋거든요."

그러면서 머리를 두어 번 톡톡.

"걱정하지 마세요. 두 분이 원하시는 바로 그걸, 재인이가 누릴 수 있도록, 제가 늘 재인이 곁에 있을 테니까요. 왜냐하면……."

성현은 말을 멈추고 하늘을 한 번 올려다봤다가 허리를 굽히고 묘소를 향해 작은 목소리로 속삭였다.

"이건 두 분께만 고백하는 건데…… 제가 두 분의 사랑스러운 따님을 사랑하게 되어서요. 제 나이 7살 때 결심했거든요. 첫사랑을 영원히 사랑하기로. 어머님, 아버님. 재인이가……."

성현은 다시 허리를 펴고 말했다.

"제 첫사랑입니다."

집으로 돌아오는 차 안에서 재인은 말했다.

"민성현 씨. 당신한테 정말…… 고맙고 미안해."

"난 욕심쟁이가 아니니까 하나만 받을게. 고마운 거로만 하자."

"아니, 정말로. 나는…… 나는 당신이 크리스마스를 즐겁게 보냈으면 했어. 미국은 원래 크리스마스 때 성대하게 파티 같은 거 하고 그러지 않아?"

"응, 그렇지."

"아마 당신은 누구보다도 신나게 그날을 즐겼겠지?"

"아마도."

"난 당신이 12월을 크리스마스 축하의 달이라고 정해 두고 한 달 내내 파티를 열었으리라는 것에 500원을 걸 수도 있어."

"전 재산을 걸지 그랬어? 네가 이겼을 텐데."

성현이 농담인지 진담인지 알 수 없는 어조로 중얼거렸다. 장난기가 섞이지 않은 그의 음성이 신경 쓰였다.

"나는 당신이 지금까지처럼 이날을 보내기를 바랐어. 당신이 내게 잘해 주는 건 정말 고마워. 하지만 당신이 나 때문에 즐겨야 할 것을 즐기지 못하는 건 싫어."

이야기를 하느라 차가 갓길에 멈췄다는 것을 깨닫지 못했다. 운전을 멈춘 성현이 재인을 돌아봤다. 그의 눈동자가 어둡게 가라앉아 있었다. 화가 난 것과는 다른 느낌이었다. 좀 더 깊고 농밀한 감정이, 그의 두 눈 안에 담겨 있었다.

성현은 재인의 볼을 감싸고, 흔들림 없는 눈으로 그녀를 응시하며 말했다.

"나도 이제부터 크리스마스는 상중이야."

차창밖으로 네온사인의 불빛이 빠르게 흘러갔다. 새벽인데도 크리스마스라 그런지 불을 밝힌 가게들이 즐비했다. 경기가 안 좋아서 예년보다 초라한 크리스마스가 될 거라고 들었다. 하지만 크리스마스 때 밖에 나와 본 적 없는 재인의 눈엔 충분히 화려했다.

나무와 건물을 장식한 크리스마스 전구들이 반짝반짝 빛을 흩

뿌렸다.

"나도 이제부터 크리스마스는 상중이야."

 성현의 목소리가 귓가에서 떠나질 않는다.
 '이제부터'라는 것은 앞으로도 쭉 그러리라는 뜻일까?
 흘끔흘끔, 그의 옆모습을 훔쳐봤다. 성현은 묵묵히 정면을 응시하고 있었고, 여전히 무표정했다. 그가 재인의 앞에서 이렇게 장시간 동안 진지함을 유지하는 것은 처음이었다.
 어머니의 기일을 진지하게 생각하고 추모해 주는 그에게, 무슨 말을 해야 할지 알 수 없었다. 지금껏 어머니의 기일에 이런 식으로 함께 해 준 사람은 없었다. 엄마의 혈육인 이모는 물려받을 유산이 전혀 없다는 것을 알게 된 후로, 친언니의 죽음조차 애도하지 않았다.
 다시 차창 밖으로 시선을 옮겼다. 마침 차가 신호에 걸렸다.
 "민성현 씨."
 "응?"
 "나, 잠깐 내려서 어디 좀 들렀다가 와도 돼?"
 "그래. 잠깐만 기다려."
 성현은 사이드미러를 확인한 후 차의 핸들을 돌렸다. 갓길에 차를 세운 성현이 물었다.
 "같이 갈까?"

"아니, 금방 다녀올게."

"그래."

역시 오늘의 성현은 참으로 진지해서, 재인은 괜히 가슴 한쪽이 아려왔다. 슬퍼서 아리는 것이 아니었다. 누군가에게 너무나 고마울 때, 감사한 마음이 부풀어 그것이 감동으로 변했을 때. 가슴이 아플 수도 있다는 것을 오늘 처음으로 알게 되었다.

'그러고 보니 난 민성현 씨 덕분에 처음으로 경험하는 것들이 진짜 많구나.'

점퍼 앞섶을 여미고 걸음을 서둘렀다. 일찍 문을 여는 작은 카페. 그 카페에서 아기자기한 소품을 판매한다는 것을 알고 있었다.

딸랑—

문을 열고 들어가자 훈훈한 공기가 재인을 감쌌다. 이런 시간인데도 자리를 채운 손님들이 꽤 많았다. 전부 커플이었다. 아마도 밤을 새우고 커피 한 잔을 하기 위해 찾아온 모양이다.

재인은 가게 구석에 있는 간판대로 향했다. 거기서 몇 개의 물건을 골라 서둘러 계산을 하고, 각각 하나씩 쇼핑백에 담아달라고 했다.

다시 돌아왔을 때 성현은 운전석 등받이에 멍하니 기대어 앉아 있었다. 재인이 조수석에 타자 성현이 정신을 차린 것처럼 재인을 돌아봤다.

"잘 다녀왔어?"

"응."

"집으로 가면 돼?"

"응."

그는 재인의 손에 들려 있는 여러 개의 쇼핑백을 보고도 뭐냐고 묻지 않았다. 동래 아파트에 도착할 때까지, 둘 사이에는 대화가 없었다. 자동차 안에 감도는 침묵은 조금 무겁지만 불쾌하거나 불편하지는 않았다.

동래 아파트에 도착했을 때는 아침 9시가 다 되어 가는 시간이었다. 주차장에 차를 세우고 엘리베이터에 올라 11층을 눌렀다. 11층에서 내렸을 때, 성현은 평소처럼 1111호까지 따라오지 않았다. 1102호 앞에 멈춰, 재인에게 말했다.

"그럼 나중에 봐."

그는 재인이 이제부터 무엇을 하려는지 알고 있다는 듯 행동했다. 하지만 이젠 그의 그런 행동이 버겁지 않았다. 어느새 익숙해진 모양이다.

"응, 나중에 봐. 오늘, 고마웠어."

미안하다는 말은 하지 않았다.

"나도 이제부터 크리스마스는 상중이야."

그런 말을 한 성현에게 '미안해.'라는 말을 하는 것은 그의 마음을 무시하는 처사라는 생각이 들었다.

탁, 1102호의 문이 닫혔다. 재인은 그와 만난 후, 그가 먼저 자신의 집으로 들어가 현관문을 닫은 것은 처음이라는 것을 깨달았다. 먼저 닫힌 1102호의 문을 보는 건 조금 이상한 기분이었다.

그의 집 현관문을 잠시 응시하다가 복도를 걸어갔다. 그리고 1110호 앞에 멈췄다. 안에서 무슨 소리가 들려오는지 귀를 기울여 보려다가 관뒀다. 상대의 동태를 살피는 짓은 하지 말자. 이 아이도 솔직하고 서슴없이 부딪쳐 왔으니까, 나도 그렇게 하자.

결심을 하고 크게 심호흡을 한 후, 1110호의 초인종을 눌렀다.

딩동—

인터폰으로 대화를 하게 될 줄 알았는데, 느닷없이 현관문이 열렸다.

"누구세요?"

라며 나온 사람은, 영민의 여동생인 영지였다. 찾아온 사람이 재인이라는 것을 확인한 영지의 표정이 순식간에 변했다. 짜증과 적대감이 가득 찬 눈으로, 영지는 재인을 위아래로 훑어봤다.

"왜요?"

영지의 시선은 차디찼지만 당혹스럽지는 않았다. 그녀의 도둑질을 밝혀낸 상대가 고깝지 않은 것은 당연했다.

"영민이 집에 있어요?"

재인이 묻자 영지는 다시 한 번 재인을 위아래로 훑어보더니, 쾅, 문을 닫았다.

'음. 어떡하지?'

다시 초인종을 눌러봐야 할지, 오늘은 그냥 돌아가고 다음에 영민을 따로 만나야 할지 고민하는데, 벌컥— 다시 문이 열렸다.

"누님?"

다급히 나온 영민은 놀란 표정이었다.

"크리스마스인데 집에 있네."

"아, 나가려고 준비하는 중이었어요."

"응, 아침부터 찾아와서 미안해."

"아녜요. 다들 일어나 있었는데요, 뭐."

"이걸 주려고 왔어."

재인은 영민을 위해 준비한 선물을 건넸다. 그 안에는 벙어리장갑 한 켤레가 들어 있었다. 영민의 눈이 커졌다.

"이게…… 뭔데요?"

영민이 차마 받지 못하고 어리둥절한 표정으로 물었다.

"크리스마스 선물."

"아……."

읽지 말자. 재인은 얼른 시선을 옆으로 피했다. 지금은 영민이 무슨 생각을 하는지 알고 싶지 않았.

'내 선물은 거절하더니, 완전 제멋대로네.'라든가, '이 여자, 좀 이상한 거 아냐?' 따위의 생각은 하려던 일을 마치고 나서 알고 싶었다. 그래서 영민의 표정을 읽지 않고 말했다.

"20년 전 오늘. 어머니가 살해당해서 돌아가셨어."

"……!"

"그래서 나는 크리스마스를 챙기지 않아. 하지만 내 생각을 해서 선물을 준비해 준 네 마음이 정말 고마웠고, 그래서…… 네 크리스마스는 챙겨 주고 싶었어."

"아……."

"고마워, 영민아. 크리스마스 즐겁게 보내."

"아, 네. 저…… 저기, 누님. 저…… 감사합니다."

우물쭈물 말하며 영민이 쇼핑백을 가지고 갔다. 그제야 재인은 영민의 얼굴을 똑바로 응시했다.

영민은 조금 울 것 같은 표정이었고, 미안해하면서도 안타까워하고, 무슨 말을 해야 좋을지 몰라 안절부절못하고 있었다.

지끈―

왜일까? 가슴이 아팠다. 그 아릿함은 성현과 함께 있을 때의 침묵처럼 불쾌하지 않았다. 영민은 한참 동안 어째야 좋을지 몰라 쇼핑백 한 번, 재인의 얼굴을 한 번, 그렇게 하릴없이 돌아가며 쳐다봤다. 그러다가 결심한 듯 허리를 푹 숙이고 말했다.

"저, 고인의 명복을 빕니다."

"……."

"이, 이렇게 하는 거 맞아요?"

영민이 허리를 굽힌 채 고개만 살짝 들고 불안한 듯 물었다. 그 모습에 재인은 어쩐지 울고 싶어졌지만, 애써 미소를 지으며 마주 허리를 굽혔다.

"네, 감사합니다."

남은 쇼핑백 두 개는 한선과 진혁을 위한 선물이었다. 한선은 목베개, 진혁은 손수건이었다. 진혁의 선물은 주말 아르바이트 때 만나서 주면 된다. 하지만 한선의 선물은 언제, 어떻게 줘야 할지 알 수 없었다.

'어쩌면 평생 줄 수 없을지도.'

먼저 찾아가서 사과를 하면 한선은 받아 줄 것이다. 그러나 자신의 죄책감을 덜어내기 위해 한선의 마음을 이용하고 싶지 않았다. 그날, 재인은 자신의 몸을 함부로 다뤄 그녀를 지키려던 한선의 마음에 상처를 입혔다. 이제는 그러지 않을 생각이다. 하지만 재인은 그녀 자신을 믿을 수가 없었다.

'난 아직 불안정하고 불완전해.'

한선이 그렇게 떠나고 나서부터 재인은 객관적으로 자신의 모습과 마음을 판단하기 위해 노력하는 중이었다. 한 발자국 떨어져서 관찰한 유재인은 여러 가지 심리적 장애를 안고 있었다.

부모가 살해를 당하고, 엄마를 죽게 놔뒀다는 죄책감을 끌어안은 채, 타인의 거짓말에 휘둘리며, 사랑받지 못하고 살아온 여자. 짓이겨진 마음이 단번에 치료될 리가 없었다. 허물어지려 할 때마다 성현이 잡아 줘서 버틸 수 있었지만, 항상 그러기를 기대할 순 없는 노릇이었다.

'그러니까 조금만 더 나 자신을 견고하게 만든 후에.'

그 어떤 타격에도 넘어지지 않게 된 후에 한선을 찾아가 용서를 빌자고, 재인은 결심했다.

쇼핑백을 옷장 안에 잘 넣어 뒀다. 그러고 나서 재인은 거실을 지나가 현관문을 열었다. 성현은 재인이 영민에게 크리스마스 선물을 주려고 한다는 것을 예상하고 있었을 것이다. 다른 선물이 한선이나 진혁의 것이라는 것도 아마 알고 있었을 것이다.

'하지만 이건 몰랐겠지.'

성현을 위한 선물을 준비했다.

'아니, 이게 그를 위한 선물인지, 나를 위한 선물인지는 잘 모르겠지만.'

그래도 그는 기뻐할 거라고, 재인은 확신했다.

복도를 걸어가 1102호 앞에 멈췄다. 고개를 돌려 복도에 난 창문으로 하늘을 확인했다. 하늘은 구름 한 점 없이 맑아서, 화이트 크리스마스가 물 건너갔다는 것을 알 수 있었다. 재인은 크게 심호흡을 한 후, 1102호의 초인종을 눌렀다.

딩동—

무엇을 하고 있는 건지, 성현이 나온 것은 한참 후였다. 여전히 검은 정장을 입은 성현은 놀란 표정이었고, 그것이 재인을 즐겁게 했다. 오늘이 엄마의 기일임에도 불구하고.

"오늘, 그러니까, 크리스마스."

"어……."

"당신이랑 같이 보내고 싶어."

이미 크게 뜨고 있던 그의 눈이 더 커졌다. 그는 말도 못할 정도로 놀란 듯 숨까지 멈추고, 재인을 빤히 응시했다. 그러다가 고개를 옆으로 돌렸고, 재인은 그의 귓불이 빨개진 것을 볼 수 있었다. 이번에는 눈의 착각이 아니었다.

그는 조금 오랫동안 고개를 돌리고 있었다. 아마도 표정을 갈무리하고 있는 듯했다. 하지만 한참 뒤 다시 재인을 돌아봤을 때도 여전히 얼굴이 붉었다.

그러나 그의 얼굴엔 오늘 한 번도 보여 주지 않은 달콤하고도 부드러운, 그래서 감미롭게 재인의 마음을 적셔주는 미소가 가득 담겨 있었다.

그는 살짝 고개를 숙이며 재인의 요청에 답했다.

"얼마든지, 언제든지. 내 여왕님."

라연은 크리스마스 아침이 밝자마자 은우의 집으로 향했다. 이제 막 일어난 은우는 부스스한 모습으로 문을 열었다. 라연의 방문에 은우의 표정이 눈에 띄게 굳어졌다.

"왜?"

"오빠 혼자 있을 것 같아서 왔어."

"그냥 가라. 바쁘니까."

"크리스마스잖아."

"그래서?"

"놀아야지. 파티하자, 파티."

은우는 라연의 심중을 떠보려는 듯 눈을 가늘게 떴다. 한참 그녀의 얼굴을 살피던 은우는, 라연을 말릴 수 없음을 깨닫고 옆으로 비켜섰다. 라연은 붉은색 코트 자락을 휘날리며 안으로 들어왔다. 소파에 앉자마자 라연이 찾아온 이유를 밝혔다.

"크리스마스 때까지만 기다리랬잖아."

"……."

"이제 성현이 오빠 연락처 알려 줘. 어디 사는지도."

은우는 가볍게 한숨을 쉬며 주방으로 향했다. 유재인의 어머니가 살해를 당한 날은 12월 25일이었다. 재인은 그 때문에 큰 상처를 안고 살아왔다. 그래서 이날까지는 어떻게든 라연이 한국에 찾아가는 것을 막았다. 철딱서니 없는 부잣집 딸 라연이 재인과 잘 맞을 것 같지 않았기 때문이다.

"알려 줘, 알려달라고오오오!"

라연이 칭얼거리기 시작했다. 은우는 귀마개로 귀를 틀어막고 싶은 충동을 억누르며 냉장고에서 물을 꺼냈다.

"빨리 알려 줘. 알려 줄 때까지 안 갈 거야!"

라연이 고집스럽게 말했다. 은우는 흘끗 시간을 확인했다. 이제 한국은 슬슬 밤이 깊었을 것이다. 성현은 재인을 위해 무언가를 해주었을까? 재인은 과거를 조금쯤 극복했을까?

"일단 좀 있어 봐. 난 이제 막 일어났다."

"난 기다릴 만큼 기다렸어."

"그럼 몇 시간쯤 더 기다릴 수도 있겠네."

"아, 진짜! 대체 왜 그러는 건데? 성현이 오빠한테 무슨 일이라도 생긴 거야?"

"뭐, 걔야 인생 자체가 무슨 일투성이잖아. 나 일단 좀 씻고 나올게."

은우가 건성으로 대꾸하며 욕실로 향했다. 라연은 잠시 기다렸다.

쏴아아아―

샤워기에서 물 떨어지는 소리가 들렸다. 라연은 벌떡 일어나 거침없이 은우의 방으로 들어갔다. 침대 옆의 작은 테이블에 휴대폰이 있었다. 휴대폰 잠금 화면 패턴은 전에 봐뒀다.

연락처를 클릭해 민성현을 검색하자 2개의 번호가 떴다. 하나는 라연도 아는 미국 번호였고, 다른 하나는 한국에서 사용하는 번호였다.

"특별히 하고 싶은 일 있어?"

성현이 물었다.

"아니, 당신도 알다시피 난 크리스마스라는 날에 대해 깊이 생각해 본 적이 없어."

"그래, 그럼 어떡할까."

아파트 복도로 나온 성현이 검지로 입술을 톡톡 두드리며 중얼거렸다.

"모처럼 내 여왕님이 제안을 해 줬으니, 기가 막힌 하루를 보내게 해 주고 싶은데."

기가 막힌 하루. 성현과 만난 후부터 매일이 기가 막히도록 특별하다는 말은 구태여 해 주지 않았다. 재인은 성현을 빤히 응시하다가 말했다.

"집에 있자."

"음?"

"집에 있고 싶어. 사람들이 많은 곳에는 가고 싶지 않아. 하지만 당신이랑은 같이 있고 싶어."

재인이 담백한 어투로 말했다. 성현은 눈을 크게 뜨고 재인을 내려다봤다. 이 여자는 자기가 무슨 말을 하고 있는지 알고는 있는 걸까?

당신과 단둘이 있고 싶어.

이성 관계에서 그런 말을 한다는 것은 의미가 하나였다.

심장이 쿵쾅쿵쾅 뛰었다.

'이거 참. 정신을 차릴 수 없게 만드는 여왕님이군.'

여유롭고 느긋하게 행동하고 싶은데, 재인의 앞에서는 그것이 쉽지 않았다. 재인은 때때로 성현이 상상도 못한 솔직한 태도로, 그의 마음을 흔들었다.

안 그래도 크리스마스를 함께 보내자고 해서 좋아 죽을 것 같은데, '단둘이 보내고 싶어.' 어택까지 날렸다. 단둘이 보내고 싶다니. 그것도 밀폐된 공간에서!

"불편해?"

성현이 한참 대답을 하지 않자, 재인이 조심스레 물었다. 그녀의 연갈색 눈동자는 맑고 투명했다. 성현이 생각하는 '그런 의도'는 없는 것이 분명했고, 성현 역시 그것을 알고 있었다. 머리로는 알고

크리스마스는 그대와 함께

있는데, 괜한 기대가 무럭무럭 자라는 것은 어찌할 수가 없었다.

"불편할 리가. 그저 너무나 감개무량하여, 못된 기대를 품게 될까 봐 조심스러울 뿐이야."

솔직하게 말했더니 재인이 옅은 미소를 지었다.

"당신은 정말 이상한 사람이야."

짧게 머물렀다가 사라지는 신기루 같은 그 미소가, 성현은 말도 못하게 좋았다. 어찌나 좋은지, 복도라는 것도 잊고 재인을 끌어안을 뻔했다. 성현은 반쯤 올라간 팔을 서둘러 내리고 애써 여유로운 척 미소를 지었다.

"그럼 들어갈까?"

특별한 것을 하진 않았다. 그러나 재인에게는 특별한 시간이었다. 20년 전. 최영주와 함께 보낸 크리스마스 이후 처음으로 타인과 이날을 공유했다. 그때가 떠올라 끔찍할지도 모른다는 두려움이 있었다.

하지만 아니었다. 그저 TV를 틀어놓고 배달 음식을 시켜먹으며 도란도란 대화를 나눴을 뿐이다. 그런데도 반짝거리는 빛이 거실을 가득 채운 듯한 느낌이 들었다.

아마도 존재 자체가 반짝반짝 빛나는 민성현 덕분일 것이다. 그는 재인의 어머니 기일이라는 것을 배려해 너무 과하지 않게, 그러면서도 너무 늘어지지 않게 행동했다. 자연스럽게 흘러나오는 그의 마음 씀씀이가, 재인은 무척이나 고마웠다.

산타의 유래에 대해 한참을 떠들던 성현이 소파에 머리를 기대고 잠들었을 때, 재인은 문득 깨달았다.

'내가 뭘 해 줘야 민성현 씨가 기뻐할까?'

하루 종일 그 생각으로 머릿속을 가득 채우고 있었음을. 그래서 최영주에 대한 생각을 조금도 하지 않았음을.

'나랑 민성현 씨의 관계는, 늘 내가 받기만 하는 관계야. 나도 이 사람을 위해 뭔가 해 주고 싶어.'

그가 재인의 매 순간을 이벤트로 만들어 주듯, 재인도 그에게 그렇게 해 주고 싶었다. 하지만 무엇을 해 줘야 성현이 놀라워하고 기뻐할지 알 수 없었다. 그는 부족한 것이 없어 보였다.

잠든 그의 얼굴을 빤히 응시하다 보니 이상한 기분이 들었다. 반듯한 이마에서 쭉 뻗은 코와 그 아래에 보기 좋게 자리 잡은 붉은 입술이 무척이나 색정적이었다.

"못된 기대를 품게 될까 봐 조심스러울 뿐이야."

이 집에 들어오기 전, 성현은 그렇게 말했다. 하지만 이 집에 들어온 그는 그런 기색이 전혀 없이 행동했다. 오히려 평소보다 스킨십을 자제했다.

'못된 기대를 품게 되는 건, 오히려 내 쪽인 것 같은데.'

연애를 해 본 적도, 하고 싶었던 적도 없다. 그래서 이런 경우, 잠든 남자의 입술을 보며 '입 맞추고 싶다.'는 생각이 드는 것이 정상

크리스마스는 그대와 함께

적인 여자가 품는 감정인지 알 수 없었다.

붉고 촉촉해 보이는 입술, 그리고 그의 몸에서 나는 달콤한 향기. 그의 입술에 혀를 대면 달콤한 맛이 날 것 같았다. 마치 막대사탕을 핥는 것처럼.

두근—

두근—

그저 그 입술을 주시하는 것뿐인데 심장이 뛰는 속도가 빨라졌다. 재인은 얼른 시선을 옆으로 피했다.

'아, 나 정말…… 별생각을 다 하는구나.'

라고 자책할 때였다. 성현이 소파 위에 대충 올려 둔 휴대폰이 진동하기 시작한 것은.

볼 생각은 없었는데, 액정에 뜬 이름이 보였다.

[티모시]

외국 이름이었다.

'미국에서 살다 오긴 살다 왔나 보구나.'

막연히 그런 생각을 하며 진동하는 휴대폰을 응시했다. 성현은 깊이 잠들었는지 일어나지 않았고, 휴대폰은 그냥 끊겼다. 하지만 금방 다시 전화가 걸려왔다.

급한 전화인 것 같아서 성현의 어깨를 가볍게 두드렸다. 성현이 슬며시 눈을 뜨다가 재인의 얼굴을 보고는 빙그레 미소를 지었다. 그 얼굴에 떠오른 미소가 어찌나 감미로운지, 재인은 그를 깨운 이유도 잊고 그에게 입을 맞출 뻔했다. 재인은 간신히 정신을 차리고 말했다.

"전화…… 왔어……."

성현은 방해를 받아 귀찮다는 듯 미간을 살짝 좁히고는 휴대폰을 집어 들었다. 재인은 그의 긴 손가락이 휴대폰의 통화 버튼을 누르는 것을, 멍하니 지켜봤다.

그저 그의 손짓을 보는 것만으로도 심장이 두방망이질치는 이유를 알 수 없었다.

"헬로우."

성현의 입술 사이로 나른한 음성이 흘러나오기가 무섭게,

[오빠!]

앙칼진 음성이 휴대폰을 벗어나 재인의 귀에까지 부딪쳐왔다.

'티모시'라는 이름만 보고 남자일 거라 생각했기에, 느닷없이 들려오는 여자의 목소리에 재인은 놀랐다. 하지만 성현은 놀란 기색 없이 말했다.

"왜 네가 티모시의 휴대폰을 가지고 있는 거지?"

[그런 게 중요한 게 아니잖아! 한국엔 왜 간 거야, 대체?]

"리젤. 난 지금 바빠."

성현이 부드럽게 말했다. 그의 음성이 다른 여자의 이름을 만들어 내자, 지끈, 가슴이 아팠다. 재인은 예기치 못한 통증에 눈을 휘둥그레 뜨고, 자신의 가슴 위에 살며시 손을 올렸다.

'왜…… 이러지?'

짜증으로 점철된 통증이 재인을 당혹게 했다.

[바쁘고 뭐고! 한국 주소나 얘기해. 안 그러면 아버님한테 전부 이를 거야!]

휴대폰 너머 들려오는 '리젤'이란 여자의 목소리를 듣고 싶지 않았다. 재인은 귀를 틀어막고 싶은 충동을 억누르며 가만히 성현의 표정을 살폈다. 성현은 무표정했지만 불쾌해 보이지는 않았다. 그는 담담히 리젤의 칭얼거림을 받아주고 있었다.

"리젤, 일단 진정하고."

[진정해? 지금 내가 진정하게 생겼어? 오빠가 나한테 말도 없이 사라진 지 벌써 두 달이 훨씬 넘었어. 그런데 내가 어떻게 진정할 수 있겠어?]

"리젤, 나중에 통화하자. 끊을게."

[오빠!]

성현은 리젤의 마지막 부름을 무시하고 전화를 끊더니 가볍게 한숨을 쉬었다. 재인은 그런 그를 물끄러미 응시하다가 물었다.

"리젤이…… 누구야?"

질문을 해 놓고 곧바로 후회했다. 이것은 마치 질투하는 여자 같지 않은가. 무엇을 생각하는지 알 수 없는 검은 눈동자가 재인을 지그시 응시했다. 재인은 자신의 마음을, 이 짜증스러운 질투를 성현에게 들킬 것만 같아서 두려웠다.

이윽고 성현이 느릿하게, 그러나 분명한 목소리로 말했다.

"내 약혼녀."

와지직— 하늘이 무너지는 소리가 들렸다.

충격을 받았다는 것을 깨닫는 순간, 재인은 그럴 이유가 없다고 자신을 납득시키기 위해 애썼다. 그러나 마음은 재인의 뜻대로 움직여 주지 않았다.

지끈. 지끈. 가슴이 아팠다.

'약혼녀가 있었어? 왜 말 안 했어? 이미 사랑하는 사람이 있으면서 왜 나한테 그렇게 잘해 준 거야? 왜 나한테 예쁘다고 말해 준 거야? 왜 매일 우리 집에 찾아오고, 내가 쌓은 벽을 무너뜨리고, 날 밖으로 끌어낸 거야? 이미 애인이 있으면서?'

이런 추궁을 할 수 없는 사이이기에 가슴이 죄여왔다.

그런 사이였다. 재인과 성현은. 매일 만나지만, 함께 식사를 하지만, 거의 하루 종일 붙어 있지만, '이렇다.'고 정의내릴 수 없는 관계일 뿐이라는 걸 지금에 와서야 깨달았다.

손가락 끝이 차게 식었다. 재인은 아픈 가슴을 향해 자꾸만 올라가려고 하는 손을 꽉 움켜쥐었다.

성현은 그저 느닷없이 나타나 두 팔을 걷어붙이고 재인을 도와주는 '타인'이었다. 그는 재인에게 사랑을 요구한 적 없었다. 멋대로 사랑에 빠진 것은 재인 쪽이었다. 성현을 원망할 이유는 없었다.

'하지만······.'

원망스러웠다. 처음부터 애인이 있다고 말해 줬더라면, 그를 벽 안에 들일지언정 사랑에 빠지지는 않았을 텐데. 그의 스킨십과 감미로운 속삭임에 기대를 하는 일 없었을 텐데.

이 마음을 겉으로 드러내고 싶지 않았다. 주먹은 꽉 쥐었지만 재인의 얼굴에는 아무것도 드러나지 않았다.

그다음부터는 어떻게 시간이 지나갔는지 모르겠다. 정신을 차려 보니 밤이 깊었고, 집에는 재인 혼자였다.

성현이 뭐라고 인사를 하고 돌아갔는지 기억이 나지 않았다.

지끈. 지끈. 지끈. 왼쪽 가슴에서 사라지지 않는 통증 때문에 다른 생각을 할 여유가 없었다. 이 고통을 겉으로 드러내지 않는 것만으로도 한계였다.

재인은 자신이 거실에 우두커니 서 있었다는 것을 깨달았다. 오전에만 해도 민성현이란 존재 덕분에 거실이 반짝반짝 빛났다. 그러나 이젠 민성현이란 존재가 이 거실을 황무지로 만들었다.

아무도 없는 황무지. 아무리 걷고 또 걸어도 끝나지 않을 황무지.

'아니, 민성현 때문이 아니야.'

천천히 거실을 둘러본 재인은 두 손으로 얼굴을 가렸다.

'내가 있는 곳은 원래 황무지였어. 그 남자랑 같이 있을 때의 그 달콤함은 그저…… 내가 만들어 낸 신기루였을 뿐이야.'

역시 크리스마스는 일 년 중 가장 최악의 날이다.

샤워를 하고 나온 은우는 라연이 거실에 없다는 것을 깨달았다. 그대로 돌아간 거라면 좋겠지만, 라연이 그렇게 순순히 돌아갈 여자가 아니라는 것을 알고 있었다.

설마, 하는 생각에 침실로 향했고, 침대 옆에 우두커니 서 있는 라연을 발견했다. 은우의 예상대로, 라연은 은우의 휴대폰을 들고 있었다. 그녀는 휴대폰이 최대의 적이라도 된다는 듯 심상찮은 눈빛을 보내고 있었다.

"야!"

그녀의 손에서 신경질적으로 휴대폰을 빼앗았다.

"너, 왜 남의 휴대폰을……."

"방금…… 성현이 오빠랑 통화했어."

"너…… 내 휴대폰 뒤진 거냐? 내 휴대폰 패턴은 어떻게 알아낸 거야?"

"나, 한국에 가야겠어."

라연은 은우와 대화할 시간 없다는 듯 황급히 침실을 나가려 했다. 뭔가 이상하다는 것을 깨달은 은우가 다급히 라연의 손목을 붙잡았다. 라연이 움찔하며 은우를 돌아봤다. 라연의 커다란 눈은 불안하게 흔들리고 있었다.

"왜 그래?"

"오빠, 나 방금 성현이 오빠랑 통화했어."

"그래, 네가 남의 휴대폰에 마음대로 손대는, 답 없는 여자라는 건 잘 알았어. 그런데 왜 갑자기 이렇게 서두르는 거야? 당장은 비행기 표 구하기도 힘들 거야."

"그런 건 아무래도 좋아. 비행기 표가 없으면 학교 친구네 전용기라도 타고 갈 거야. 이 손 놔."

"이봐, 리젤."

"이러고 있을 때가 아니라니까! 얼른 이 손 놔줘!"

크리스마스는 그대와 함께

라연이 빽 외쳤다.

"리젤."

"성현이 오빠가 잠결에 전화를 받았어!"

"뭐?"

"그건 분명 자다 깬 목소리였다고!"

"……."

"성현이 오빠는 절대로 자기 자는 모습, 흐트러진 모습, 남한테 안 보여. 난 10년 넘게 성현이 오빠를 알아왔지만, 그 오빠가 정장 아닌 다른 옷을 입은 걸 본 적이 없어!"

"……."

"그런 오빠가 나한테 자다 깬 목소리를 들려 줬다고! 그게 무슨 뜻이겠어?"

"그만큼 네가 편해졌다는 말 아닐까?"

"말도 안 되는 소리 하지 마. 성현이 오빠 옆엔 분명 여자가 있었을 거야. 그것도 성현이 오빠가 마음 놓고 잘 수 있게 만들어 주는 여자가."

은우는 속으로 한숨을 삼켰다. 여자들의 육감은 대체 왜 이리도 예리한 걸까? 잠결에 전화를 받은 것만으로 거기까지 추측하다니.

"그 여자가 어디서 뭘 하는 여자인지, 성현이 오빠랑 어떤 관계인지는 모르겠지만."

라연의 눈동자가 음산하게 빛났다.

"성현이 오빠는 내 거야. 난 지금까지 내 손에 들어온 걸, 다른 사람에게 빼앗긴 적 없어."

치이이익―

맛있는 소리를 내며 노릇노릇하게 익어 가는 삼겹살을, 한선은 원수라도 되는 듯 노려봤다. 저녁 시간을 지났는데도 삼겹살 전문점에는 사람이 많았다. 대부분이 크리스마스의 마지막을 장식하러 나온 연인들이었다.

혼자 온 사람은 한선뿐이었기에, 자연스레 사람들의 시선이 모였다. 하지만 한선은 그곳에 혼자 있는 사람처럼, 삼겹살이 익어 가는 것에만 집중하고 있었다. 훤칠하고 잘생긴 한선이 혼자 그러고 있는 게 신경이 쓰이는지, 서빙을 하던 아주머니가 다가와 고기를 뒤집어 주려 했다.

덥석, 한선이 아주머니의 손목을 잡았다. 잘생긴 외간 남자에게 잡힌 아주머니의 볼이 붉게 물들었다.

"왜, 왜 이래, 총각……?"

"삼겹살은 한쪽이 노릇노릇하게 구워졌을 때, 딱 한 번만 뒤집어 줘야 육즙이 빠져나가지 않습니다."

"엉?"

"삼겹살만큼은 제 방식대로 제가 알아서 구울 테니, 아주머니는 다른 손님들이나 신경 써주십쇼."

자칫 잘못하면 시건방진 말이었지만, 한선에게 훅 꽂힌 아주머니에게는 그저 열심히 고개를 끄덕였다.

크리스마스는 그대와 함께

"그래, 총각. 무슨 일이 있었는지는 모르겠지만 삼겹살 정도는 총각 마음대로 해. 세상일이라는 게 내 뜻대로 되는 게 없지만, 삼겹살쯤은 내 마음대로 굽기도 하고 그래야지."

아주머니는 무슨 말인지 모를 소리를 격려하듯 늘어놓고는 다른 테이블로 떠났다.

'내 마음대로라.'

요새는 정말이지 마음대로 되는 일이 하나도 없다. 사건도 그렇고, 이 마음도 그렇고.

"이런 데서 노닥거릴 시간이 있는 거야?"

삼겹살을 뒤집기 위해 집게를 잡는 데, 뒤에서 한 톤 높은 음성이 들려왔다. 한선은 돌아보지도 않고 턱으로 맞은편 자리를 가리켰다.

"사람 왔으면 아는 척이라도 해 주지그래, 류 형사."

혜란은 피곤한 기색이 역력했지만, 크리스마스를 즐기기 위한 최소한의 준비는 하고 나왔다. 양 갈래로 땋은 머리의 끝을, 크리스마스 분위기가 물씬 풍기는 빨간색 리본으로 마무리한 것이다. 한선은 못 봐주겠다고 생각했지만, 그 생각을 구태여 입 밖으로 내진 않았다.

"동일인이야?"

어젯밤 오른팔다리가 발견된 곳과 30분 떨어진 거리에서, 왼쪽 팔다리가 발견되었다. 오른팔다리가 발견된 후 일주일 만에 다른 부위가 발견된 것이다.

"응, 동일인이야. 냉동을 시켜서 보관해놨던 것 같아."

"미친놈. 며칠 동안 자기가 죽인 사람의 토막 시체를 냉동실 안에 넣어뒀다는 건가?"

"꼭 집에 있는 냉장고라는 법은 없지. 냉동을 시킬 만한 곳은 많으니까. 고기 안 뒤집어?"

방금 전까지 해부를 하다가 왔으면서도 혜란은 식욕이 동하는지 입맛을 다셨다. 역시 뱀 같은 여자라고 생각하며, 한선은 삼겹살을 뒤집었다. 혜란의 방해를 받는 바람에 예상보다 더 익기는 했지만, 이 정도도 나쁘진 않다.

"왼쪽 손목이랑 발목에도 묶였던 흔적이 있어. 둘 다 사후에 잘린 게 맞고, 약물 반응 없고, 알다시피 혈액형은 A형, 여성. 질병 징후 없고, 알코올 반응 없고."

"왼쪽이 발견됐다고 달라질 건 없군."

"그렇지, 뭐. 신원이라도 알아낼 수 있으면 좋을 텐데. 이번 발견자는 누구야?"

"여고생. 학원 갔다가 집에 오는 길에 발견했대. 집 앞 쓰레기더미 사이에 이상한 게 굴러다녀서, 처음에는 인형 팔인 줄 알았다더라."

"길고양이가 쓰레기를 파헤치지 않았으면 그대로 쓰레기장에 방치될 뻔했네."

들려오는 내용 때문인지, 혜란의 양 갈래 머리 때문인지, 사람들이 이쪽을 흘끗흘끗 쳐다봤다. 한선은 소주를 한 병 시키고 담배를 꺼냈다.

"요새 실내는 전부 금연이야."

"아아, 그렇지."

한선은 작게 한숨을 내쉬며 담배를 도로 집어넣었다. 혜란의 눈이 가늘어졌다.

"류 형사, 나 삼겹살 2인분 정도는 혼자 먹을 수 있어. 소주 한 병도 혼자 마실 수 있고."

"그래서? 1인분 더 시키라고?"

"잘 구워지고 있는 삼겹살 걱정하지 말고, 가보라고."

한선이 인상을 찡그렸다.

"내가 가긴 어딜 가? 정 박사 먹으라고 육즙에 신경 써가며 구운 줄 알아?"

"고집부리지 말고."

"고집이라니. 넌 진짜 욕심도 많다! 1인분 더 시키면 될 거 아냐!"

"20년 전 오늘이지? 재인이 어머니가 살해를 당한 날."

움찔—

그럴 생각 아니었는데 어깨에 긴장이 드러났다. 한선은 괜히 집게를 집어 들고 고기를 뒤적거렸다. 삼겹살을 구울 때 뒤집기는 딱 한 번이라는 규칙에 어긋나는 행동이지만, 어쩔 수 없었다. 혜란에게만큼은 동요한 것을 들키고 싶지 않았다.

"그래서 뭐 어쩌라고? 어차피 재인이 옆에는 민성현이 있고, 그 녀석이 나보다 더 잘 위로해 줄 거야. 알잖아, 민성현이 미쳐 있기는 해도 재인이에게만큼은 깍듯한 거."

혜란이 안쓰럽다는 듯 한선을 응시했고, 한선은 그녀의 그런 눈빛이 무척이나 마음에 들지 않았다.

안쓰러울 것은 없었다. 짝사랑 같은 건 누구나 하는 거고, 멋대로 사랑하다가 차이는 것도 누구나 한 번쯤 겪는 일이다. 이러다가 잊힐 거고, 그때쯤 다른 여자를 사랑하면 그만이었다.

"난 어차피 결혼 같은 거 할 생각도 없었어. 강력팀 형사가 결혼이라니. 사치지, 사치. 너도 알지? 우리 이 선배도 허구한 날 사건에 쫓기다가 이혼당한 거. 그…… 누구더라. 내 후배 중에…… 아, 최 형사. 걔는 연애한 지 6년 된 여자한테 얼마 전에 차였대. 당연히 결혼할 줄 알았는데, 그 여자가 형사랑은 결혼하고 싶지 않다고 했다더라. 그래서 난 연애도 안 하고, 결혼도 안 할 생각이었어!"

마음을 감추느라 말이 빨라졌지만, 한선은 그조차 깨닫지 못했다.

"하지만 민성현은 다르지. 그 녀석은 대학교수에, 미국에서 뭐? 프로파일러? 한국에서 이러고 있는 걸 보면 바쁜 것 같지도 않고, 위험하지도 않은 것 같고. 입고 다니는 옷 보면 벌이도 괜찮은 것 같고. 재인이를 행복하게 해 줄 수 있겠지. 난 어차피 재인이한테 해 줄 수 있는 것도 없어."

"정말?"

묵묵히 한선의 이야기를 듣던 혜란이 입을 열었다.

"류 형사는 정말 그걸로 된 거야?"

크리스마스는 그대와 함께

뱀 같은 여자라고만 생각했다. 화가 날 만한 상황에서도 생글생글 웃기만 하는 혜란이 불편하고 싫었다.

하지만 이 순간, 혜란은 웃고 있지 않았다. 진지하게 한선의 이야기를 경청하고, 조심스럽게 한선의 마음을 물어 왔다.

그래서 한선은 울고 싶어졌고, 솔직하게 말하고 싶어졌다.

'그거 아냐? 아무것도 없는 놈이라는 게 얼마나 비참한지. 나 말이야. 태어나서 처음으로 다른 놈이랑 나 자신을 비교하며 절망하는 중이야. 난 왜 민성현처럼 태어나질 못한 걸까? 나란 놈은 왜 이렇게 못난 걸까?'

타인 때문에 혼란스러울 때, 궁금한 점이 있을 때, 성현에게 물어봤다. 그렇다면 성현 때문에 혼란스러울 땐 누구에게 말해야 하는 걸까?

이야기할 사람이 아무도 없다는 것을, 재인은 깨달았다. 앞으로 어떻게 해야 할까? 이 가슴의 통증은 어떻게 해야 사라질까? 민성현을 어떻게 대해야 하지? 애인이 있는 사람에게 이런 마음 품고 있어도 되는 걸까?

그런 별거 아닌 짝사랑 고민을 털어놓고 상담할 사람이 없었다.

고등학교 때의 정경이 떠올랐다. 교실에서 속닥속닥. 짝사랑하는 남학생에 대해 이야기하며 훌쩍거리는 여학생. 그 여학생의 주위에는 친구들이 있었고, 친구들은 그 두서없는 마음의 행방을 심각하게 들어주고 다독여 주었다. 그때는 재인과 아무 상관없는 잿빛 광경일 뿐이었다. 부럽지도, 신기하지도 않았다.

처음으로 그 장면이 얼마나 찬란한 색상을 지니고 있는 광경인지 알게 되었다. 타인이 들으면 별것 아닌 짝사랑 고민. 그 아무것도 아닌 일을 진지하게 들어주는 사람이 한 명이라도 곁에 있다는 것은, 무척이나 눈부신 일이었다.

'사람은 아는 게 많아지면 그만큼 상실감을 느끼게 되는구나.'

이야기를 들어주는 사람이 있다는 게 얼마나 행복한 일인지 몰랐던 때가 있었다. 그때는 최영주에 대한 마음, 엄마를 향한 죄책감으로 심장이 터져 나갈 것 같아도 혼자 견딜 수 있었다. 그것이 불편하지도, 슬프지도 않았다.

하지만 이제는 아니다.

'난 정말…… 어떻게 해야 하는 거지?'

'리젤'이라는 여자를 '내 약혼녀'라고 말할 때의 성현의 표정이 생생하게 기억났다. 숨기거나 미안한 기색 없이, 그는 담담하게 말했다.

차라리 미안한 표정이라도 지었더라면 지금보다는 기분이 나았을 것이다. 성현의 담담한 표정은 재인이 '미안할 가치조차 없는 관계'라고 말하는 듯했다.

'어차피 민성현이 내 능력이 호기심을 갖고 있고, 그래서 내 일을 도와주겠다고 한 건 알고 있었잖아. 어차피 이 마음을 민성현한테 알릴 생각도 없었고. 그러니까 달라질 건 없어. 달라질 건 없는데…….'

재인은 한 손을 올려 가슴을 움켜쥐었다.

'왜 이렇게 가슴이 아픈 거지?'

정말 어떻게 해야 좋을지 모르겠다.

그렇게 혼란스러워하고 있을 때였다.

딩동—

초인종이 울린 것은.

반사적으로 시간을 확인하니 밤 11시 25분. 이런 시간에 찾아올 사람은 성현밖에 없었다. 이 와중에도 내심 그의 방문을 기뻐하는 자신의 모습에 쓴웃음이 나왔다. 재인은 아랫입술을 잘근 깨물며, 현관문으로 향했다.

달칵—

당연히 성현일 거라고 생각한 재인은 묻지도 않고 문을 열었고,

벌컥—

밖에 서 있던 방문객은 재인이 얼굴을 확인하기도 전에 그녀를 밀어붙이고 안으로 들어왔다.

탁—

문이 닫힌 후에야, 재인은 방문객에게서 달콤한 향기가 나지 않는다는 것을 깨달았다. 그렇다고 담배 냄새가 나지도 않았다.

재인의 집을 아는 남자는 두 명. 민성현과 류한선 뿐이었지만, 재인의 입을 틀어막고 있는 남자는, 성현도, 한선도 아니었다.

그러나 아는 얼굴이었다.

영주는 담배를 입에 물고 창밖을 내다봤다.

순전히 전망이 좋아서 구입한 아파트였다. 놀러 오는 사람들마다 집이 좋고 야경이 멋지다며 칭찬을 했다. 하지만 좋은 것도 하루, 이틀이지, 매일 보니 지겹기만 했다.

'슬슬 이사를 해야겠어.'

구형진이 유흥비와 도박으로 탕진한 돈이 상당했다. 이런 비싼 집에서 살 여유가 없다. 당분간은 집을 세놓고 허리띠를 바짝 졸라매는 생활을 해야 할 것이다.

'그나저나 그 계집애는 뭘 하고 있으려나?'

흔들림 없던 재인의 눈동자가 떠올랐다. 그 연갈색, 보석 같은 눈동자는 영주의 머릿속을 들여다보는 듯 빛나고 있었다. 칼날 같은 서늘한 눈빛. 떠올리는 것만으로도 소름이 끼쳤다.

'그건 추측이 아니었어. 확신이었지.'

대체 어떻게 알아낸 걸까?

'구형진, 그 멍청한 놈이 유재인한테까지 찾아가서 녹음파일에 대해 이야기한 건가? 돈을 주면 부모를 죽인 살인범에 대한 증거를 주겠다면서?'

그럴 가능성이 농후했다. 구형진은 돈을 위해 뭐든 할 수 있는 비열한 놈이었다.

'유재인, 그 계집애도 구형진처럼 그냥 죽여 버리면 편할 텐데.'

영주는 혀를 내밀어 붉은 입술을 한 번 훑었다.

'하지만 그놈이 문제야. 흑기사라는 놈.'

그가 재인과 어떤 관계인지는 정확히 모르겠다. 하지만 재인을 아끼는 것이 분명했고, 재인이 아는 것은 그도 알고 있을 가능성이 높았다.

재인을 죽이는 것은 쉽다. 하지만 재인이 죽으면 그는 최영주의 짓이라는 것을 눈치챌 것이다. 그를 상대하는 건 재인을 상대하는 것보다 어려울 것 같았다.

'일단…… 유재인이 어디까지 알고 있는지 알아내야겠어. 행동을 하는 건 그다음이고.'

꼬리가 길면 밟히는 법이다. 제 손을 직접 사용해 사람을 죽이는 일은 한 번으로 족했다.

'나 대신 움직여 줄 사람이 필요한데…… 구형진처럼 부리기 쉬운 놈은 또 만나기 힘들겠지. 그럼…….'

이용할 사람으로 누가 좋을지 고민을 하던 영주의 뇌리에 적당한 인물이 떠올랐다. 재인에게 악의를 가지고 있고, 멍청한 계집애.

'김수영. 그쪽을 좀 건드려볼까?'

영주는 피식 웃으며 휴대폰으로 자주 이용하는 심부름센터에 전화를 걸었다.

"내가 널 못 찾아낼 줄 알았지?"

독기로 가득 찬 눈이 아주 가까운 곳에서 재인을 노려보고 있었다. 재인은 그 눈동자가 유독 음산해 보이는 이유가 살기 때문이라는 것을 알 수 있었다.

'나를 죽이러 왔구나.'

상대가 품은 살의와 각오를 유독 잘 읽어내는 이 능력이 좋은 건지, 나쁜 건지 모르겠다. 분명한 건, 이렇게 제압을 당한 상태에선 타인의 감정을 읽어봐야 아무 소용이 없다는 것이다. 재인은 남자의 힘을 이길 만한 기술을 가지고 있지 않았다.

"날 이렇게 만들어놓고 편히 살 수 있을 줄 알았어? 엉?"

불청객은 명진이었다. 한때는 박다희의 남자 친구이자, 경영학과의 과학생회장이었던 최명진.

그때 이후 한선과 만나지 않아 명진이 어떻게 지내는지 듣지 못했다. 큰 죄를 저지른 건 아니라서 금방 풀려날 줄은 알고 있었지만, 크게 걱정하진 않았다. 두 번 다시 볼일 없을 거라고 생각했기 때문이다.

무슨 말이든 하고 싶은데 명진의 커다란 손이 입을 세게 틀어막고 있어서 아무 말도 할 수가 없었다. 게다가 그의 몸이 재인의 몸을 덮치듯이 밀어붙이고 있어서, 반항을 한다고 빠져나올 수 있을 것 같지도 않았다.

'지금은 별로…… 죽고 싶지 않은데.'

막연히 그런 생각을 하며 현관문 쪽으로 시선을 돌렸다. 재인이 필요로 할 때면 늘 그랬듯 성현이 와주지 않을까, 라는 생각이 들었기 때문이다. 하지만 현관문 쪽에선 아무 소리도 들리지 않았다.

'하긴. 일이 영화처럼 쉽게 흘러갈 리가 없지.'

아무리 성현이라도 이런 일이 벌어질 거라고는 예측하지 못했을 것이다.

재인이 자신에게 집중하고 있지 않다는 걸 깨달은 걸까? 명진이 뭐라 뭐라 심한 욕설을 내뱉더니, 무릎으로 재인의 복부를 세게 가격했다.

쿨럭. 쿨럭. 터져 나오는 기침이 그의 손에 막혔다.

"내가 어떻게 들어간 대학인데. 어떻게 손에 넣은 지위인데. 네년이 그걸 다 망쳤어. 네년이 다 뺏어갔어."

'내 탓이 아니야.'라는 말을 할 수가 없었다. 입은 여전히 막혀 있었고, 맞은 복부가 끔찍스럽게 아팠다.

"내가 이제부터 널 묶을 거야."

명진이 주머니에서 무언가를 꺼내 재인의 입속에 억지로 욱여넣었다. 손수건이었다.

"묶어놓고 뭘 할 건지 알아?"

이번에는 주머니에서 줄을 꺼냈다. 주황색 빨랫줄은 무척 튼튼해 보였다. 재인은 소리를 지르려 했다. 하지만 입안에 꽉 들어찬 손수건을 뱉어 낼 수가 없었다.

'어떡하지?'

어떻게든 도움을 청해야 했다. 바로 옆에 현관문이었다. 적어도 저 문만 열 수 있다면, 복도로 한 발자국만 나갈 수 있다면 어떻게든 될 것이다.

'민성현 씨 집까지 갈 수는 없겠지만…… 영민이, 영민이는 집에 있을까?'

영민이라면 명진쯤은 이길 수 있을 것이다.

문제는 현관문을 어떻게 열고 도망치느냐였다.

"나는 이제부터 널 죽일 생각이야."

명진은 끔찍한 소리를 중얼거렸다. 그 말을 하는 자신에게 취한 듯했다. 빨랫줄을 신경 쓰느라, 재인의 어깨를 누르고 있던 명진의 손에 조금 힘이 빠졌다. 기회는 지금뿐이다.

재인은 온 힘을 다해 명진에게 몸을 부딪쳤다.

"억……!"

하지만 힘이 약했다. 명진은 짧은 신음을 내뱉었지만, 뒤로 밀쳐지진 않았다. 재인의 행동이 오히려 명진을 화나게 만들었다.

퍽—!

명진의 주먹이 재인의 턱을 강타했다. 구타를 당해본 적은 있지만, 남자의 주먹에 턱을 맞아본 것은 처음이었다. 턱에서 시작된 충격이 순식간에 뇌를 뒤흔들었다.

어질—

생각지도 못한 강렬한 격통과 어지러움에 재인의 다리에서 힘이 빠졌다. 지탱할 것을 찾지 못해 주저앉은 재인의 몸에 무자비한 발길질이 이어졌다.

퍽— 퍼억— 퍽—

맞아 죽나 싶을 정도로 집요한 구타가 한동안 이어졌다. 입에 틀어 막힌 손수건 때문에 신음 소리조차 낼 수 없었다. 재인은 몸을 웅크리고 최대한 맞을 부위를 줄이기 위해 노력했다. 하지만 어딜 맞아도 온몸이 아픈 것은 마찬가지였다.

"허억. 허억."

숨이 찰 정도로 발길질을 해 댄 명진이 재인의 몸을 깔고 앉았다.

"죽기 싫으면…… 허억…… 얌전히 있어…… 엉?"

명진이 그런 말을 하지 않아도 재인은 더 이상 움직일 힘이 없었다. 처음으로 맛본 강렬한 고통은 전의를 상실케 했다. 아니, 전의가 있었다 하더라도 이렇게 아파서야 움직이기 힘들 것이다.

재인이 움직이지 못하는 것을 확인한 명진은 그제야 빨랫줄로 재인의 손목과 발목을 묶기 시작했다. 어찌나 세게 묶었는지 손목이 잘려 나갈 듯 아팠다. 빨랫줄이 피부를 파고들었다. 손목과 발목을 결박한 명진은 재인의 머리를 붙잡아 끌어당겼다. 재인은 질질 끌려 거실 구석에 내팽개쳐졌.

"난 이제 잃을 게 없어. 학교도 잘리게 생겼고, 친구들도 다 잃었거든. 너 때문에."

명진이 재인의 앞에 쭈그리고 앉았다.

"우리 부모님은 이제 나랑 얘기도 안 해. 내 동생은 날 쓰레기 취급하더라. 너 말이야. 쓰레기 취급 받아본 적 있어?"

재인은 눈을 똑바로 뜨려고 애썼다. 너무 맞아서 초점이 흔들렸다. 뼈가 부러진 게 아닌가 싶을 정도로 아팠다. 하지만 그렇게 아픈 와중에도 머릿속에는 한 가지 생각만 있었다.

'난 지금 죽을 수 없어.'

죽을 수 없었다. 못다 한 일이 있기 때문이라든가, 행복해지고 싶다든가, 아직 젊다든가…… 그런 문제가 아니었다.

'이놈 손에 죽으면…… 민성현 씨가 죄책감에 시달릴 거야. 그리고…… 류 형사님도.'

두 사람 다 죄책감에 시달릴 것이다. 잘못은 최명진이 저질렀지만, 죄책감을 느끼는 것은 그 둘일 것이다. 자신이 저지르지도 않은 잘못 때문에 죄책감에 시달리는 고독과 괴로움을, 재인은 알고 있었다. 그 둘이 그런 기분을 느끼게 될 것이 싫었다.

'지금은 안 돼.'

재인은 다시 현관문 쪽으로 시선을 돌렸다.

철썩—!

"어딜 보는 거야? 올 사람이라도 있어? 엉?"

명진이 재인의 뺨을 세게 올려붙였다. 입술이 터졌나 보다. 턱을 타고 뜨끈한 액체가 흐르는 것이 느껴졌다. 아니, 어쩌면 삼키지 못한 침일지도 모르겠다.

"날 봐, 유재인. 네가 망쳐버린 날 보라고."

'일단은…… 고분고분하게 구는 게 좋겠어.'

이런 상황에서 반항해 봐야 답이 없었다. 재인은 방법이 떠오를 때까지 명진의 비위를 맞춰 주기로 했다. 재인의 시선이 자신에게 향하자, 명진이 비릿한 미소를 지었다.

"내가 옛날에 사람 죽이고 인생 망치는 놈들 보면서 무슨 생각을 했는지 알아? 참 한심하다고 생각했거든. 왜 자기 인생 망칠 짓을 하나…… 하고 말이야. 그런데 이제 알겠어. 그 새끼들이 왜 사람을 죽였는지."

명진의 눈동자가 음산하게 가라앉았다.

"더는 망칠 인생이 없던 거더라고. 이미 망친 인생이라서."

"……."

"남 죽일 땐 자기도 죽을 각오를 하고 죽이는 거더라. 지금 내가 딱 그렇거든. 난 이제 살 생각 없어. 혹시나, 하는 기대는 하지 않는 게 좋을 거야. 혹시라도 내가 처벌받을 게 무서워서, 남들의 비난이 두려워서 이걸 그만둘 거라고 생각하지 마. 널 죽이고 나서 나도 죽을 거니까."

'거짓말.'

이라고 재인은 생각했다.

타인의 살의와 각오를 읽어내는 만큼, 죽음을 결심한 사람의 눈빛도 알고 있다. 하지만 명진은 죽음을 각오한 눈이 아니었다. 그는 그저 화가 났을 뿐이고, 자신의 인생을 망친 재인에게 벌을 주고 싶을 뿐이었다. 자신이 죽을 생각 따위는 조금도 하지 않고 있다.

그 사실을 명진이 깨닫게 해 주고 싶었다. 하지만 입이 틀어 막힌 상태에선 방법이 없었다. 명진이 점퍼 안에서 무언가를 꺼냈다. 은빛으로 빛나는 그 날카로운 물건을 확인한 재인은 눈을 감았다.

'이런 식으로 죽게 되는구나.'

죽음은 누구에게나 갑작스러운 일일 것이다. 재인에게도 그랬다.

'부모님에 이어서 나까지 살해를 당하다니. 저주라도 받은 걸까?'

다급한 상황에서 이런 속 편한 생각을 하고 있는 자신이 우스웠다. 아마 느닷없이 들이닥친 이 현실이 도무지 믿어지지 않아, 자꾸만 다른 쪽으로 의식을 흘려보내는 걸지도 모르겠다.

'나는…….'

재인은 다시 눈을 떴다. 명진의 번들거리는 눈동자는 여전히 가까운 곳에 있었다. 살의를 품은 남자가 눈앞에 있다. 현실이었다.

'죽고 싶지 않구나.'

죽음을 목전에 둔 지금, 재인은 자신이 무척이나 살고 싶어 했다는 것을 깨달았다.

'나는 되게 살고 싶구나.'

쓴웃음이 나왔다.

살고 싶었다. 민성현이라는 남자가 그렇게 만들어 버렸다. 살고 싶게, 살아가고 싶게, 이 현실을 걸어가고 싶게. 그 남자에게 다른 여자가 있다는 것을 알게 된 이 순간에도 여전히, 재인은 살고 싶었다.

처음에는 민성현 때문에 살고 싶었던 게 분명한데, 지금은 꼭 그가 아니어도 살고 싶은 모양이다. 살아 있는 게 꽤나 멋진 일이라는 것을, 조금쯤 알아 버린 모양이다. 그런데 그걸 알자마자 죽게 되다니.

"난 요 며칠 동안 지옥 같은 나날을 보냈어. 널 바로 죽이진 않을 거야, 유재인. 숨 쉴 수 있는 지옥이 어떤 건지, 너도 한 번 맛봐야지."

한 손에 위협적으로 칼을 든 명진이 다른 손으로 재인의 옷을 움켜쥐었다. 살의로만 가득 차 있던 명진의 눈동자가 다른 감정으로 물들어가고 있었다. 욕정이란 이름의 그 감정을 읽어내는 순간, 재인은 명진을 마주한 후 처음으로 비명을 지르고 싶어졌다.
'싫어!'
초인종이 울린 것은, 명진이 나이프로 재인의 상의를 반쯤 찢어냈을 때였다.
딩동—
늘 듣던 그 소리가, 희망의 불꽃이 되어 반짝거렸다.
재인은 눈을 부릅뜨고, 명진은 재인의 몸을 꽉 누르고 현관문을 노려봤다.

초인종을 누르고 한동안 기다렸지만 응답이 없었다. 인기척조차 없었다. 한선은 망설였다. 어쩔까. 한 번 더 눌러볼까?
'크리스마스는 연인의 날이지.'
어쩌면 크리스마스 분위기에 취해 재인과 성현이 눈이 맞았을지도 모른다. 좋은 시간을 보내고 있는데 방해하고 싶진 않았다.
'아니, 오늘은 재인이 어머니 기일이잖아. 민성현, 그놈이 아무리 손이 빨라도 이런 날 그런 짓을 할 리는 없어.'
한참을 머뭇거리다가 다시 초인종을 눌렀다.
딩동—
여전히 응답이 없었다.
'전화를 걸어 볼까?'
휴대폰을 꺼내 만지작거리던 한선은 고개를 절레절레 젓고는 도로 집어넣었다. 재인의 어머니 기일. 재인의 인생이 완전히 뒤바뀐 날.

그걸 알게 되었으니 잠깐 얼굴을 보고 인사를 하러 왔을 뿐이다. 굳이 질척거리는 모습을 보이고 싶진 않았다. 한선은 아쉬움이 남은 눈으로 현관문을 응시하다가 돌아섰다.

뚜벅. 뚜벅.

복도에 한선이 남긴 발걸음 소리가 울리다가 사라졌다.

재인과 명진은 비슷한 표정을 짓고 있었지만, 서로 다른 마음으로 현관문을 노려보고 있었다. 초인종은 잠깐의 틈을 두고 두 번 울렸다.

하지만 더는 울리지 않았고, 방문객의 발소리가 멀어지는 것이 들려왔다. 명진의 눈동자에 안도감이, 재인의 눈동자에 절망이 떠올랐다.

재인은 울고 싶어졌다. 희망의 불꽃이 꺼졌다. 사방이 이토록 캄캄하게 느껴진 것은, 20년 전의 오늘 이후 처음이다.

명진이 씩 웃으며 재인을 돌아봤다.

"하던 거 계속할까?"

멈칫—

엘리베이터 앞. 내려가는 버튼을 누르려던 한선은 움직임을 멈췄다.

공중에서 차가운 물이 머리 위로 훅 떨어져 내린 기분이 들었다.
불길한 예감이 든다.

'뭐지, 갑자기?'

한선은 예감을 믿는 축에 속했고, 대부분이 맞아떨어지곤 했다.
꿈자리가 뒤숭숭할 때면 늘 좋지 않은 일이 벌어졌다.

"뒤숭숭한 꿈을 꾸는 이유는, 류 형사님의 마음에 걸리는 게 있어서 그게 꿈으로 표현이 되는 걸 거예요. 류 형사님도 깨닫지 못하는 새에 무의식이 '무언가 이상하다.'라는 걸 알고 있다는 거죠."

언젠가 재인이 했던 이야기가 떠올랐다.
'뭐가 됐든 느낌이 안 좋아.'

재인이 문을 열어 주지 않았기 때문에 느끼는 감정은 아니었다.
이건 좀 더 끈적거리고 불쾌하다.

휙 돌아선 한선은 뚜벅뚜벅 걸어가 1102호 앞에 섰다.

딩동—

재인의 집 앞에 섰을 때와는 다르게 거침없이 초인종을 눌렀다.
안쪽에서 인기척이 있었고, 잠시 후 문이 열렸다. 이런 시간인데도 근사한 정장을 차려입은 성현이 무표정하게 한선을 응시했다.

"크리스마스 마지막 몇 분을 함께 보내고 싶은 거라면 관둬. 난 남자랑 단둘이……."

"재인이는?"

성현의 말을 끊으며 물었다.

"뭐?"

"너, 지금 재인이랑 같이 있냐?"

"그럴 리가. 형, 나는 신사적인……."

"방금 재인이네 집에 가서 벨을 눌렀어. 두 번. 아무도 안 나와."

"샤워를 하고 있는 게 아닐까?"

"샤워? 그래, 그러면 다행이겠지만……."

"뭔가…… 불길한 예감이라도 드는 거야?"

성현이 한선의 눈동자를 지그시 응시하며 물었다. 그는 무서울 정도로 신중한 눈빛을 하고 있었다.

"그래, 불길한 예감이 들어. 찬물을 뒤집어쓴 기분이야."

그뿐이 아니었다. 성현과 대화를 하는 이 순간에도, 얼음물 속에 들어가 있는 것처럼 온몸이 저릿저릿했다.

"최영주를 만났다고 했지?"

"응."

"제길!"

아직 아무것도 확인하지 못했지만, 이 불길함은 그저 예감만으로 끝날 것 같지 않았다. 성현의 말대로 재인이 샤워를 하고 있었을 뿐일 수도 있다. 하지만 한선은 그럴 리 없다고 생각했다.

1111호의 닫힌 문 안쪽에서, 분명 무언가 위험한 상황이 벌어지고 있을 것이다. 어쩌면 최영주가 발 빠르게 사람을 보내 재인을 죽이러고 했을지도 모른다.

덥석—

휙 돌아서서 뛰어가려는 한선의 손목을, 성현이 거세게 붙잡았다.

"진정해, 형."

성현이 한 톤 낮아진 목소리로 말했다.

"만약 저 안에서 뭔가가 벌어지고 있다면, 이런 식으로 자극하는 건 좋지 않아."

차분한 그의 음성에 한선도 덩달아 차분해졌다. 성현의 말대로다. 만약 누군가 재인의 집안에 있다면, 그가 무기를 가지고 있다면, 자극해서 좋을 것은 없다. 재인이 더 위험해질 뿐이다. 자극을 받은 침입자가 재인에게 무기라도 휘두르면 큰일이었다.

"생각해 둔 게 있으면 빨리 말해. 지금 이 순간에도 재인이가 위험할지도 몰라. 몇 초 늦어서 못 구한 사람들이 얼마나 많은 줄 알아?"

성현의 잘못도 아닌데 그를 닦달했다. 그만큼 그에게 기대를 하기 때문이었다. 답이 없는 상황에서도, 성현은 뭔가를 찾아낼 것만 같았다. 그리고 성현은 한선의 기대를 배신하지 않았다.

"복도를 좀...... 소란스럽게 만들어야겠어. 고성방가로 잡혀가면 잘 좀 부탁할게."

상의가 찢겨 나갔다. 재인의 흰 속살이 공기 중에 드러났다. 이런 상황인데도 명진은 욕망 어린 눈으로 재인의 가슴을 응시하며 침을 삼켰다.

재인은 차라리 빨리 죽고 싶었다. 그 집에서 나오면 이런 일은 두 번 다시 겪지 않을 줄 알았는데. 원치 않는 성적인 접촉. 온몸을 휘감는 그 불쾌한 느낌. 사라지지 않는 끔찍한 절망. 다시는 겪고 싶지 않았는데.

'아니야. 그래도 살아야 돼.'

라고 재인은 생각을 바꿨다.

'내가 이놈한테 죽으면 민성현 씨도, 류 형사님도 죄책감을 느낄 거야. 그러니까 어떻게든 살아야 돼. 살아서 말해 줘야 돼. 두 사람 책임이 아니라고. 두 사람에게는 절대 죄가 없다고.'

결심을 다졌을 때였다.

둥가둥가둥가둥가ㅡ! 둥가둥가둥가둥가ㅡ!

복도에서 커다란 음악 소리가 들려오기 시작한 것은.

어마어마하게 큰 소리라서 바닥이 울리는 것 같은 착각이 들 정도였다.

'이런 시간에 누가……?'

라고 생각하다가, 성현을 떠올렸다.

이 시간에 이런 미친 짓을 할 사람은 민성현 뿐이다.

꺼졌던 희망의 불꽃이 다시 타오르기 시작했다. 그가 이 안에서 벌어지는 일을 알고 있을 리 없다. 그는 초능력자가 아니니까. 하지만 어쩌면, 그 남자라면 혹시나. 그런 기대가 생겼다.

"아, 뭐야?"

"미쳤어?"

"누구야, 대체?"

11층의 주민들이 고함을 질러 대는 소리가 들려왔다. 재인의 가슴으로 향하던 명진의 손이 멈췄다. 이런 상황에서 재인을 건드릴 만큼 담이 크진 않은 모양이다.

"뭐야, 대체?"

명진은 현관문 쪽을 노려보며 중얼거리더니, 작게 혀를 차고는 재인의 머리채를 잡았다.

"꼼짝 말고 있어. 허튼짓하면 확……! 알지?"

명진이 일어나 현관문 쪽으로 향했다. 데스메탈의 시끄러운 음악 소리와 주민들의 소음 때문에, 명진은 도어락 번호를 누르는 소리를 듣지 못했다. 명진이 현관문 가까이 다가갔을 때.

벌컥—

현관문이 거칠게 열리며 거구의 남자가 뛰어들어왔다. 들고 있던 나이프를 휘두를 생각도 못 한 명진을, 남자가 손쉽게 제압했다.

"이…… 히익!"

멱살이 잡혀 벽으로 밀쳐진 명진이 괴상한 소리를 내뱉었다. 명진은 자신을 제압한 상대를 제대로 보지 못했지만, 재인의 눈에는 똑똑히 보였다.

'류 형사님!'

한선이었다. 그가 매일 입고 다니는 검은색 야구점퍼가 이토록 반갑게 느껴질 줄은 몰랐다. 듬직한 그의 모습을 보는 순간, 긴장이 풀렸다.

죽지 않아도 된다. 더러운 꼴을 당하지 않아도 된다.

그걸 알게 되자 갑자기 눈물이 흘러내렸다.

"재인아! 유재인, 너 어디…… 이런, 빌어먹을!"

명진을 제압한 채로 거실을 눈으로 훑던 한선의 시야에 결박당한 채 쓰러져 있는 재인의 모습이 걸려들었다. 재인의 상의는 벗겨져 있었고, 얼굴은 맞아서 엉망이었다.

"이 빌어먹을! 이…… 이 자식을 그냥!"

재인의 처참한 모습에 분노를 이기지 못한 한선이 주먹을 들어 올렸다. 크고 단단한 주먹이었다. 그 주먹에 제대로 맞으면 명진은 죽을지도 몰랐다.

'안 돼!'

라고, 재인은 생각했다. 명진이 죄를 범하긴 했지만, 한선이 주먹을 사용하면 여러 가지로 문제가 될 것이다. 과잉진압으로 시말서를 써야 할지도 몰랐다.

그때, 날아가는 그 주먹을 막은 것은 성현이었다. 현관문 안으로 들어오자마자 한선의 주먹을 막은 성현은 뒤늦게 재인의 모습을 발견했고, 작게 한숨 섞인 목소리를 내뱉었다.

"괜히 막았군."

성현이 한선의 주먹을 놔주고는 현관문을 닫았다. 복도에서 웅성거리는 소리는 여전히 들려왔지만, 음악은 어느 틈에 멈춘 후였다.

 재인은 한선과 성현이 어떻게 알고 찾아왔는지 궁금했다. 하지만 그 이상으로, 성현의 품에 안기고 싶었다. 그의 달콤한 향기, 따스한 품이 몹시도 간절했다.
 "너, 잠깐 입 닥치고 여기 있어라."
 한선이 수갑을 꺼내 명진의 한쪽 손목에 채우고, 다른 한쪽은 신발장에 묶었다. 그러는 동안 성현은 재킷을 벗어들고 재인의 앞으로 달려왔다. 그의 재킷이 재인의 몸 위에 덮어졌다.
 그는 재인의 입안에 있던 손수건을 빼주고, 손목과 발목을 묶은 빨랫줄을 풀려고 했다. 하지만 너무 꽁꽁 묶어놔서 매듭이 잘 풀리지 않았다. 그가 낑낑대는 동안 재인의 눈에서 흐르던 눈물이 멈췄고, 시야가 또렷해졌다.
 눈물이 흐를 땐 몰랐는데, 성현의 손이 덜덜 떨리고 있었다. 그는 빨랫줄만 노려보고 있었다. 재인의 얼굴을 차마 볼 수 없다는 듯이. 그녀의 다친 모습을 보는 것이 두렵다는 듯이.
 욱씬—
 가슴이 죄여왔다. 죄책감을 느끼는 걸까? 살아남았는데? 아직 아무 일도 당하지 않았는데? 이렇게 구해 줬으면서도 죄책감을 느끼고 있는 걸까?
 그의 손뿐이 아니었다. 그의 어깨도 떨리고 있었다. 그의 눈에서 눈물이 흐르지는 않았지만, 재인은 어째서인지 그가 울고 있다는 생각이 들었다.

보다 못한 한선이 주방에서 가위를 가지고 왔다.

"야, 이 씨! 이거 풀어! 놔달라고!"

명진이 고함을 지르자, 한선이 가위를 꽉 쥔 채 뒤를 돌아봤다.

"나한테 한 말이냐?"

날카로운 가위 끝이 명진을 향하고 있었다. 명진은 그제야 한선의 눈빛과 위압감을 깨닫고는 입을 다물었다. 한선이 다시 돌아서서 재인에게 가까이 다가왔다.

"자, 이걸로 해라."

"아니."

성현이 빨랫줄을 놔두고 뒤로 물러났다.

"형이 해. 내가 하면……."

성현이 덜덜 떨리는 자신의 손을 내려다봤다.

"재인이를 다치게 할 것 같아."

"……그래."

한선이 재인의 옆에 쭈그리고 앉았다.

"한선이 형이 널 만나러 왔다가 네가 안 나와서 우리 집에 찾아왔어."

성현은 고개를 푹 숙인 채 중얼거렸다.

"뭔가 불길한 예감이 든다고. 이상하다고. 한선이 형이 아니었으면……."

그의 음성은 그의 손만큼이나 심하게 떨리고 있었다.

"나는 널……."

꿀꺽―

그가 말을 멈추고 침을 삼켰다. 지난번 재인이 다쳤을 때도 성현은 이 정도로 반응하지 않았었다. 성현은 온몸을 부들부들 떨고 있었다. 재인은 그가 저러다가 기절하는 게 아닌지 걱정됐다.

"미안, 내가…… 내가 좀……."

그는 핏기 없는 얼굴로 중얼거리며, 한 손으로 입을 막았다. 이상할 정도로 떠는 그의 모습에 신경을 쓰느라, 손목과 발목이 자유로워졌다는 것을 뒤늦게 깨달았다. 한선이 심각한 눈으로 재인을 응시했다.

"괜찮아?"

"아, 형사님. 감사해요."

"인사는 됐고. 괜찮아?"

"네, 괜찮아요."

"……."

"아니, 안 괜찮아요."

한선의 어두운 표정을 보고는 얼른 말을 바꿨다. 솔직하게 말하자, 솔직하게.

"그래. 일단 병원에 가보자. 많이 맞았지?"

"네."

"턱이 엉망이야. 어떻게 여자를……."

한선이 인상을 찌푸렸다.

"민성현. 네가 재인이 병원에 데리고 가고, 난 남아서 상황을 정리한 후에……."

"아니요. 류 형사님. 형사님이 병원에 데려가 주세요."

재인은 힘겹게 손을 올려 한선의 손목을 잡았다. 성현을 돌아보고 있던 한선이 놀란 표정으로 재인에게 시선을 옮겼다. 성현도 눈을 크게 뜨고 재인을 쳐다봤다.

재인은 성현의 시선을 무시하려고 애쓰며 다시 한 번 말했다.

"형사님이 병원에 데려가 주세요. 부탁드려요."

한선은 파트너인 주학에게 사정을 설명했고, 재인을 예뻐하는 주학은 바로 달려와 주었다. 주학이 명진을 연행해가는 동안 구급차가 도착했다. 구급대원들이 들것을 가지고 와 재인을 구급차에 태웠다.

"민성현 씨는……."

한선이 먼저 구급차에 탔다. 그다음에 자연스럽게 같이 타려는 성현에게, 재인이 말했다.

"안 왔으면 좋겠어."

순간, 그의 눈동자가 상처를 입은 듯 가라앉았다.

"나중에 좀 진정되면 연락할게."

그는 다친 재인보다 더 괴로워 보였고, 그걸 보는 재인은 심장이 잘게 저며지는 듯한 고통을 느꼈다. 하지만 어쩔 수 없었다.

그를 보자마자 그의 품에 안기고 싶다고 간절히 소망했다. 그러니까 그와 함께 병원에 가는 것은 안 된다. 안기고 싶어질 테니까.

그의 넓은 가슴과 따스한 체온의 주인이 따로 있다는 것을 알면서도, 평소처럼 안겨서 기대고 싶어질 테니까.

그에게는 연인이 있었다. 그의 달콤한 향기 없이 홀로서는 법을 익혀가야만 했다. 그가 완전히 떠나기 전에.

그는 재인이 원할 때까지 곁에 있어 주겠다고 했지만, 그것이 불가능하다는 건 진작 알고 있었다. 그저 모르는 척하고 싶었을 뿐이다.

아무 관계도 아닌데 원할 때까지 옆에 있어 준다니. 그런 감미로운 일이 일어날 리 없다. 그는 그저 꽁꽁 얼어붙은 재인의 마음을 녹여 주기 위해, 듣기 좋은 말들을 나열했을 뿐이다.

한선은 말없이 재인의 옆에 앉아 있었다. 왜 성현을 피하는지 물어볼 법도 한데, 그는 아무것도 묻지 않았다. 한선은 바보처럼 굴지만, 때때로 깊은 마음 씀씀이를 보이곤 했다. 그래서 고마웠다.

"류 형사님은 어쩐 일로 절 찾아오신 거예요?"

"아프잖아. 얘긴 나중에 해."

"입은 안 아파요."

웃으라고 한 말인데, 한선은 울 것 같은 표정을 지었다. 그는 괴로운 듯한 손으로 입가를 만지작거리다가, 머리를 쓸어 넘기고는 고개를 저었다.

"내 불찰이야. 그놈이 널 알고 있다는 걸 염두에 뒀어야 했는데."

"아까, 그놈 눈빛을 보는 순간, 날 정말로 죽일 거라는 걸 알았어요."

"······그래. 그런 것들까지 준비를 해갔으니. 완전 계획범죄야. 그놈, 이번엔 전처럼 쉽게 넘어가지 못할 거야."

"형사님."

"응?"

"제가 그때 왜 죽기 싫었는지 아세요?"

"······왜?"

"형사님이 그런 고민을 할까 봐요."

"······."

"그놈이 날 죽인 건, 그놈이 나쁜 놈이라서잖아요. 그런데 정작 나쁜 놈은 반성을 안 하고, 죄 없는 형사님이랑 민성현 씨만 죄책감을 안고 살아갈 것 같았어요. 제가 그랬듯이."

"······그래."

"그래서요. 그래서 전 죽기 싫다고 생각했어요. 적어도 그놈 손에는."

"그래, 다행이다. 큰일을 당하지 않아서 다행이야, 정말."

한선이 재인의 머리를 쓰다듬어 주려는 듯 손을 올렸다가 멈칫했다. 그러더니 도로 그 손을 자신의 무릎 위에 올려놓았다. 재인이 싫어할까 봐 참는 것이리라.

"너한테 무슨 일이 생겼으면, 난 정말······."

한선의 손가락 끝도 떨리고 있었다. 재인은 굳은살이 단단히 박인 그의 손을 물끄러미 응시하다가 물었다.

"그런데, 무슨 일로 찾아오신 거였어요?"

크리스마스는 그대와 함께 *303*

"아…… 그게……."

한선이 얼굴을 붉히며 중얼거리듯 말했다.

"그냥. 그러니까 크리스마스, 네 어머님 기일이고. 난 그걸 이번에야 알았고. 그래서…… 그…… 삼가 고인의 명복을 빌고…… 음…… 나는 너랑 두 번 다시 볼 생각 없는데, 네 어머님은 네가 아니잖아. 그러니까…… 찾아뵙고 인사를 드리는 게 마땅하다고 생각해서……."

한선은 자기가 무슨 소리를 하는지도 모르는 것 같았다. 얼굴을 붉히고 중얼중얼 말하는 그의 모습에 또 지끈, 가슴이 아파졌다. 이건 불쾌한 통증이 아니었다.

"네 어머님이 널 사랑하시긴 하나 봐. 네 어머님 아니었으면 네가 너희 집 찾아갈 일도 없었고, 그러면…… 최명진, 그 자식이 하는 짓을 막을 수도 없었겠지."

한선이 그렇게 말을 끝맺었을 때, 재인은 두 손으로 얼굴을 가리고 있었다. 하지만 소용없었다. 눈에서 흐른 눈물이 볼을 타고 흘러, 뚝뚝뚝, 침대를 적시고 있었다.

"왜, 왜, 왜 울어? 왜? 내, 내가 뭐 잘못했냐? 엉? 내가 못할 말 한 거야? 내가…… 어…… 그러니까, 네 어머님 얘기는 아직 시기상조였던 거냐?"

당황해서 묻는 한선의 귀에, 잔뜩 쉰 재인의 목소리가 들려왔다.

"왜 이렇게들…… 따뜻해요?"

"어?"

"나는 이렇게 차가운 계집애인데, 왜 다들…… 이렇게나 따뜻하게 대해 주는 거예요? 왜…… 나는…… 나는 정말 못된 계집애인데…… 내 생각만 하는…… 이기적인…… 계집애인데……."

"재인아."

"너무 따뜻해서…… 정말……."

한선은 용기를 내서 재인의 머리카락에 손을 얹었다. 재인은 두 손을 내리고 한선을 똑바로 응시했다. 눈물에 젖은 그녀의 눈은 아름답고, 안타까웠다. 그러나 전처럼 허무에 잠겨 있지는 않았다.

다행이라고 생각하는데, 재인이 속삭이듯 덧붙였다.

"화상을 입을 것 같아."

최악의 크리스마스라고 생각했다. 20년 전과 똑같이, 안 좋은 일만 잔뜩 있다고, 크리스마스와는 상성이 안 맞는다고 생각했다.

하지만 아니었다. 한 번도 본 적 없는 재인의 어머니를 기억해 주는 사람들이 있었다. 몇 번 마주친 적도 없는 재인의 선물을 사기 위해 아르바이트를 한 소년이 있었다.

온기가 있는 크리스마스는 최악이 아니다. 최고라고 말할 수는 없지만, 그래도 화상을 입을 만큼 따뜻한 크리스마스였다.

11장
서툰 사랑

갈비뼈에 금이 갔고, 약간의 뇌진탕 증상이 있다는 진단을 받았다. 며칠 입원해 있으라고 해서 한선이 대신 입원 수속을 밟았다.

재인은 환자복을 입고 병실 침대에 누워 있었다. 아까는 너무 정신이 없어서 몰랐는데, 한선은 무척 피곤한 표정이었다. 눈 아래가 거뭇한 것이 잠을 제대로 자지 못한 것 같았다.

"형사님, 피곤하신 거 아니에요?"

하고 물었더니, 한선이 씩 웃었다.

"전혀. 난 건강 빼고 시체잖아."

괜찮은 척 말하는 그의 모습에 고마운 한편 미안함을 느꼈다. 한선을 밀어낸 것은 재인이었다. 하지만 한선은 일부러 재인을 찾아와주었고, 재인의 목숨을 구해 주기까지 했다. 그가 아니었다면 두 번 다시 당하고 싶지 않았던 끔찍한 일을 또 당했을 것이다.

"류 형사님, 감사해요. 형사님 덕분에……."

"아니, 고맙다는 말, 두 번 들으면 쑥스러워. 거기까지만 하자. 그건 그렇고, 성현이랑은 무슨 일 있는 거냐?"

"아……."

성현의 상처 받은 눈빛이 떠올랐다.

"전……."

재인은 한선에게 솔직하게 말해도 좋을지 망설여졌다. 재인을 향한 한선의 마음을 알고 있었기 때문이다. 하지만 곧 마음을 다잡았다.

"류 형사님, 전 민성현 씨를 사랑해요."

순간 한선의 표정이 굳어졌지만, 그는 재인의 예상보다 빨리 표정을 풀고 고개를 끄덕였다.

"그래, 알아."

"안다고요?"

"응, 알아."

"그렇게…… 티가 나요?"

재인의 얼굴이 붉어졌다. 한선은 그런 재인이 귀엽다는 듯 바라보다가 다시 고개를 끄덕였다.

"나는 늘 인느님만 보고 있으니까 알지. 다른 사람들은 모를 거야."

"아……."

"걱정 마. 인느님은 여전히 완벽한 포커페이스를 유지하고 있어. 무슨 생각을 하는지 전혀 알 수 없으니까 안심해도 돼."

한선이 엄지를 척 들어 보이며 말했다. 재인은 애써 아무렇지도 않은 척 말하는 그를 향해 미소를 지어주고 싶었다. 하지만 웃음이 나오지 않았다.

이 마음을 아무에게도 들키지 않은 줄 알았다. 그런데 한선이 눈치를 챘다. 어쩌면 성현도 재인의 마음을 알고 있을지도 모르겠다. 아니, 알 것이 분명하다. 그는 타인의 마음을 읽는다고 생각될 만큼 예리하니까.

"인느님."

재인의 표정이 어두워지자 한선이 의자를 침대 옆으로 끌어와 앉았다.

"문제가 뭐야?"

"문제…… 그런 건 없어요. 그저 제 문제예요. 제가 감당할 문제."

"그 문제를 꼭 혼자 감당하란 법은 없잖아. 인느님 표정이 어두워지면 내 마음이 안 좋아. 그러니까 내 문제이기도 해."

"……."

"아, 혹시 내가 이러면 부담스럽나?"

"아뇨, 그런 게 아니에요."

재인이 황급히 대답했다. 한선이 씩 웃었다.

"그래, 그럼 한 번 말해 봐. 무슨 일인데 그래?"

사랑 고민을 털어놓을 수 있는 사람이 있으면 좋겠다고 생각했다. 지금 한 남자가 재인에게 어떤 고민이든 들어주겠다고 말하고 있었다.

하지만 그 남자는 재인을 사랑하는 남자였고, 재인은 그 사랑을 받아 줄 수가 없었다. 그런 남자에게 다른 남자를 사랑한다는 이야기를 하려고 하다니.

'나는 참 지독한 여자야.'

라고 생각하며 입을 열었다.

"제멋대로, 저도 모르는 사이에 민성현 씨를 사랑하게 됐어요. 민성현 씨한테는 아무 문제없어요. 그 사람은 그저 저를 도와주고 싶어 할 뿐이니까요. 저도 그걸 알고 있었는데, 오늘 민성현 씨한테 약혼녀가 있다는 이야기를 들었어요. 내가 처음으로 사랑하게 된 남자가 알고 보니 애인 있는 남자였던 거예요."

한선을 향한 미안함과 속내를 털어놓는 민망함. 그 때문에 한선의 경악한 표정을 보지 못했다.

"애인 있는 남자라는 걸 알게 됐는데도, 아까 민성현 씨한테 안기고 싶었어요. 그래서요. 그래서 못 보겠어요, 민성현 씨를. 그 품이, 그 손길이 다른 여자의 것이라는 걸 알면서도, 더 많이 원하게 될 것 같아서…… 그래서요. 당분간 민성현 씨와는 거리를 두는 게 좋겠다고 생각했어요."

단숨에 속마음을 털어놨다. 재인의 이야기가 끝났을 때도, 한선은 여전히 경악한 표정을 짓고 있었다. 재인은 그 표정이 자신의 이기적인 모습 때문일 거라고 오해했다.

"죄송해요, 류 형사님. 전 사실 저를 향한 류 형사님의 마음도 알고 있어요. 알면서도, 류 형사님을 이용했어요. 민성현 씨와 떨어져 있고 싶어서."

"……."

"이런 이야기도, 류 형사님한테는 하면 안 되는 건데. 달리 이야기할 사람도, 상담할 사람도 없어서요. 제 마음 좀 편하자고 자꾸만……."

"재인아."

미안한 마음에 주절주절 변명을 늘어놓는 재인의 손을, 한선이 꼭 붙잡았다. 한선이 이런 식으로 접촉을 해오는 것은 처음이라, 재인은 눈을 휘둥그레 뜨고 그를 쳐다봤다. 한선은 조금 쓴 미소를 짓고 있었다.

"미안할 거 없어. 네가 네 멋대로 민성현을 사랑하게 된 것처럼, 나도 내 멋대로 널 사랑하게 된 거야. 그러니까 나한테는 미안할 거 없어."

"……류 형사님."

"난 너한테 눈이 먼 남자야. 이용하고 싶은 만큼 이용해도 돼. 그런 걸로 널 원망하고 미워할 만큼, 내 사랑이 작지는 않으니까."

혈기에 차 있던 평소와는 달리 고백을 하는 그의 음성은 담담해서, 오히려 감미로웠다. 지금껏 봐 온 모습과는 다른 그의 달콤한 사랑 고백이 재인의 심장 위에 내려앉았다.

그의 마음은 이미 알고 있었다. 하지만 그의 입술이 직접 만들어 내는 고백은 의미도, 느낌도 달랐다. 가슴에 미묘한 감정이 번지는 것을 자각하지 못한 채 멍하니 한선의 얼굴을 응시하는 재인을 향해, 그는 다정한 미소를 지으며 덧붙였다.

"그래, 난 널 사랑해."

병실을 나온 한선은 그대로 주저앉아 두 손으로 머리를 거머쥐고 있었다. 지나가던 간호사가 이상하다는 듯 쳐다봤지만, 그런 건 아무래도 좋았다.

'으아아아아악!'

한선은 소리 없는 절규를 하는 중이었다.

'난 미쳤어!'

덜컥 고백을 하고 말았다. 그럴 생각으로 재인을 찾은 게 아니었는데.

'난 미쳤다고!'

재인에게 고백을 한다면 좀 더 근사하게 하고 싶었다. 풍성한 꽃다발도 준비하고, 멋진 정장도 입고, 썩 괜찮은 레스토랑에서 저녁을 먹으며…… 여러 가지로 꿈꾸던 것들이 있는데, 이렇게 갑작스럽게 고백을 해 버렸다. 그것도 구타를 당해 갈비뼈 골절까지 당해 누워 있는 사람에게.

'난 멍청이야! 로맨스 같은 건 개나 줄 놈이라고!'

죄 없는 머리카락을 쥐어뜯으며 괴로워하는 동안, 주머니 속의 휴대폰이 계속 진동했다. 확인하지 않아도 주학에게 온 전화라는 것을 알 수 있었다.

"네, 선배. 지금 출발했습니다."

[구라 까고 자빠졌네! 너 30분 전에도 그 소리했잖아!]

"에이씨, 이번에는 진짭니다! 10초만 기다리십쇼!"

전화를 끊은 한선은 벌떡 일어나 성큼성큼 복도를 걸었다. 마음은 급했지만 병원 복도에서 뛸 수는 없었다. 건물 입구를 나오자마자 달리려던 한선은, 입구 근처에 서 있는 훤칠한 남자를 발견하고는 우뚝 멈춰 섰다.

성현이었다. 얼떨결에 고백했다는 충격 때문에 잠시 잊고 있었다. 재인이 말했던 경악할 만한 진실을.

한선은 성현의 앞으로 가서 그를 똑바로 노려봤다. 성현은 조금 힘없는 표정으로 한선의 눈빛을 받아 냈다. 늘 자신만만했던 녀석인데, 맥 빠진 모습을 보니 안쓰럽다는 생각이 들었다.

'아니, 제 잘난 맛에 사는 놈이 안쓰럽긴 뭐가 안쓰럽다는 거야!'

한선은 고개를 휘휘 저어 쓸데없는 잡념을 털어 냈다.

"너, 여기서 뭐하냐?"

"여왕님의 알현 허가를 기다리고 있지."

농담인지 진담인지 알 수 없는 말이었다. 한선은 인상을 찌푸리고 성현의 얼굴을 꼼꼼히 살펴봤다. 재인처럼 타인의 거짓말을 알아내는 능력은 없지만, 성현이 진지하다는 것만은 알 수 있었다.

"오늘 민성현 씨한테 약혼녀가 있다는 이야기를 들었어요."

또다시 재인의 목소리가 떠올랐다.

'정말로?'

아까는 재인이 말하는 걸 듣느라 미처 묻지 못했다.

'정말이야? 이 녀석한테 약혼녀가 있다고? 네 허락이 떨어지지 않았다고 오매불망 병원 앞에서 대기하고 있는 이놈한테, 다른 여자가 있단 말이야?'

믿어지지 않았다. 재인이 성현을 사랑하는 것보다, 성현이 재인을 사랑한다는 것을 먼저 눈치챘다. 그만큼 성현의 마음이 고스란히 겉으로 드러났기 때문이다.

그것이 착각이었단 말인가.

"하나만 묻자."

"응."

"너, 약혼녀 있냐?"

"응."

"……있다고?"

"응."

"정말?"

성현이 피식 웃었다. 바람이 부는 것 같은 미소였다.

"이런 걸로 거짓말을 할 이유가 없잖아. 질투해?"

"너……!"

멱살을 쥐려다가 관뒀다. 한선이 성현에게 화를 낼 권리는 없었다. 성현은 재인을 향한 자신의 마음이 '사랑'이라고 말한 적 없었다. 객관적으로 보면 '사랑'이 아닌데도 발 벗고 나서서 재인을 도와주는 성현은 '좋은 사람'이었다.

한선에게도, 재인에게도, 그를 비난할 명분이 없었다.

"알현 허가는 떨어질 일 없을 거다. 그냥 돌아가라, 추우니까."

한선이 성현의 어깨를 툭 치며 말했다.

"재인이 상태는 어때?"

"가벼운 뇌진탕 증상에 갈비뼈 골절. 전치 8주 나왔다. 병원에 며칠 입원해 있기로 했고, 퇴원해도 한동안은 격하게 움직이면 안 돼."

"이런 경우 한국에선 최명진에게 어떤 처벌이 내려지지?"

"무단침입에 폭행상해, 강간미수 정도겠지. 큰 처벌을 받진 않을 거다."

"그것참 통탄할 노릇이군."

비통한 음성으로 말한 성현은 더 이상 대화하고 싶지 않다는 듯 입을 다물었다. 한선은 그의 어깨를 두드려줄까 하다가 관두고 다시 걷기 시작했다.

한선은 사건 때문에 가 봐야 한다고 했다.

토막시체의 일부가 발견되었다는 것은 뉴스를 통해 알고 있었다. 다만 그 사건을 담당한 것이 한선인 줄은 몰랐다. 어마어마하게 바쁠 텐데 시간을 쪼개 재인을 만나러 와준 한선에게 고마웠다.

한선이 나간 후, 멍하니 천장을 응시했다. 링거에 진통제 성분이 들어 있어서 몸이 아프진 않았다. 하지만 명진과 단둘이 집에 갇혀 있을 때의 끔찍한 기분이 사라지지 않았다. 한선과 함께일 땐 괜찮았는데, 혼자가 되자마자 무서워지다니.

'트라우마가 생기게 놔두면 안 돼.'

재인은 이불을 꽉 움켜쥐었다.

'집에 돌아가면 또 혼자일 텐데, 그 집에 들어가는 게 무서워지면 안 돼. 무서울 거 없어. 그놈은 잡혀 들어갔어. 이번엔 쉽게 풀려나지는 않을 거야.'

하지만 불쾌한 속도로 뛰는 심장이 진정될 기미를 보이지 않았다. 재인은 마른침을 삼키며 눈을 감았다.

입을 틀어막은 손과 온몸에 쏟아지던 구타가 생생하게 떠올랐다. 명진이 재인의 옷을 잡아채 뜯어낼 때의 감촉, 그 소리.

앞으로 한동안은 잊히지 않으리라.

덜컥—

밖에서 누군가 병실 문을 치고 지나갔다.

움찔—

그 소리만으로도 재인은 바짝 긴장해서 고개를 돌려 병실 문을 노려봤다. 금방이라도 문이 벌컥 열리고 칼을 든 명진이 뛰어들어올 것만 같았다. 물론 그런 일은 일어나지 않았다.

그런데도 재인은 긴장을 늦출 수가 없었다. 얼마나 긴장하고 있는지 온몸의 근육이 당길 정도였다.

의식하지 못했는데, 몸이 부들부들 떨리고 있었다.

드드드드드드—

그때, 휴대폰이 울렸다. 그 소리에도 재인은 벌떡 일어날 만큼 놀랐다. 한선에게 문자가 와 있었다.

[창문 밖을 봐봐.]

'뭐지?'

의아하게 여기며 침대에서 내려왔다.

울렁—

뇌진탕 증상 때문인지 속이 메스꺼웠다. 배에 손바닥을 대고 비틀거리며 창가로 향했다.

커다란 창문으로 보이는 진청빛 밤하늘. 재인은 고개를 숙여 아래를 내려다봤다.

병원을 오가는 사람들이 보였다. 그리고 그 사람들 사이에서, 재인은 한 사람을 단번에 찾아낼 수 있었다. 그는 미동도 없이 가만히 서서 병원 입구를 응시하고 있었다. 주인의 허락이 떨어지기를 기다리는, 충성스러운 개처럼.

지끈—

'당신은 오지 마.'라는 재인의 명령을 지키기 위해, 그는 그곳에 꼼짝도 하지 않고 있었다.

오늘따라 바람이 거센 밤인데, 저렇게 얇은 코트 하나만 입고는 무척이나 추울 텐데.

재인은 저도 모르게 뻗었던 손을 거둬들였다. 그를 부르고 싶었다.

민성현 씨. 나 여기에 있어. 여기로 올라와.

그러나 부를 수 없었다. 그를 부르는 목소리는 분명 평소보다 한 톤 높고 조금 빠를 것이다. 그러면 예리한 그는 눈치채겠지. 사랑에 빠진 여자의 목소리라는 것을.

그를 바라보는 눈은 촉촉하고 애절할 것이다. 그를 향한 몸짓, 입가 근육의 움직임, 빨라진 호흡. 그 모든 반응이 그를 향한 애정을 고스란히 드러낼 것이다.

그러니까 지금은 참자.

그의 품을 간절히 원하게 되는 지금은. 그를 향한 마음을 감출 수 없는 지금은.

성현은 병원 입구를 응시하며 조용히 서 있었다. 차가운 바람이 살을 에는 듯 불어왔지만, 성현은 코트 깃을 여미는 행동조차 하지 않았다.

얼마나 그러고 있었을까. 빛 무리에 감싸인 인영이 시야 가득 들어왔다. 병원 안에는 많은 사람들이 있었지만, 성현의 망막에 맺힌 상은 딱 하나뿐이었다.

천천히 걸어온 그녀가 성현의 앞에 섰다. 재인은 조금 슬퍼 보이는 미소를 짓고 있었지만, 그녀의 연갈색 눈동자는 여느 때와 마찬가지로 투명하게 빛났다.

어떻게 해야 할까. 성현은 재인이 무슨 생각을 하는지 하나도 알 수가 없었다. 그녀가 느끼는 감정의 한 조각조차 짐작하기 힘들어서 초조했다.

알아야만 하는데. 그래야 재인이 원하는 말과 행동을 해 줄 수 있을 텐데.

그러나 초조하면 초조할수록 희미해지기만 했다. 처음에는 이렇지 않았는데. 무엇을 바라는지 정확히 알 수 있었는데.

불안함에 가슴이 옥죄었다. 그녀가 원하는 말 한 마디 해 줄 수 없는 나란 남자는 매력 없지 않을까. 원하는 행동 하나 해 주지 못하는 나란 남자는 지루하지 않을까.

성현은 태어나서 처음으로 자신감이 전혀 없는 자신의 모습을 깨달았다. 늘 그래왔듯 재인을 쓰다듬고 포옹하고 싶은데, 그녀가 싫어할까 봐 겁이 났다. 그래서 성현은 주먹을 꽉 쥐고 재인이 입을 열기만 기다렸다.

한참 동안 성현을 올려다보던 재인은 어쩔 수 없다는 미소를 지으며 말했다.

"춥잖아. 들어가자."

묻고 싶은 것이 많았다. 하지만 재인은 성현에게 아무것도 묻지 않았다. 성현은 차마 재인에게 가까이 다가올 수 없다는 듯 병실 구석에 우두커니 서 있었다.

체온이 느껴지지 않을 만큼 먼 거리에 함께 있을 뿐이었다. 그럼에도 재인은 그 덕분에 명진에 대한 공포가 사라졌음을 깨달았다. 어느새 성현은 재인에게 그러한 존재가 되어 버린 것이다.

"왜 그렇게 멀리 있어?"

침대에 앉아, 재인이 물었다. 성현은 눈썹 끝을 살짝 늘어뜨렸다가 미소를 지었다. 어쩐지 애달픈 미소였다.

"가까이 가도 돼?"

"왜 그런 걸 물어봐? 다른 때는 오지 말래도 오면서."

"지금 난 자신감이 바닥을 쳤거든. 내가 하는 행동이 옳은지 그른지, 내 머리로 판단을 할 수가 없어."

그가 무슨 말을 하는 건지 알 수 없었다. 다만 그는 진심을 말하고 있었고, 재인은 그가 조금 더 가까이 와주었으면 했다. 그 품에 안기는 것은 사치이더라도, 그의 달콤한 향기를 가까이에서 맡는 것은 괜찮지 않을까.

"가까이 와도 돼."

라고 말했더니 그는 기다렸다는 듯 재인의 침대 옆으로 왔다. 그의 손이 재인의 머리로 향하다가 멈칫 움츠러들었다. 그는 허공에서 머뭇거리던 손을 도로 코트 주머니에 집어넣고, 침대 옆의 의자에 앉았다. 아까 한선이 앉아 있던 의자였다.

"몸은 어때?"

"진통제 때문에 아프진 않아. 속은 좀 울렁거리고."

"그래."

그가 미간을 좁혔다.

"미안해, 여왕님."

"당신이 미안할 일이 아니잖아."

"아니. 난 여왕님을 지켜야 했어. 이런 일이 벌어질지도 모른다는 걸 염두에 뒀어야 했는데."

검은 눈동자가 어둡게 침잠했다. 그는 재인보다 더 고통스러워 보였고, 조금 겁에 질린 것처럼 보이기도 했다. 그러고 보니, 그는 아까 밧줄을 끊는 것조차 할 수 없을 정도로 몸을 떨었다.

"민성현 씨. 당신은 통찰력이 뛰어나고 예리하지만 신이 아니잖아. 모든 걸 알 수 없는 게 당연해."

"그래, 당연하지. 당연하지만 그래도……."

그가 고통스럽게 일그러진 표정으로 재인의 뺨을 향해 손을 뻗었다. 하지만 그의 손은 재인의 볼에 닿기 전에 멈췄다.

"여왕님이 이렇게 다쳤잖아."

"괜찮아. 죽지 않았잖아."

"그런 문제가……!"

"정말이야, 민성현 씨. 난 정말 괜찮아. 오히려 이번 일로 알게 됐어."

"뭘?"

"내가 살고 싶어 한다는 걸."

"……."

"내가 내 생각보다 훨씬 더 이 삶에 집착하고 있다는 걸."

"그래?"

"응, 그래. 그러니까 괜찮아. 사람은 이렇게 하나, 하나 배워가는 거잖아."

성현은 가볍게 한숨을 내뱉었다. 재인이 위로를 해 주기 위해 이런 말을 하는 건지, 정말 그렇게 생각하는 건지 알 수 없었다. 이런 작은 것조차도 파악할 수 없게 되다니.

"이제 그만 돌아가도 돼."

재인이 묘하게 밀어내는 듯한 어투로 말했다.

"여기 있고 싶어."

"불편하잖아."

"여왕님 곁에 있을 땐 불편함 같은 거 못 느껴."

성현의 말에 재인이 곤란하다는 듯 미간을 좁혔다.

그녀의 표정을 보며, 성현은 아차 싶었다.

혹시 너무 과한 말을 내뱉은 걸까? 돌아가라고 할 때 그냥 돌아갔어야 했나?

긴장을 늦출 수가 없었다. 상대의 감정을 이렇게까지 못 읽게 되다니. 혹시라도 재인의 기분을 상하게 할까 봐 두려웠다.

"난 졸려."

"내가 있으면 못 잘 것 같아?"

못 잘 것 같아, 라고 대답해야 했다. 그게 사실이니까. 하지만 재인은 조심스럽게 묻는 성현을 매몰차게 대할 수가 없었다.

"그런 건 아냐. 그냥 당신이 불편할까 봐……."

"난 안 불편해."

성현이 고집스럽게 말했다.

"알겠어, 그럼. 난 좀 잘게."

"응."

눈을 감았다. 그에게서 풍겨오는 달콤한 향기가 그의 존재를 자각케 했다. 눈을 감아도 망막에 맺힌 그의 모습이 사라지지 않았다. 오히려 또렷하게 맺혀, 재인을 자극했다.

하루 동안 많은 일이 있었다. 몸이 고된데도 잠 잘 수가 없었다. 그가 바로 옆에 있는데 편히 잘 수 있을 리가 없다. 그의 숨소리와 기척이 고스란히 전해졌다.

그는 재인을 배려하려는 듯 조용히 있었지만, 그 정도로는 부족했다. 그의 존재 자체가 재인의 온 신경을 곤두서게 만드는 거니까. 그래도 재인은 눈을 뜨지 않고 계속 자는 척을 했다. 눈을 뜨면 그와 대화를 해야 했고, 대화를 하다 보면 그에게 묻고 싶을 것이 분명했다.

어째서? 당신은 애인이 있으면서 왜 나한테 그렇게 잘해 준 거야? 약혼녀가 있다는 걸, 왜 진작 말해 주지 않은 거야? 애인이 있으면서도 날 그렇게 만진 이유가 뭐야?

그렇게 질문하면 그는 어떤 대답을 할까?

가장 듣고 싶지 않은 대답이 하나 있었다.

'네가 불쌍해서.'

그의 모든 행동이 동정심에서 비롯되었다는 것만큼은 알고 싶지 않았다. 그냥 이대로 모르는 채 넘어가고 싶었다.

'난 정말 겁쟁이야.'

그는 타인의 감정에 부딪치라고 했다. 재인은 그의 말대로 타인의 감정을 정면으로 마주 보고 부딪치기 위해 노력했다. 하지만 단 한 사람, 민성현에게만큼은 그럴 수가 없었다. 재인을 향한 그의 감정을, 그 진실을 알게 되는 것이 두려웠다.

얼마나 그렇게 눈을 감고 있었을까. 그가 움직이는 것이 느껴졌다. 눈을 감고 있는데도 그의 손이 다가온다는 것을 알 수 있었다. 커다란 손이 재인의 머리 근처에서 머뭇거렸다. 닿지도 않았는데 체온이 전해졌다.

'쓰다듬어 줘.'

라고, 재인은 생각했다.

'평소처럼 쓰다듬어 줘.'

그러나 그의 손은 재인의 몸에 닿지 않고 원래의 자리로 돌아갔다. 그가 작게 한숨을 내쉬었다. 아주 작은 소리인데도, 재인에게는 총 소리처럼 크게 들렸다.

재인은 그에게 들키지 않도록, 이불 안에서 주먹을 꽉 쥐었다. 그가 내쉰 한숨의 의미를, 재인은 그 여느 때보다도 간절히 알고 싶었다.

오후 4시 30분.

오랜만에 밟은 한국 땅을 즐기기도 전에 라연은 휴대폰부터 꺼냈다. 성현에게 전화를 걸었지만 신호만 갈뿐 전화를 받지 않았다.

한 번, 두 번, 세 번. 몇 번이나 걸어도 마찬가지였다. 예상했던 바였다.

라연은 인상을 찌푸리고 휴대폰을 노려봤다.

'감히 내 전화를 안 받아?'

성현을 알게 된 지 8년이 넘었다. 그동안 성현이 갑자기 사라지는 일은 여러 번 있었다. 하지만 이렇게 오랫동안 그를 보지 못한 것은 처음이다.

성현의 그림 같은 얼굴이 무척이나 그리웠다. 그의 나직한 음성도, 긴 손가락도. 얼른 만나서 그와 포옹하고 그의 부드러운 입술을 맛보고 싶었다.

라연은 아랫입술을 혀로 핥으며 성현에게 문자를 보냈다.

[나 한국에 도착했어. 지금 당장 공항으로 데리러 오지 않으면 어머님께 전화드릴 거야.]

성현이 있으면 절대 못 잘 줄 알았지만, 몸이 피곤하기는 했나 보다. 창문으로 아침 햇살이 들어올 무렵 까무룩 잠이 들었다가 깨어났을 때는 오후 3시를 넘긴 시간이었다.

그때까지도 성현은 재인의 침대 옆에 가만히 앉아 있었다. 흐트러지지 않은 그의 차림새를 보니, 한숨도 자지 않고 재인의 곁을 지킨 것 같았다.

"잘 잤어?"

잠에서 깨자마자 들려오는 그의 나직한 음성이 듣기 좋았다.

"당신, 하나도 안 잤지?"

"잤어."

"거짓말."

"정말로."

"그런 것치고는 너무 멀쩡한데?"

"난 잠을 잘 때도 멋진 자세로 자거든. 자다 깬 티를 내지는 않지."

"거짓말쟁이."

그가 빙그레 미소를 지었다. 재인은 안심했다. 늘 보던 근사한 미소였다.

재인이 화장실에 들어갔을 때, 혜란이 찾아왔다. 노크를 하고 들어온 혜란이 성현을 발견하고는 그의 옆으로 다가왔다.

"재인이는?"

"씻고 있습니다. 요새 바쁘시죠?"

"나야 뭐, 그렇게 바쁠 것도 없지. 류 형사가 큰일이야."

"그러게요."

"대체 어떻게 미쳐야 시체를 토막내서 얼려둘 수 있는 거지?"

"약물 반응은 없었습니까?"

"응, 없어. 다행히 죽은 후에 썰었고. 재인이 상태는 어때?"

"지금은 좀 나아진 것 같은데……."

성현이 말끝을 흐렸다. 혜란이 미간을 좁히고 성현을 빤히 응시했다.

"왜 그렇게 보십니까?"

"민 교수, 뭔가 좀 달라졌는데?"

"제가요? 무슨 그런 섭섭한 말씀을. 전 한결같은 남자입니다. 대쪽 같다고들 하죠."

"대체 누가?"

"두루두루 그런 소리를 듣고 다닙니다."

"전엔 그런 소리를 들었을지도 모르겠지만 지금은 아냐. 변했어, 민 교수."

"역시 그렇……습니까?"

성현이 한 손으로 입가를 문질렀다. 당혹스러움이 묻어 나오는 그의 행동에 도리어 혜란이 당황했다.

이 인간이 또 무슨 미친 짓을 하려는 거지? 하지만 성현은 미친 짓을 하는 대신 혼잣말처럼 질문을 내뱉었다.

"이걸 대체 어째야 할까요? 정 교수님 눈에까지 그렇게 보인다니."

"무슨 문제라도 있는 거야?"

"네, 그게……."

성현이 막 입을 열었을 때,

달칵—

화장실 문이 열리고 재인이 나왔다. 머리띠로 앞머리를 뒤로 넘긴 재인은, 갈비뼈의 통증 때문에 살짝 인상을 찌푸리고 있었다.

"아, 정 박사님."

서툰 사랑

혜란을 발견한 재인이 고개를 숙여 인사하다가 "윽." 작은 신음을 내뱉었다. 거의 들리지 않을 정도로 작은 소리였는데도 성현은 벌떡 일어나 재인에게 다가갔다.

"많이 아파?"

그런 성현의 모습을 보며, 혜란은 '개 같다.'라고 생각했다.

'안절부절못하는 게, 주인 눈치 보는 개 같네.'

'강아지'라는 귀엽고 좋은 어감의 단어를 놔두고 혜란은 굳이 '개' 같다고만 표현했다.

"괜찮아. 그런데…… 전화 오는 것 같은데."

그러고 보니 성현의 바지 주머니에 들어 있던 휴대폰이 진동하고 있었다.

"안 받아도 돼."

라고 성현은 말했지만, 휴대폰은 지치지도 않고 울려 댔다.

"받는 게 좋을 것 같은데. 진동 소리 거슬려."

재인의 말에 성현이 얼른 휴대폰을 꺼냈다. 그 모습을 보며 혜란은 다시 한 번 생각했다.

'진짜 개 같네.'

휴대폰을 확인한 성현의 미간에 깊은 굴곡이 생겼다. 성현은 휴대폰 액정을 한참 노려보다가 도로 주머니에 넣었다.

"아무래도, 여왕님."

성현이 미소를 지었다. 이번에는 별로 근사하지 않았다. 애써 짓는 미소라는 것을, 재인은 알 수 있었다.

"잠시 외출을 해야 할 것 같아. 금방 돌아올게."

"아니, 안 와도 돼."

재인은 전화를 걸어온 상대가 누군지 알 것 같았다.

"혼자 있어도 괜찮아."

"내가 여왕님을 혼자 내버려 둘 리 없잖아."

성현의 다정한 음성에, 재인은 비명을 지르고 싶어졌다. 성현을 처음 만났던 날을 똑똑히 기억하고 있다.

정체불명의 귀찮은 미친 인류.

그때도 비명을 지르고 싶긴 했지만, 이 정도는 아니었다. 지금은 자제하기 힘들 정도의 감정이 뱃속에서 폭발해 머리꼭대기까지 올라와 뇌를 헤집었다.

하마터면 이곳에 혜란이 있다는 것도 잊고, 버럭 소리를 지를 뻔했다.

그런 말 하지 마! 약혼녀가 전화를 해 대는 상황에서, 나한테 그렇게 달콤한 소리하지 말라고!

재인은 터져 나오려는 비명을 간신히 삼켰다.

"내가 재인이랑 같이 있을 거야. 이따 류 형사도 올 거고."

때마침 끼어든 혜란 덕분이었다.

"정 박사님이 계셔 준다면 안심이죠. 그럼 내 여왕님 좀 잘 부탁드립니다."

성현은 혜란에게 살짝 고개를 숙여 보이고는 병실에서 나갔다. 병실 문이 닫히는 것을 확인한 재인은 작게 한숨을 내쉬며 침대에 앉았다.

지끈. 지끈.

가슴이 아팠다. 갈비뼈에 금이 가서가 아니었다. 그보다 깊은 곳에서부터 시작된 아픔이 전신으로 퍼졌다. 속이 메스꺼웠다. 파리한 재인의 얼굴을 살펴보며, 혜란이 물었다.

"두 사람, 무슨 일 있는 거야?"

"아니, 아무것도 아니에요."

"아무것도 아닌 게 아닌데. 민 교수는 어쩐지 자신감이 없어 보이고, 재인이 넌…… 안색이 안 좋아."

"아프니까요."

"그런 건 아닌 것 같은데. 무슨 일이야, 대체?"

"그러게요."

무슨 일일까요, 정말? 재인이야말로 묻고 싶었다.

대체 내게 무슨 일이 벌어지고 있는 걸까요? 언제 이렇게까지 저 남자를 사랑하게 되어 버린 걸까요? 저 남자는 대체 왜 내게 저리도 다정한 걸까요? 나는 왜 그에게 약혼녀가 있다는 걸 알면서도 그의 품을 원하는 걸까요? 이럴 때는 도대체 어떻게 해야 하는 걸까요?

재인은 혜란에게 던지고 싶은 수많은 질문 대신, 한 마디를 내뱉었다.

"약혼녀가 있대요, 민성현 씨는."

라연은 아랫입술을 자근자근 씹으며 시간을 확인했다.

[기다려.]

성현에게 답장이 온 지 40분이 지났다. 아직 성현은 오지 않았다.

'설마 안 오는 건 아니겠지?'

불안했다. 하지만 곧 그 생각을 지웠다. 어머니에게 연락하겠다고 말했는데, 성현이 오지 않을 리 없었다. 성현은 자신의 어머니에게 유독 약했다.

라연은 길고 풍성한 곱슬머리를 뒤로 넘기며 주위를 둘러봤다. 겨울이라 짧아진 해가 뉘엿뉘엿 지고 있었다. 한국은 미국보다 훨씬 추워서 입고 온 코트만으로는 몸이 으슬으슬 떨렸다. 성현이 오면 백화점에 가서 두꺼운 점퍼를 몇 벌 사야겠다.

그런 생각을 하고 있을 때, 택시가 라연의 앞에 멈췄다. 뒷문이 열리고 긴 다리가 밖으로 나왔다. 다리의 모양만 보고도 그 주인이 성현이라는 것을 알 수 있었다.

"오빠."

하마터면 주책맞게 그를 향해 뛰어갈 뻔했다. 간신히 정신을 차리고 꼿꼿이 허리를 세웠다. 여자가 먼저 달려드는 건 모양이 안 좋다. 안 그래도 한국까지 뒤쫓아 온 것 때문에 가치가 떨어지는 것 같아서 마음에 걸리는데.

"리젤."

택시에서 완전히 내린 성현이 라연을 향해 걸어왔다. 그는 북적거리는 공항에서도 모두의 시선을 모을 만큼 멋있었다. 저무는 해를 등진 그는 빛 무리에 감싸여 있었고, 라연은 그런 그의 모습이 무척이나 눈부셨다.

성현이 라연의 앞에서 걸음을 멈췄다. 라연은 고개를 바짝 올리고 무척이나 그리웠던 그의 검은 눈동자를 똑바로 응시하며 말했다.

"보고 싶었어, 오빠."

성현은 조금 수척해 보였다. 라연이 그의 볼을 만지기 위해 손을 내밀었는데, 성현이 슬쩍 뒤로 물러나 그녀의 손을 피했다.

"한국엔 어쩐 일이지?"

그가 낮은 음성으로 물었다.

"어쩐 일이긴. 아무리 연락해도 받아 주지도 않고, 돌아올 생각도 없는 것 같아서 내가 데리러 온 거야. 오빠 미국에서 할 일 많잖아."

"지금 내가 해야 할 일은 하나뿐이야."

"대체 그게 뭔데?"

"그런 건 네가 알 거 없고. 네가 알아야 할 건 두 가지야. 첫 번째, 날 귀찮게 할 생각이라면 미국으로 돌아가는 게 좋겠다. 두 번째, 우리 약혼은 취소야."

라연의 어깨가 움찔 떨렸다. 약혼 취소를 말하면서도 성현의 얼굴에는 미안함이 없었다. 그는 서늘하게 느껴질 만큼 무심한 눈으로 라연을 응시하고 있었다.

사실은 알고 있었다. 라연을 향한 그의 눈에 애정이 담긴 적이 단

한 번도 없다는 것쯤은.

그래도 상관없다고 생각해 왔다. 어차피 민성현이 누군가를 사랑할 일은 없을 테니까. 자기 자신을 가장 사랑하는 그에게, 더 사랑하는 누군가가 생길 리 없으니까.

그러니까 그의 '유일한' 약혼녀라는 지위를 가질 수 있다면, 그것으로 충분하다고 생각했다. 그는 약속을 반드시 지키는 남자니까, 약혼이 파기되는 일 따위는 일어나지 않을 줄 알았다.

"싫어."

라연이 입술을 달싹거렸다. 자신의 고운 목소리를 들으니 조금 용기가 생겼다. 그래서 이번에는 좀 더 분명하게 말했다.

"약혼 취소, 난 납득 못해."

"네 이해를 구한 적 없어. 우리의 약혼 조건, 잊은 건 아니겠지?"

기억하고 있었다. 35살이 될 때까지 서로에게 사랑하는 사람이 생기지 않으면 결혼을 하자. 그 전에 사랑하는 사람이 생긴다면, 질척거리지 말고 서로를 놓아주자.

그런 약속이었다. 하지만 라연은 처음부터 그 약속을 지킬 생각이 없었다.

"사랑하는 사람이 생겼어?"

"그래."

조금도 망설이지 않은 그의 대답이 라연의 심장을 움켜쥐었다. 라연은 칼에 찔린 듯한 통증을 느끼며 아랫입술을 깨물었다.

"그래서…… 그래서? 그 여자도 오빠가 좋대?"

이번엔 성현이 허를 찔린 표정을 지었다. 그가 속마음을 겉으로 드러내는 것은 처음 봤다. 라연은 그를 당혹케 만든 것이 기쁘면서도, 그 여자 때문에 표정을 갈무리 못 하는 그의 모습에 화가 치밀었다.

"어떤 여자야, 그 여자? 배경이 든든해? 아니면 나보다 예쁘고 몸매도 좋아?"

"그런 건 문제도 아니고, 네가 알 필요도 없어."

"왜 알 필요가 없대. 계약이든 뭐든, 난 오빠랑 약혼한 사이야. 이런 식으로 이별을 고하는 건, 예의에 어긋나지 않아?"

"리젤, 알츠하이머에 걸리기라도 한 거야? 우리의 약혼엔 분명 조건이 걸려 있었어."

"하지만 우리가 약혼한 지 벌써 3년이 지났어. 그런 조건 같은 거……."

"사라지지 않아. 변하지도 않고."

성현이 무거운 음성으로 말했다. 라연은 눈을 크게 떴다가 인상을 찌푸렸다.

"한국에 있는 동안 청담동 아파트에 머물 거야. 데려다 줘."

"그래, 타."

성현이 택시를 가리켰다.

"난 저런 거 안 타."

"그럼 말든가."

성현은 더 이상 권하지 않고 몸을 돌렸다. 라연은 그가 혼자 택시에 타는 모습을 믿을 수 없다는 듯 지켜봤다. 택시 문이 닫히기 전, 라연이 얼른 택시에 올랐다.

"오빠 뭔가 오해하고 있어."

"오해는 네 쪽이 하고 있는 것 같은데."

"처음엔 장난처럼 시작한 약혼이겠지만, 이젠 아냐. 양가 부모님도 아시고, 오빠네 어머님도 날 무척 마음에 들어 하셔."

'어머님'이라는 호칭이 나오자 성현의 미간에 주름이 깊어졌다.

"이제 와서 사랑하는 사람이 생겼다며 오빠 멋대로 깨뜨릴 수 있는 약혼이 아니라는 거야."

"……."

"오빠 이제 어린애가 아니야. 언제까지고 오빠 마음대로 살 수 있을 거라고 생각하지 마."

성현은 대답하지 않았다. 아예 무시할 생각인 것 같았다. 라연은 그렇게 말하기는 했지만, 성현이 얼마나 제멋대로인 남자인지 알고 있었다.

그가 지금은 '어머니'라는 말에 반응하고는 있지만, 그것이 언제까지 통할지는 알 수 없었다.

"그리고 오빠가 사랑하게 된 여자. 어떤 여자인지는 모르겠지만, 그 여자는 오빠를 감당하지 못할 거야."

"그래?"

"그래."

"글쎄. 감당은 내가 못 하고 있는 것 같은데."

그가 씁쓸하게 중얼거렸다. 라연은 그의 모습에 또 한 번 울컥했다. 대체 어떤 여자이기에 민성현이 이런 표정을 짓게 만드는 거지? 얼마나 대단한 여자이기에?

길이 막혀서 예정 시간보다 늦게 아파트 앞에 도착했다. 부모님이 라연의 이름으로 사준 아파트였다. 그녀는 성현과 결혼하면 이곳에 신혼살림을 꾸밀 예정이었다.

"지금 어디 살아?"

"알 거 없어."

"왜 전부 알 거 없대? 난 아직 오빠 약혼녀야."

"리젤."

"날 그런 식으로 부르지 마. 나는 약혼 취소, 인정 못해. 그래, 우리가 약혼에 조건을 걸긴 했어. 하지만 그 여자도 오빠를 사랑하는 거 아니잖아. 그 여자가 오빠에 대해 얼마나 알아? 나만큼 알기는 해? 오빠에 대해 알고 나서도, 그 여자가 오빠가 원하는 모습으로 남아 있을 것 같아?"

라연은 다다다 쏘아붙이느라 성현의 표정이 굳어지는 것을 보지 못했다. 선뜻한 것이 라연의 입술에 닿았다. 성현의 지갑이었다.

그는 라연의 몸에 손을 대고 싶지도 않다는 듯, 지갑으로 라연의 입술을 막고 그녀를 노려봤다. 깊게 침잠한 그의 눈동자에 미미한 분노가 묻어 나왔다.

꿀꺽. 라연은 마른침을 삼켰다.

성현은 멋지고 유쾌한 남자였다. 어지간해서는 화를 내는 일이 없지만, 그렇기에 한 번 화를 내면 얼마나 무서워지는지 알고 있었다.

"리젤. 날 화나게 하지 마."

"……나도 화났어."

라연은 성현의 지갑을 옆으로 치우며 중얼거렸다.

"나도 화났어, 오빠."

"그래?"

"그래!"

"그렇다면 그건 네가 감당할 문제겠지. 내가 네 감정까지 책임져야 할 이유는 없어."

거기까지 말한 성현은 더 이상 대화하고 싶지 않다는 듯 돌아섰다. 라연은 그가 택시를 잡아타는 것을 지켜봤다. 택시가 출발하자마자 라연은 도로를 향하 손을 뻗었다. 마침 빈 차 한 대가 라연의 앞에 와서 멈췄다.

"앞에 저 택시를."

라연은 지갑에서 10만 원짜리 수표를 다섯 장을 꺼내 기사에게 건넸다.

"따라가 주세요."

한참을 달린 후, 성현이 탄 택시가 어느 아파트 앞에서 멈췄고, 그는 주저 없이 그 안으로 들어갔다. 라연은 아파트의 이름을 확인했다.

[동래 아파트]

아무리 좋게 봐줘도 괜찮은 아파트라고 봐주기 힘든 곳이었다. 아파트는 너무 낡았고 지역은 위험했다. 입구를 지키는 경비원조차 없었다.

'오빠가 이런 곳에 살 리 없고…… 그 여자가 사는 곳인가?'

어쨌든 성현의 발길이 닿는 곳 중 한 군데를 알게 되었다. 그와 연락이 끊기면 이곳을 찾아오면 되겠지.

혜란은 기가 막혔다.

성현에게 약혼녀가 있다니.

처음엔 재인이 잘못 알고 있는 거라고 생각했다. 하지만 곧 그 생각을 지웠다. 재인은 제대로 알아보지도 않고 허튼소리를 할 사람이 아니었다.

"배신에 대한 상처는, 제가 달게 받을 테니까요."

그렇다면 그때의 그 말은 뭐였지? 혜란은 이 상황을 도통 이해할 수가 없었다.

혜란의 기분을 읽어낸 재인이 담담하게 말했다.

"그렇게 놀라실 거 없어요, 정 박사님. 민성현 씨는 그저 좋은 마음으로 절 도와주고 있는 것뿐이니까요. 처음엔 너무 이상한 사람이라고 생각했는데, 알고 보면 좋은 사람이에요. 오지랖도 넓고."

아주 잠깐 재인의 얼굴에 애달픈 미소가 스쳤다가 사라졌다.

혜란은 인상을 찡그렸다. 좋은 사람? 오지랖?

아니, 남자는 이유 없이 '배신에 대한 상처는, 제가 달게 받을 테니까요.' 따위의 말을 하지 않는다.

게다가 그 말을 하는 성현의 눈빛은, 그를 잘 모르는 혜란이 보기에도 진심이 가득 담겨 있었다.

게다가 방금 전만 해도.

'그 미친놈, 진짜 개 같이 굴었다고!'

남자는 사랑하지도 않는 여자의 앞에서 '개 같이' 굴지 않는다. 사랑하는 여자의 앞에서만 충성스러운 애완견으로 변하는 것이 남자라는 동물이다.

"깜짝 놀랐어요."

재인의 목소리에, 혜란은 정신을 차렸다.

"사랑에 빠지게 될 줄 몰랐거든요. 그냥…… 너무 이상한 사람이라서요. 그런 미친 인류는 처음이라서, 그래서 유독 신경 쓰이는 거라고, 그래서 나도 모르게 마음을 열고 말았다고…… 그렇게만 생각했는데."

재인의 입가에 쓴 미소가 떠올랐다가 사라졌다.

"그런데 사랑이었더라고요."

"……."

"누구도 사랑하지 않고, 그렇게 살아가게 될 줄 알았는데. 참 이상해요, 사람 마음이라는 거."

재인의 솔직한 모습이 혜란을 놀라게 했다. 늘 무덤덤하고 자신의 이야기를 잘 하지 않는, 무뚝뚝한 아가씨라고 생각했다. 성현 덕분에 조금 마음을 열기는 했어도, 이렇게나 솔직담백하게 자신의 마음을 표현할 줄은 몰랐다.

'경험이 없어서인가?'

재인은 어릴 때부터 타인의 감정을 피하기만 해 왔다. 타인의 감정을 피하느라 자신의 감정 역시 무시했을 것이다.

그래서 어디까지 표현하고 어디까지 숨겨야 하는지, 잘 모르는 것인지도 몰랐다.

귀여웠다.

재인이 서툴게 자신의 감정을 표현하며 친밀하게 다가오려는 행동이 귀여웠다. 그래서 혜란은 저도 모르게 재인의 머리를 쓰다듬을 뻔했다.

혜란이 아무 말도 안 해서인지, 재인도 입을 다물었다. 잠시 침묵이 흘렀다. 무거운 침묵은 아니었다.

무슨 말을 해 줘야 할까? 이 서투른 아이에게. 재인과 혜란은 고작 3살 차이일 뿐인데도, 혜란의 눈엔 그녀가 무척이나 어리게 느껴졌다.

아무것도 모르는, 이제 막 세상을 향해 걸음마를 시작한 어린아이. 그래서 보호해 주고 싶고, 자꾸만 눈이 가는 귀여운 아이.

"마음, 많이 아프겠다."

혜란이 중얼거린 말에 재인이 눈을 크게 떴다가 곧 울 것 같은 미소를 지었다. 그 미소를 유지한 채, 재인은 자신의 가슴 위에 가만히 손을 얹었다.

재인의 손가락 끝이 미세하게 떨리고 있었다.

"맞아요. 아파요. 저는 이런 게 처음이라서 이럴 때 어떻게 해야 할지, 도무지 모르겠어요."

12장
불길한 흐름

　수영은 신경이 날카로운 상태였다. 며칠간 잠을 제대로 자지 못했다. 재인의 연갈색 눈동자가 계속해서 수영을 따라다녔다. 그 보석 같은 눈동자는 예리하게 수영의 머릿속을 파고들어 엉망으로 휘저었다. 다른 생각을 할 여유가 없었다.
　영주에게 연락이 온 것은 새해가 밝기 전날이었다.
　한 해의 마지막을 함께 보내자는 김 과장의 제안을 거절하고 일찍 집에 들어가려는데 전화가 걸려왔다. 회사 근처로 갈 테니 만나자는 전화였다.
　누군가를 만날 기분이 아니었지만 영주의 제안을 거절할 수가 없었다.
　회사가 끝나자마자 만나기로 한 커피숍으로 향했다. 영주는 화사한 적갈색 코트를 입고 커피숍 구석 자리에 앉아 있었다. 우아하게 커피를 마시는 그녀의 모습은 눈부시게 아름다웠다.

'저렇게 나이 들고 싶다.' 고 생각하며, 영주에게로 걸어갔다. 영주가 컵을 내려놓으며 시선을 슬쩍 들어 수영을 아는 체했다.

"왔구나."

기분 탓일까? 그녀의 목소리가 전과 다르다는 느낌을 받았다.

"네, 이모. 안녕하세요. 어쩐 일이세요?"

영주의 옆에 놓인 쇼핑백에 흘끗 시선을 던졌다. 버버리 쇼핑백이었다. 그걸 보는 순간 마음이 들떴다. 어쩌면 새해 선물을 주기 위해 만나자고 했을지도 모르겠다.

"몇 가지, 물어보고 싶은 게 있어."

라고 말하며, 영주가 쇼핑백 안에서 무언가를 꺼냈다. 수영의 기대와 달리, 그 안에서 나온 것은 두툼한 서류 봉투였다. 수영은 인상을 찌푸리고 그것을 노려봤다. 저게 뭘까?

"내가 20년 전부터 매달 100만 원씩 재인이 양육비를 지급했다는 거, 알고 있니?"

예상치 못한 주제였다. 수영은 뒤통수를 얻어맞은 것 같은 기분으로 멍하니 영주를 쳐다봤다.

"얼마 전에 재인이를 만났잖니. 그 애가 그러더라. 자기는 그 양육비를 쓴 적 없다고. 받는 줄도 몰랐다고."

아, 그때. 수영은 아랫입술을 잘근 깨물었다.

값비싼 선물을 받았다는 생각에, 재인과 영주의 만남에 대한 위험성을 생각하지 못했다.

오래전부터 받아 온 재인의 양육비. 그 양육비는 수영 가족의 생활비로 쓰였다. 재인이 집을 나간 후에도 양육비는 꼬박꼬박 들어왔고, 재인은 그 돈의 존재를 모르고 있었다.

"정말이니?"

수영은 영주가 무슨 생각을 하는지 알고 싶었다. 하지만 영주의 담담한 표정에서는 아무것도 읽어 낼 수가 없었다.

"그 돈, 재인이한테 한 푼도 안 쓴 거니?"

입안이 바싹바싹 말랐다.

"재, 재인이가 뭐래요?"

고작 내뱉은 말이 이거였다. 영주의 눈이 가늘어졌다.

"왜? 얘기 들어 보고 끼워 맞춰서 변명하게?"

"그, 그런 게 아니에요. 그…… 그 양육비는 잘 사용했어요."

"잘 사용했다고? 내가 듣기론 그렇지 않던데."

"재인이, 그 계집애가 이모한테 무슨 소리를 지껄였는지 모르겠지만, 그거 다 거짓말이에요. 걔, 어릴 때부터 관심받는 거 좋아했거든요. 허언증 있다는 거, 모르셨어요?"

"허언증?"

"네! 걔, 입만 열면 거짓말이었어요!"

"그러니?"

"그렇다니까요. 안 그래도 걔가 하는 거짓말 때문에 우리 엄마가 얼마나 고생했다고요. 우리가 걔한테 얼마나 잘해 줬는데, 입만 열면 거짓말해대고. 걔가 우리 가족에 대해서 나쁘게 말하는 바람에, 우리도 많이 상처받았어요."

"그럼 그 애가 한 이야기가 전부 거짓이라는 거야?"

"그렇대도요!"

"밥을 제대로 못 먹어서 영양실조로 쓰러진 거, 자기 방 없이 베란다에서 지낸 거, 교복을 사주지 않아서 학교에서 중고교복을 받은 거, 다 떨어진 운동화 신고 다녔던 거…… 그게 다 거짓말이란 소리지?"

이 사실들은 영주가 개인적으로 조사해서 알아낸 것들이었다. 하지만 그걸 모르는 수영은, 재인이 고자질했다고만 생각했다. 궁지에 몰린 수영의 얼굴이 빨개졌다.

"네, 그거 다 거짓말이에요. 걘 어릴 때부터 주위에다가 그렇게 말하면서 동정받는 걸 좋아했거든요. 우리가 걔한테 얼마나 잘해 줬는데요."

"흐응."

영주가 무슨 의미인지 모를 콧방귀를 뀌었다. 영주는 엄지로 턱을 받치고 검지로 입술을 톡톡 두드렸다. 수영은 숨도 제대로 쉬지 못하고 영주의 붉은 입술을 응시했다.

'괜찮아. 어차피 증거가 있는 것도 아니잖아. 다 옛날 일이야.'

수영은 떨리는 오른손을 왼손으로 감싸 쥐었다. 영주는 가볍게 한숨을 내쉬더니 쇼핑백에서 또 다른 봉투를 꺼내 수영에게 내밀었다.

"그럼 이건 어떠니? 이것도, 거짓말이니?"

서류봉투에 독이 묻어 있는 것도 아닌데 수영은 그것을 향해 손을 뻗지 못했다. 저 안에, 무언가 끔찍한 것이 들어 있을 것 같았다. 손을 대면 두 번 다시 돌이킬 수 없으리라.

"어머나. 마음에 걸리는 게 많은가 봐."

영주가 놀리듯이 말했다. 수영은 인상을 찌푸리고 영주를 노려봤다. 하지만 영주는 눈썹 하나 꿈쩍하지 않았다.

"안 열어볼 거니?"

"이게…… 뭔데요?"

"뭘 것 같은데?"

"전 이모가 저한테 왜 이러는지 모르겠어요."

"내가 왜 네 이모니?"

"네?"

"난 네 이모 아니야."

"아……!"

수영의 얼굴이 더 붉어졌다. 당황하는 수영을, 영주는 무심히 응시하며 말했다.

"나는 재인이를 내 딸처럼 아끼고 있어. 그래서 그 애가 성인이 된 후에도 조금이나마 보탬이 될까 싶어 양육비를 보낸 건데, 너희 가족이 그 애를 그런 식으로 대했을지 몰랐네."

"우린 할 만큼 했어요!"

"할 만큼? 뭘 했다는 거니?"

"애 한 명 거둬 키우는 게 얼마나 힘든 일인지 아세요? 게다가 걔는 우리 아빠를 꼬셨다고요!"

수영의 말에 영주가 피식 웃었다.

"어머나. 난 네가 그런 걸로 남을 비난할 줄은 몰랐는데."

"네?"

"너도 그런 짓 하잖니."

"그런 짓……이라니요?"

"너도 유부남들이랑 데이트하잖아."

수영의 눈이 커졌다. 수영은 뻣뻣하게 굳은 채로 시선을 아래로 내렸다. 봉투 안에 무엇이 들어 있는지 알 것 같았다.

"제…… 뒷조사했어요?"

갈기갈기 찢긴 목소리가 튀어나왔다.

"재인이한테 양육비에 대한 이야기를 듣고 났더니, 너희 가족이 어떤 사람들인지 알아야겠더라. 그런데 정말 그런 짓까지 하고 다닐 줄은 몰랐어. 만나는 남자가 한두 명이 아니던데, 능력 있네."

비아냥거리는 말에 울컥 화가 치밀었다. 내가 왜 여기서 저런 여자에게 이런 소리를 듣고 있어야 하는 거지?

수영은 주먹을 꽉 쥐고 영주를 노려봤다.

"아줌마가 할 소리는 아닌 것 같네요. 아줌마도 우리 이모부를 꾀어서 이혼 시키고 결혼한 거잖아요. 전 적어도 제 상대에게 이혼하라고 강요하진 않거든요."

"강요라니. 그이는 아내와 딸에게 지쳐 있었고, 그래서 스스로 이혼을 한 거야. 나는 그이가 결혼 중일 땐 만나지도 않았어. 그이가 이혼한 후에 내게 사랑을 고백해 온 거지."

"거짓말하지 마요."

"어머나, 거짓말이라니. 내가 왜 이런 일로 거짓말을 하겠니?"

"난 가야겠어요."

말로는 영주를 이길 수가 없음을 깨달았다. 수영이 일어나자 영주가 다리를 꼬며 턱으로 의자를 가리켰다.

"앉아."

"지랄하네."

수영은 중얼거리며 돌아섰다. 영주에게 얻어먹을 것이 없다면 더 이상 상대할 가치도 없었다. 명품 가방 몇 개 얻을 수 있을까 싶어서 예의 바르게 행동했을 뿐이다. 한물 간 아줌마랑 노닥거리느니 김 과장과 데이트를 하는 게 낫겠다.

"이 사진들."

팔락거리는 소리가 들렸다.

"회사에 뿌릴까?"

수영은 휙 돌아서서 영주를 노려봤다. 영주는 서류봉투 안에 들어 있던 사진들을 꺼내 살랑살랑 흔들고 있었다. 한두 장이 아니었다.

수영은 영주 따위에게 휘둘리고 싶지 않았다. 하지만 선택의 여지가 없었다. 취업난이 심각한 이때에 대기업인 금성제당에 들어갔다는 것은 수영의 유일한 자존심이었다. 저 사진을 회사에 뿌리면

직장을 잃게 될 뿐 아니라, 동종업계에 소문이 돌 것이다.

자존심이 상했지만 어쩔 수 없었다. 수영은 도로 자리에 돌아가 앉았다.

"저한테 대체 왜 이러는 거예요?"

"수영아. 나는 너랑 싸우고 싶은 생각 없어."

수영이 순순히 나오자 영주도 한결 부드러워진 목소리로 말했다.

"재인이 양육비를 그 애한테 쓰지 않았다는 게 화가 나기도 하고…… 그래서 네게 모질게 굴긴 했지만. 하아."

영주는 가볍게 한숨을 내쉬며 머리를 뒤로 쓸어 넘겼다.

"수영아, 난 정말로 재인이를 딸처럼 생각해. 그 애 아빠를 정말 사랑했고, 그래서 그이를 닮은 그 애와도 잘 지내고 싶었어. 하지만 재인이는, 날 미워했지."

"……."

"얼마 전에 만났을 때 화해를 하고 싶었는데, 그 애는 계속 날 나쁜 여자로만 만들더구나. 내가 무슨 말을 해도 들어줄 눈치가 아니었어."

영주의 눈가가 촉촉하게 젖었다. 영주는 냅킨으로 눈가를 꾹꾹 찍어 누른 후, 쇼핑백에서 무언가를 꺼냈다. 버버리 마크가 새겨진 상자였다.

수영은 또 어떤 폭탄인가 싶어 의심스러운 눈으로 상자를 노려 봤다. 영주의 긴 손가락이 우아하게 상자를 열었고, 그 안엔 여성용

장지갑이 들어 있었다.

"재인이가 요새 뭘 하는지, 나에 대해 어떻게 생각하는지, 왜 날 그렇게 미워하는지…… 그런 것들 좀 알아 와 줄 수 있겠니?"

부탁 같지만 사실은 협박이었다. 갖고 싶었던 버버리 지갑에서 눈을 떼지 못하면서도, 수영은 뭔가 이상하다는 생각을 했다.

'그런 걸 알아서 뭐하게? 그런 걸 안다고 재인이랑 화해할 수 있는 건 아니잖아. 재인이가 당신을 미워하는 건 아주 자연스러운 반응 아냐? 왜 미워하느냐니. 그거야 당신이 재인이 아빠를 뺏었으니까 그런 거지. 설마…… 다른 이유가 있는 거야?'

하지만 아무래도 좋았다. 영주의 제안은 수영에게 나쁘지 않았다. 영주가 그런 것들을 알아서 재인에게 무슨 짓을 하든, 수영이 상관할 바는 아니었다. 수영은 재인이 싫었고, 양육비에 대해 고자질했다는 것을 알고 나서는 더 증오스러워졌다.

게다가 잘만 하면 영주에게서도 더 많은 것을 뜯어낼 수 있을 것 같았다.

'감히 날 협박해?'

수영은 속으로 미소 지었다.

'재인이가 당신에 대해 뭘 알고 있는지 알아내고 말겠어. 오늘 당한 수모는, 절대 잊지 않을 거야.'

* * *

정오가 지난 시간이지만 성현의 방은 어두웠다. 두꺼운 커튼을 쳐놨기 때문이다. 모니터에서 나오는 빛을 노려보던 성현은, 옆에 있던 병에서 초콜릿을 하나 꺼냈다.

성현의 오른쪽에는 초콜릿 껍데기가 잔뜩 뒹굴고 있었다. 요 몇 시간 동안 평소보다 많은 양의 초콜릿을 먹어치웠지만, 아무리 먹어도 기분이 나아지지 않았다.

'안 되겠군.'

성현은 컴퓨터를 끄고 일어나 거실로 나왔다. 베란다 창문으로 들어오는 햇살이 거실을 가득 채우고 있었다. 시간이 이렇게 된 줄 몰랐다.

어제는 한 해를 시작하는 날이었다. 재인과 함께 있고 싶어서 찾아갔는데, 재인의 병실에는 이미 손님이 와 있었다. 진혁이었다.

재인의 침대 옆에 딱 달라붙어 앉아 있던 진혁은 성현의 방문에 놀란 듯 눈을 크게 떴다가, 엉거주춤 일어나 그를 향해 꾸벅 인사했다.

"와줬는데 미안해, 민성현 씨. 난 오늘 진혁이랑 선약이 있었어."

침대에서 반쯤 몸을 일으킨 채로, 재인이 말했다. 어째서인지 전처럼 의뭉스럽게 밀고 들어가 앉을 수가 없었다.

'내가 뭐라고 했더라?'

분명 적당한 말을 주절거린 후 병실에서 나온 것 같은데, 잘 기억이 나지 않았다. 생각나는 거라고는 왼쪽 가슴에 지끈지끈 느껴졌던 통증과 사 들고 간 케이크의 무게뿐이었다.

재인과 함께 촛불을 불려던 케이크는 지금 성현의 집 식탁 위에 고스란히 놓여 있었다.

재인의 기분을 읽어 낼 수가 없게 됐는데, 그녀가 자신을 밀어내고 있다는 것만큼은 분명하게 알 수 있었다. 그녀는 성현을 차갑게 대하지 않았지만, 그래서인지 더욱 그녀의 밀어냄을 모르는 척할 수 없었다.

'왜지?'

재인이 자신을 사랑하고 있다는 것을 꿈에도 모르는 성현은, 그녀가 갑자기 변한 이유를 도통 알 수 없었다.

'내가 뭔가 잘못했나?'

기억을 더듬어봤다. 마음에 걸리는 건 '최명진'이었다.

'내가 미리 알고 지켜줬어야 했는데, 아무 도움도 되지 못했지. 그래서 날 신뢰할 수 없게 된 건가?'

심장이 뚝 떨어져 나가는 것 같았다. 그녀의 완전한 신뢰를 받고 있다는, 오만한 생각은 한 적 없었다. 하지만 아주 조금은 그녀에게 믿음을 주었다고 생각했다. 그 작은 믿음은 모래성처럼 위태로웠다.

'그래, 그럴 만도 하지.'

그녀를 지켜 주겠다고, 도와주겠다고 호언장담했다. 하지만 정작 그녀가 위험에 처했을 때, 아무것도 해 주지 못했다. 그날 그녀를 구한 것은 한선이었다. 한선의 뛰어난 감이 아니었다면, 재인은 돌이킬 수 없는 일을 당하고 말았을 것이다.

성현은 식탁에 앉아 케이크 상자를 열었다. 따뜻한 실내에 있던 생크림 케이크가 반쯤 뭉개져 있었다. 성현은 숟가락을 가지고 와서 생크림을 크게 한 숟가락 펐다. 그리고 망설임 없이 입안으로 밀어 넣었다.

아까부터 맛이 느껴지질 않는다. 초콜릿을 먹어도, 생크림 케이크를 먹어도, 입안은 그저 쓰기만 했다.

재인을 만나고 싶었다. 그녀의 부드러운 머리칼을 쓰다듬고, 보드라운 볼을 만지고, 작은 몸을 끌어안고 싶었다. 안을 때마다 움찔거리는 그녀의 반응이, 성현은 지독히도 좋았다.

'이것 참. 언제 이렇게 커진 거지?'

자신의 마음은 얼마든지 생각대로 움직일 수 있을 거라고 생각했다. 오만이었다.

재인을 향한 마음은 멋대로 사랑이 되었고, 그 사랑은 제멋대로 부풀고 부풀어 성현을 가득 채웠다. 타인을 향해 이토록 거대한 감정을 품어본 것은 처음이었다.

모든 감정을 잘 안다고 생각했는데, 사랑이란 감정은 성현이 듣고 배운 것보다 훨씬 더 혼란스럽고 위태롭고 달콤하면서도 아팠다. 성현은 이 감정을 어떻게 다뤄야 할지 도통 알 수 없었다.

사랑은 장막처럼 성현의 눈앞을 가렸다. 재인의 앞에만 서면, 성현은 바보가 된 듯 아무것도 읽을 수가 없었다. 그녀의 기분을 알 수가 없으니, 무엇 하나 똑바로 행동할 수도 없었다. 세상에서 가장 멍청한 남자가 된 기분이었다.

케이크를 전부 먹어치웠을 때, 휴대폰이 울렸다. 라연에게서 걸려온 전화였다. 몇 번 안 받았더니, 이번에는 문자가 왔다. 성현은 어떤 내용일지 예상했고, 예상은 맞아떨어졌다.

[쇼핑하러 갈 거야. 같이 안 가면 어머님께 전화할 거야.]

라연이 이런 식으로 귀찮게 굴 줄은 몰랐다. 애초에 조건을 걸고 한 약혼이었다. 라연은 자존심이 강하니, 약혼을 파기하자고 하면 두말 않고 따라 줄 거라 생각했다. 어쩌면 매달릴지도 모르지만, 그래 봐야 한두 번일 거라고 예측했다.

라연은 성현의 예측범위를 벗어난 행동을 했다.

어머니를 끌어들여 협박을 해올 줄이야.

한국에 들어와 있다는 사실을, 아직은 지인에게 알리고 싶지 않았다. 성현에게는 시간이 필요했다. 재인의 안으로 온전히 들어가기 위한 시간. 그리고 그녀의 과거를 깨끗이 청산해 주기 위한 시간.

그것을 해결하기 전까지는 다른 누구의 방해도 받고 싶지 않았.

[아파트 앞으로 데리러 갈게.]

성현은 라연에게 문자를 보낸 후, 은우에게 전화를 걸었다. 은우는 자고 있었는지 잠긴 목소리로 전화를 받았다.

[뭐야, 에디. 제발 한국 시간과 미국 시간은 다르다는 것 좀 알아줘.]

불길한 흐름 *355*

"금성제당. 정 의원."

[에디……]

"금성제당 공장에서 사는 쥐새끼 숫자에, 정 의원이 입는 팬티 숫자까지 조사해 줘."

[에디, 진심이야?]

"진심이야. 나는 내 여왕님을 위해 모두를 잘라 낼 각오가 되어 있어."

[나도?]

"오, 팀. 넌 내 수족이잖아. 수족을 끊어 낼 순 없지."

[그건 그것대로 기분 나쁜데? 네놈이 무슨 왕이라도 되냐?]

"왕. 그래, 차라리 왕이었다면 이렇게 어렵지도 않았겠지."

[너, 괜찮은 거지?]

"글쎄. 괜찮은 것 같진 않아. 하지만 가만히 앉아 있을 수는 없잖아. 얼마나 걸리겠어?"

[일주일.]

"그래."

[아, 그리고 메리한테 전화가 왔었는데……]

뚝—

성현은 전화를 끊고 코트를 꺼내 입었다. 집을 나서는 그의 눈동자가 어둡게 빛났다.

진혁은 병실에 혼자 있을 재인이 걱정돼서 이른 아침부터 재인을 찾아왔다. 그녀가 자고 있을지도 모른다는 생각에 조용히 문을 열었다. 재인은 침대 머리맡에 등을 기대고 앉아 창밖을 응시하고 있었다.

창문으로 들어오는 아침 햇살에 둘러싸인 그녀는, 금방이라도 흩어질 듯 불안해 보였다. 재인은 마치 신기루 같아서, 진혁은 그녀의 앞에만 서면 저도 모르게 숨을 죽이곤 했다.

'왜 자꾸 다치는 거지?'

속이 상했다. 천천히 다가가려고 했지만 재인은 마음을 열지 않았다. 이제 조금 마음을 열어줬는가 싶었는데, 자꾸만 위험한 일에 휘말리는 것 같다.

'민성현, 그 남자 때문일 거야.'

성현이 나타난 후부터였다. 재인이 유독 다치기 시작한 것은. 진혁의 눈엔, 재인이 성현에게 휘둘리는 것으로만 보였다. 성현은 같은 남자가 보기에도 황홀할 정도로 멋있긴 했지만, 그만큼 위험해 보이기도 했다. 재인이 상처를 입을까 걱정이었다.

인기척을 느꼈는지, 재인이 진혁을 향해 고개를 돌렸다. 그녀의 시선이 진혁을 향하는 그 시간이, 영화의 슬로우모션처럼 느리게 흘러갔다. 이윽고 그녀의 연갈색 눈동자가 진혁의 눈에 닿았을 때, 진혁은 심장이 콱 옥죄는 듯한 느낌을 받았다.

재인이 좋았다.

"누나가 자꾸 다쳐서…… 걱정돼요."

"이제 고작 두 번인데, 뭘."

재인이 별일 아니라는 듯 말했다. 그런 그녀의 태도에 진혁은 가슴이 아팠다.

재인은 몸이 다치는 것쯤은 아무것도 아니라는 듯 행동했다. 저번에 다친 이마의 흉터가 아직 사라지지도 않았는데.

여자는 손가락 끝이 살짝 베이고도 호들갑을 떠는 생물이라고 생각했다. 하지만 재인은 이마를 꿰매고, 갈비뼈에 금이 갔는데도 담담했다. 자신의 육체에 대한 무심함에, 그녀가 살아온 인생이 언뜻 엿보였다.

분명 평범한 삶은 아니었을 것이다.

"날씨 좋다."

재인이 다시 창문 쪽으로 시선을 돌렸다. 그녀의 눈동자를 잡아두고 싶었다. 그녀가 가끔은 다정하게 이쪽을 봐주었으면 했다.

하지만 그러기 위해 무엇을 해야 좋을지, 진혁은 알 수 없었다. 수많은 여자들에게 사랑을 받아왔지만 사랑을 준 적은 없었다.

어떻게 해야 할까? 어떻게 해야 재인이 좋아할까?

진혁의 머릿속을 가득 채운 고민은 도통 해결될 기미를 보이지 않았다.

"누나."

"응?"

재인이 다시 진혁을 돌아봤다. 그녀의 눈동자가 닿을 때마다 진혁의 심장이 빠르게 뛰었다.

진혁은 '좋아해요'라는 말을 꿀꺽 삼키며 말했다.

"제가…… 당분간 보디가드 해 드릴까요?"

뱉어놓고 후회했다. 바보 같은 말이었다. 누가 봐도 건장한 형사가 재인의 뒤를 졸졸 따라다녔고, 정체를 알 수 없는 잘생긴 교수가 재인과 찰싹 달라붙어 있었다. 그녀가 진혁의 보살핌 따위를 원할 리 없었다.

'난 대학원 학비를 대기도 힘든 학생일 뿐이니까.'

조롱이나 당하지 않으면 다행이라고 생각했다. 하지만 재인은 조롱하지도, 싫다고 하지도 않았다. 그녀의 입가에 초콜릿처럼 달콤한 미소가 떠올랐다가 사라졌다.

재인은 천천히 손을 뻗어 진혁의 머리를 쓰다듬었다. 예상치 못한 그녀의 손길에, 진혁은 숨을 멈췄다. 재인은 금방 손을 떼어 냈고, 놀란 듯 자신의 손을 응시했다. 아주 짧은 접촉이었지만 그 따스함이 진혁의 가슴에 깊이 새겨졌다.

진혁은 지금 당장 숨이 멎어도 좋다고 생각하며, 방금 전 그의 머리를 쓰다듬은 재인의 손을 붙잡았다. 재인이 눈을 동그랗게 뜨고 진혁을 올려다봤다. 그녀의 연갈색 눈동자가 얼마나 사랑스러운지, 진혁은 다른 생각을 할 수가 없었다.

진혁의 머릿속은 단 한 가지 욕망으로 가득 차 있었다.

이 여자를.

'갖고 싶어.'

귀엽다고 생각했다.

어제 늦게까지 함께 있어 주다가 돌아갔으면서 오늘도 이른 아침부터 찾아온 진혁이, 어색한 표정으로 보디가드를 해 주겠다고 말하는 진혁이, 재인은 귀엽다고 생각했다.

성현은 감정을 받아들이라고 했다. 그래서 진혁이 귀엽다는 감정을 인정했고, 저도 모르게 손을 뻗어 그의 머리를 쓰다듬었다. 곱실거리는 머리카락은, 보이는 것만큼 부드러웠다.

하지만 아주 잠깐이었다. 재인은 곧 그가 자신을 좋아하고 있다는 걸 떠올렸고, 이런 행동은 오해를 불러일으킬지도 모른다고 생각했다. 그래서 황급히 손을 거두어들였다.

미묘한 표정으로 재인을 응시하는 진혁의 까만 눈동자에 열기가 묻어 나왔다. 그 눈동자가 가까워진다고 생각한 순간, 입술이 겹쳐졌다. 부드럽고 뜨거운 입술이 낙인을 찍듯 재인의 입술을 눌렀다. 재인은 무슨 일이 벌어진 건지 깨닫지 못한 채 눈을 휘둥그레 떴다.

그녀는 한발 늦게 상황을 파악하고는 두 손으로 진혁의 가슴을 밀어냈다. 그는 쉽게 떨어져 나갔고, 재인보다 충격받은 표정을 짓고 있었다. 재인이 밀어내서가 아니라, 자신의 행동에 충격을 받은 것 같았다.

짧은 입맞춤이었다. 키스라기보다는 뽀뽀에 가까운 행동이었다. 그래서 진혁의 마음이 더 크게 느껴졌다.

"죄송······."

진혁이 입술을 달싹거렸다. 재인은 방금 전 그녀의 입술을 덮었던 그의 붉은 입술을 멍하니 응시했다.

"죄송해요, 누나. 제가⋯⋯ 죄송합니다."

진혁이 깊이 허리를 숙였다. 재인은 한 손으로 입가를 덮었다. 갑작스럽게 입맞춤을 당했는데도 진혁이 싫다는 생각이 들지 않았다. 오히려 자기가 더 당황해서 90도로 허리를 숙인 그가 귀엽기만 했다. 귀여워서 당혹스러웠다.

'나는⋯⋯ 민성현 씨를 사랑하는데.'

성현을 사랑하니까 그가 아닌 다른 남자의 스킨십이 싫어야만 했다. 재인은 원래 타인과의 접촉을 좋아하지도 않았다. 그런데 왜 이런 상황에서도 진혁이 귀여운 걸까?

"불쾌하시죠? 진짜 죄송해요, 누나. 으아, 어떡하지⋯⋯."

재인이 입가를 가린 행동을 싫어서 그런다고 오해한 진혁이 안절부절못하며 뒷걸음질을 쳤다.

그 모습에, 재인은 하마터면 웃음을 터뜨릴 뻔했다.

그렇게까지 당황하지 않아도 되는데. 그다지 불쾌하지 않은데.

하지만 그 말을 하지는 않았다. 입맞춤을 허락한 듯한 말을 하면, 진혁이 재인의 마음을 오해할 것만 같았다. 재인이 성현의 마음을 오해했듯이.

상대가 자신을 받아들이고 있다고 안심하는 순간, 마음의 크기는 걷잡을 수 없이 커지고 만다. 부풀고 부푼 마음은, 닿을 곳 없다는 것을 깨닫게 되는 순간 펑 터지게 된다.

재인은 진혁의 마음을 받아 줄 생각이 없었다. 그의 마음이 부풀다가 터지기를 바라지 않았다. 그래서 재인은 서둘러 표정을 갈무리하고 입을 열었다.

"진혁아, 난 너랑······."

"잠시만요, 누나!"

진혁이 황급히 재인의 말을 막았다.

"나중에요. 나중에 해 주세요."

"응?"

"지금은 싫어요, 누나."

진혁이 흔들리는 눈동자로 애원하듯 재인을 바라봤다.

"지금은 안 돼요."

"······."

"나중에 해 주세요."

"······그래."

매정하게 뿌리칠 수가 없었다. 지금껏 냉정하게 끊어왔는데, 이제는 그럴 수가 없게 되었다. 타인의 감정을 똑바로 마주하게 되었기 때문일까? 아니면 나 또한 사랑을 하게 되어, 그 마음을 이해하기 때문일까?

재인은 아마도 둘 다일 거라고 생각했다.

"저······ 오늘은 그만 가 볼게요."

갑작스럽게 입맞춤을 하긴 했지만, 진혁은 여전히 물러서야 할 때를 알았다.

"응, 잘 가."

여느 때와 다름없는 재인의 담백한 인사에, 진혁은 안심한 듯 조금 풀어진 표정으로 돌아섰다.

병실에서 나온 진혁은 문을 닫자마자 크게 심호흡을 했다. 입술에, 여전히 그녀의 감촉이 남아 있었다. 부드럽고 촉촉한 입술. 아주 짧은 순간이었지만 무척이나 달다고 느꼈다.

아까부터 심장이 너무 격하게 뛰어서 졸도할 것만 같았다.

'으아.'

진혁은 왼쪽 가슴 위에 손을 올렸다. 격한 심장박동이 손바닥에 느껴졌다. 온몸이 심장이 된 것 같다.

고작 입맞춤 한 번 했을 뿐인데 이런 기분이 들다니.

'진짜 죽겠네.'

"차 안 샀어?"

라연은 아파트 입구에서 기다리는 성현에게 물었다. 성현은 말없이 돌아서서 도로를 향해 걷기 시작했다. 라연은 입술을 비쭉거리며 그의 뒷모습을 노려봤다.

훤칠한 키에 넓은 어깨, 쭉 뻗은 긴 다리. 그저 걷고 있을 뿐인데도, 마치 모델처럼 빛이 났다. 그는 늘 사람들의 시선을 끌었다.

그의 뒤를 따라갔다. 그는 라연이 따라오는 걸 알면서도 속도를 늦추지 않았다. 그가 라연과 약혼을 했다고 해서 특별히 잘해 준 것은 아니었다. 하지만 이렇게 냉랭하진 않았다.

그의 차가운 태도에 가슴이 시렸다. 그를 보기 위해 이 먼 거리를 단숨에 날아왔는데.

불길한 흐름 *363*

"오빠."

"왜?"

"나 안 보고 싶었어?"

"응."

"정말? 조금도?"

"응."

"난 오빠가 정말 많이 보고 싶었어."

"그건 네 문제고."

"……너무하네, 정말."

뻥 뚫린 가슴에 차가운 겨울바람이 들이치는 기분이었다. 그에게는 계약 같은 약혼이었을지도 모르겠지만, 라연은 진심이었다.

처음엔 그저 잘생겨서 좋았다. 누구보다도 빛이 나고, 모두에게 사랑을 받는 남자였다. 그래서 함께 있으면 우쭐해졌다.

함께 있다 보니, 오만함에 가까운 당당함과 끊임없는 유쾌함과 냉철한 지성을 알게 되었다. 그래서 더 많이 좋아졌고, 어느 순간 민성현이 아니면 안 되게 되었다.

매일 그가 그리웠고, 그의 음성을 듣고 싶었다. 그의 입술에 입을 맞추고, 그의 품에 마음껏 안기고 싶었다.

그는 아마도 라연이 접근한 의도를 불순하다 생각할지도 모르겠다. 하지만 라연은 순수하게 그를 사랑한다고 자부할 수 있었다.

성현이 택시를 잡더니 조수석에 앉았다. 라연과 나란히 앉고 싶지 않다는 의도였다.

"차 사 줄까?"

뒷좌석에 앉아서 그에게 물었다. 그는 돌아보지도 않고 대답했다.

"차 있어."

"그런데 왜 안 끌고 왔어?"

"널 태우려고 산 차가 아니니까."

"……그럼 그 여자 태우려고 산 차야?"

"응."

"대체 어떤 여잔데? 이름이라도 알려줘."

"유재인."

그는 의외로 순순히 대답했다.

유재인. 처음 듣는 이름이 라연의 머릿속에 깊이 각인되었다.

"뭐 하는 여잔데?"

"……."

"집안은 어때? 잘 살아? 예뻐?"

이름까지만 말해 줄 생각이었나 보다. 성현의 대답은 돌아오지 않았다. 채근하듯 묻던 라연은 결국 포기하고 좌석에 등을 기댔다. 성현은 여전히 정면을 노려보고 있었다.

아파트 입구에서 그를 발견하는 순간 느꼈던 즐거움은 사라진 지 오래였다. 성현은 라연과 함께 있지만, 사실은 함께 있는 것이 아니었다. 라연은 그가 재인을 생각하고 있으리라고 확신했다.

정신을 차려보니 치맛자락을 꽉 움켜쥐고 있었다. 구겨진 치마 끝을 살살 만져서 가다듬고 한숨을 내쉬었다.

불길한 흐름

'상관없어. 어차피 오빠 나랑 결혼해야 돼. 그 여자랑 오빠가 잘되는 일은 절대 없을 거야.'

택시가 멈췄다. 성현은 다 왔다는 말도 없이 먼저 내렸다. 라연이 황급히 성현을 따라 내렸다.

"로다 백화점은 우리 아파트 근처에도 있는데."

라연이 성현의 팔에 팔짱을 끼며 말했다. 성현은 라연과의 접촉을 최대한 피하고 싶었지만, 이번엔 참기로 했다. 이 모습을 최영주에게 보이고 싶기 때문이었다. 고급스러운 옷을 입고 나란히 걸어가는 두 사람의 모습은 누가 봐도 잘 어울리는 연인처럼 보였다.

"뭐 살 거야?"

"급하게 오느라 들고 온 게 없어. 가방이랑 구두, 액세서리. 아, 옷도 몇 벌 사야겠다."

명품관을 돌아다니며 라연은 거침없이 물건을 사들였다. 가방이며 액세서리를 제대로 살펴보지도 않고 사들이는 커플에 대한 이야기가 최영주의 귀에 들어가는 것은 당연했다. 매니저실에 있던 최영주가 명품관으로 내려왔다.

최영주는 성현을 알아보고 움찔했지만 곧 우아한 미소를 지으며 라연에게 말을 걸었다.

"두 분, 참 잘 어울리세요."

라연은 성현과 잘 어울린다는 말을 들으면 항상 기분이 좋았다. 라연은 팔짱 낀 팔에 힘을 주며 생글생글 웃었다. 성현이 굳이 그 말을 부정하지 않아서 더 즐거웠다.

"응, 그런 말 자주 들어요."

"오래 만나셨나 봐요. 굉장히 친근해 보이시는데."

"약혼한 지 3년 됐어요."

"어머나. 약혼한 사이시군요."

라고 말하는 최영주의 눈이 은밀하게 빛났다.

'하여간 사내놈들이란……'

최영주는 하마터면 웃음을 터뜨릴 뻔했다. 돈을 어마어마하게 쓰는 커플이 있다는 소리를 듣고 내려오자마자 성현을 발견했을 때는 깜짝 놀랐다. 성현과 함께 있는 여자는 재인이 아니었지만, 그래도 갈등했다.

괜찮을까. 이대로 다가가서 아는 체를 해도 괜찮은 걸까.

바보 같은 고민이었다. 성현은 돈 많고 예쁘장한 여자에게 꼼짝 못 하는, 그렇고 그런 사내에 불과했다. 재인과 함께 있을 때 유독 날카롭게 느껴졌던 것은, 그 분위기 때문이었으리라. 재인을 둘러싼 미스터리하고 묵직한 기운이, 얼굴만 잘생긴 한 남자에게 힘을 부여했을 뿐이다.

라연과 함께인 성현의 눈빛은 그때처럼 날카롭지도, 차갑지도 않았다. 성현은 최영주를 똑바로 쳐다보지도 못했다. 자신의 부정이 라연의 귀에 들어갈까 두렵다는 듯이.

'흑기사는 개뿔. 유재인은 그저 바람 상대였던 모양이네. 이쪽이 진짜 연인이고.'

그런 놈을 혹기사랍시고 신뢰하던 재인을 떠올리자 자꾸 웃음이 나왔다. 멍청한 계집애. 제 부모보다는 좀 나을까 싶었는데, 결국 한 핏줄이었다. 분명 잘생긴 얼굴로 늘어놓는 달콤한 말에 속아 넘어간 거겠지.

'내가 이런 놈을 무서워했다니. 어디 가서 말도 못 하겠네.'

최영주는 라연을 적당히 상대해 주다가 자리를 떠났다. 매장을 나가는 최영주의 입가에 비릿한 미소가 떠올랐다. 최영주의 모습이 보이지 않을 정도로 멀어진 후, 성현이 라연에게 물었다.

"어때?"

"음…… 난 자수정은 별로야. 그래도 오빠가 마음에 들면 하나 살게."

라연은 목걸이를 구경하고 있었다.

"아니, 그거 말고 아까 그거."

"아까 그거?"

그제야 라연이 진열대에서 시선을 떼고 성현을 올려다봤다. 성현은 매장 밖 어딘가를 응시하고 있었다.

"아까 그거라니?"

"백화점 매니저."

"아아, 그 여자. 그 여자는 갑자기 왜? 아는 사람이야?"

"대답이나 해."

라연은 콧등을 찡그리고 방금 전 대화를 나눈 상대를 떠올렸다. 성현과 잘 어울린다고 해 줘서 적당히 상대해 주기는 했지만, 그다지 느낌이 좋진 않았다.

"별로야. 마음에 안 들어."

라연은 사람을 사귈 때 느낌을 믿는 편이었고, 그 느낌은 항상 들어맞았다.

"알고 지내고 싶지 않은 사람이야."

"그렇군."

"그런데 왜? 아는 사람이야?"

성현은 최영주가 사라진 곳을 향해 시선을 고정시킨 채 말했다.

"그 여자가 유재인의 부모님을 죽였어."

택시에서 내려 천천히 걸어가며, 성현은 재인에 대해 이야기를 해 주었다. 어떻게 재인을 알게 되었는지, 왜 한국에 왔는지, 그리고 재인의 과거.

라연은 잠자코 그의 이야기를 들었다. '유재인'이란 이름을 말할 때마다 그의 음성이 부드러워지는 것이 짜증났지만, 그의 이야기를 방해하고 싶지 않았다. 비록 다른 여자 이야기를 하고 있기는 해도, 라연은 그의 목소리를 듣는 것이 좋았다.

게다가 조금쯤 기대하는 마음도 있었다.

성현이 재인에게 관심을 갖는 이유는, 그녀가 가진 특별한 재능과 어두운 과거 때문일지도 모른다. 성현은 원래 특별하고 특이한 것을 좋아하니까.

'그게 더 이상 특별하지 않게 되면, 오빠도 그 여자에 대한 흥미

를 잃을 거야.'

라고, 라연은 생각했다. 그의 이야기를 떠올리며 걷느라 목적지가 어디인지 생각하지 못했다. 정신을 차리고 보니 동래 아파트 앞이었다.

입구 앞에서 성현이 걸음을 멈췄다. 그는 천천히 돌아서 라연을 마주 봤다. 그의 등 뒤로 해가 저무는 것이 보였다. 그의 주위로 오렌지빛 노을이 부딪쳐 흩날렸다.

눈부서, 라고 생각하며 라연은 그를 올려다봤다. 해를 등지고 있어서 그의 표정이 잘 보이지 않았다.

"네가 내 뒤를 밟았다는 것쯤은 알고 있었어."

그가 입을 열었다. 그의 음성은 그 여느 때보다도 묵직했다.

"여긴 나와 재인이의 공간이야."

"오빠……."

"이 공간을 부수려고 하지 마, 리젤. 너도 알 거야. 난 모든 것을 버릴 수 있다는 걸. 나를 자극하는 건 적당히 하는 게 좋겠어."

그의 차가운 음성이 날카로운 얼음 칼로 변해 라연의 심장을 난도질했다.

라연은 주먹을 꽉 쥐었다. 모멸감이나 분노보다 슬픔이 더 컸다. 성현의 마음을 얻기 위해 뭐든 할 수 있었다. 그에게 맞는 여자가 되기 위해 끊임없이 노력했다.

하지만 그는 부모도, 능력도 없는, 그런 여자를 위해 가족까지 버릴 수 있다고 말하고 있었다. 말도 안 돼, 라고 생각했다. 그러나 라연은 알고 있었다. 그는 말한 대로 하는 남자라는 것을. 그렇기에 여기서 더 자극하면 가장 먼저 버려질 것은 자신이라는 것을.

병원에서는 며칠 더 입원해 있는 것이 좋겠다고 했지만, 재인은 서둘러 퇴원을 했다. 집에 돌아가고 싶었다. 병실에 혼자 누워 있으면 안 좋은 생각만 들었다.

혼자 퇴원 수속을 밟고 병원에서 나와 버스를 탔다. 입원해 있는 동안 갈비뼈의 통증이 많이 가셨다. 이번 주 주말부터는 다시 아르바이트를 시작할 수 있겠다.

'돈을 좀 더 벌어야 할 텐데. 과외라도 구해 볼까. 방학이니까 평일 알바도 하고.'

버스에서 내려 이런저런 생각을 하며 걷다가 우뚝 걸음을 멈췄다. 동래 아파트가 보였다. 하지만 커다란 아파트보다 먼저 눈에 들어온 것은, 아파트 입구에 서 있는 연인의 모습이었다.

근사한 정장에 검은 코트를 입은 훤칠한 남자와 연분홍색 예쁜 코트를 입은 자그마한 여자. 옷차림도, 외모도 무척이나 잘 어울리는 연인이 서로를 마주 보고 있었다.

해가 저무는 시간. 오렌지빛 노을에 감싸인 둘의 모습은 마치 영화 속의 한 장면처럼 보였다.

와삭—

무언가 부서지는 소리가 들렸다.

와사삭—

재인은 그것이 어디서 나는 소리인지 알 수 없었다. 그녀의 눈동자는 갈피를 못 잡고 흔들렸지만, 보고 싶지 않은 모습을 고스란히 담아냈다. 재인은 휘청거리며 뒷걸음질을 쳤다.

와지끈— 지끈—

한 걸음, 한 걸음. 뒤로 물러설 때마다 부서지는 소리가 점점 커졌다. 그러는 동안에도 잘 어울리는 연인은, 성현과 그의 약혼녀는, 이 세상에 둘밖에 없다는 듯 서로를 응시하고 있었다. 그래서 또 와지끈, 우두둑, 무언가 부서지고 부서졌다.

부서진 것이 자신의 심장이라는 것을 깨닫는 순간, 재인은 휙 돌아서서 도망치듯 빠르게 걷기 시작했다. 통증이 온몸을 찍어 눌렀다. 재인은 전신을 부술 것만 같은 이 고통이 진통제로도 사라지지 않을 것임을 알 수 있었다.

한숨도 못 잤다.

가슴이 지끈, 지끈, 끊임없이 아팠다. 그 통증은 무척이나 깊은 곳에서 시작되어 전신으로 퍼져 나갔다. 가만히 누워 있노라면 가슴뿐 아니라 아랫배와 머리까지도 아파졌다.

재인은 두 손으로 얼굴을 감쌌다. 울고 싶은 기분인 것 같은데 눈물이 나지 않아서 더 답답했다. 그러다가 문득 울 일이 아니라는 생각도 들었다.

성현과는 아무런 사이도 아니었다. 그의 친절함을 오해해, 이쪽에서 멋대로 오해한 것일 뿐이다. 그에게 연인이 있다고 해서, 재인과 성현의 관계가 변하지는 않을 것이다. 성현은 전에 그랬듯 앞으로도 재인의 집에 찾아올 것이고, 달콤하게 그녀의 이름을 불러줄 것이다.

'아니야, 변했어.'

재인은 생각을 고쳤다.

'내가 민성현을 사랑하게 되면서, 관계가 변해 버린 거야.'

그의 손길, 다정한 음성과 달콤한 향기. 그 모든 것을 전처럼 순수하게 받아들일 수 없게 되었다. 그를 대상으로 은밀한 망상을 하게 되었다. 성현은 재인이 높게 쌓은 성벽 안으로 성큼 들어오는 것도 모자라, 그녀의 심장까지 앗아가 버렸다.

'그래서 이렇게 아픈 거겠지.'

재인은 왼쪽 가슴에 가만히 손을 얹었다. 계속 이러고 있어 봐야 잠이 올 것 같지 않아서 침대에서 내려왔다. 그동안 병원에 누워만 있어서 몸이 찌뿌드드하기도 했다. 차가운 바람을 쐬며 산책을 하면 기분이 좀 나아질지도 모르겠다. 산책을 하며 생각도 정리할 겸, 재인은 점퍼를 걸치고 현관문을 열었다.

어쩌면 성현이 기다리고 있을지도 모르겠다고 생각했는데, 복도엔 아무도 없었다.

'민성현 씨는 내가 퇴원한 걸 모르지.'

재인은 멀어져야 한다고 생각하면서도 기대하는 자신을 이해할 수 없었다.

겨울이라 밤이 길었다. 새벽 4시 30분이지만 밤처럼 어두웠다.

재인은 옷깃을 여미고 천천히 걸었다.

아파트 입구를 나와서 5분쯤 걸었을까. 인적이 드문 거리라서 아무도 마주치지 않을 줄 알았는데, 맞은편에서 걸어오는 남자가 있었다. 어두운데도 모자를 푹 눌러쓴 남자였다.

남자가 스쳐 지나갈 때, 아주 잠깐 눈이 마주쳤다.

'뭔가……'

이상하다고 생각했다. 하지만 신경 쓰일 정도는 아니었다. 아무 일 없이 남자는 지나갔고, 재인도 계속 걸었다. 걸어가다가 흘끗 돌아봤지만, 남자가 이쪽을 돌아보진 않았다.

'내가 기분이 안 좋긴 안 좋은가 보네.'

늦은 시간 귀가하는 것뿐이리라. 아니면 이른 시간 출근하는 사람일지도.

재인은 작게 한숨을 내쉬고 다시 걷기 시작했다.

한 시간가량의 산책이 끝났을 때, 온몸이 꽁꽁 얼어 있었다. 1월 새벽의 추위는 오리털 점퍼 하나로는 이길 수가 없었다. 귓바퀴가 얼어서 감각이 사라졌고, 코가 아플 정도로 시렸다.

차가운 공기 속에서 걸으면 생각이 정리될 줄 알았는데, 하나도 정리되지 않았다. 걷는 내내 머릿속을 채운 것이라고는 어제 보았던 두 사람의 모습뿐.

리젤이란 이름을 가진 성현의 약혼녀는 무척이나 사랑스러운 외모를 지니고 있었다. 먼 거리에서도 알 수 있었다. 그녀가 얼마나 자그마하고 예쁜지.

길고 풍성한 웨이브 헤어, 자그마하고 하얀 얼굴과 동그랗고 커다란 눈, 도톰하고 붉은 입술. 남자라면 한 번쯤 돌아볼 만큼 귀여웠다. 재인조차도 그녀를 봤을 때 밉다는 생각보다는 귀엽다는 생각이 먼저 들었다.

'왜 내가 특별하다고 생각했을까?'

그의 달콤한 향기, 감미로운 음성, 다정한 손길과 미소가 재인만을 위한 것이라고 착각했다. 아마도 리젤은 성현에 대해 재인이 아는 것보다 더 많이 알고 있을 것이다. 그의 입술도, 손길도, 사실은 전부 리젤의 것이니까.

'리젤은 뭐라고 부를까? 공주님? 달링? 허니?'

그런 것들을 생각하다가 쓴웃음을 짓고, 고개를 젓고…… 무의미한 산책을 끝내고 아파트를 향해 걸었다.

아파트 근처에서 우뚝 걸음을 멈춘 이유는, 입구 근처에 모여 있는 사람들 때문이었다. 아니, 그 사람들 사이에 서 있는 성현 때문이라고 하는 게 옳았다. 가장 먼저 시야 안으로 들어온 사람이 성현이니까.

성현은 잿빛 코트를 입고 사람들 사이에 서 있었다.

지끈—

전에는 그를 봤을 때 심장이 뛰었는데, 이제는 고통이 먼저 일었다.

그에게서 시선을 떼고 주위를 둘러본 후에야 사람들이 많다는 것을, 그리고 그 사람들 사이에 한선도 있다는 것을 깨달았다. 한선의 옆에는 주학도 있었다.

'무슨 일이지?'

의아하게 생각하며 다가갔다.

성현이 먼저 재인을 발견했다. 그의 잘생긴 얼굴에 환한 미소가 번지는 것을 보자, 또다시 가슴이 아팠다.

이 기분이 너무 싫어서, 재인은 성현을 마주하고 싶지 않았다.

그의 미소가, 그의 음성이, 오롯이 자신의 것이 아니라는 게 싫었다.

'내가 언제부터 이렇게 욕심이 많아졌을까? 불과 얼마 전까지만 해도, 아무것도 갖고 싶지 않았는데.'

갖고 싶은 것을 만들어 준 것도 민성현, 갖고 싶은 것도 민성현이었다.

"여왕님."

감미로운 음성이 재인을 불렀다. 재인은 지금 느끼는 이 기분을 드러내지 않으려고 애쓰며 시선을 옆으로 돌렸다. 성현의 목소리에 재인이 왔다는 걸 눈치챈 한선이 휙 돌아섰다.

재인을 발견한 한선이 성큼성큼 재인을 향해 걸어왔다. 지금만큼은 한선의 반응이 무척이나 고마웠다.

"인느님, 언제 퇴원했어? 설마 지금 퇴원하고 나온 거야?"

"아니요, 어제저녁에 퇴원했어요."

"어제저녁? 왜 얘기 안 했어?"

"형사님 바쁘시잖아요."

"바쁜 게 문제야? 인느님 퇴원이 더 중요하지!"

한선과 대화를 하는 동안, 성현은 끼어들지 않았다.

그도 눈치챈 걸까? 내가 그를 불편해한다는 걸. 아니면 그를 사랑하게 되었다는 걸.

"그런데 무슨 일 있어요?"

입구에 모여 있는 사람들을 흘깃 돌아보며 물었다.

"아아, 시신이 발견됐다."

"시체……요?"

"어. 아마 토막 시체의 마지막 부분인 것 같아. 몸통과 머리."

한선이 목소리를 낮추고 말했다.

"아……."

재인은 낮게 신음하며 사람들이 모인 곳으로 시선을 던졌다. 경찰들이 통제를 하고 있었지만 사람들은 어떻게든 안쪽을 보기 위해 고개를 빼고 있었다. 어떻게 알고 왔는지 기자들도 여럿 있었다.

저 입구를 빠져나온 게 불과 한 시간 전인데, 그때와 완전히 다른 공간인 것 같았다.

"인느님, 밖엔 언제 나왔어?"

한선이 물었다.

"한 시간쯤 전에요."

"그래? 혹시 수상한 사람 못 봤어?"

한선의 질문을 듣고서야 아까 마주친 남자를 떠올렸다. 하지만 말하기가 망설여졌다. 그 시간에 오가는 사람을 수상하다고 한다면, 재인도 수상한 사람이어야 했다. 그 남자는 그저 걷고 있을 뿐이었다. 재인이 그랬듯이.

"어떤 남자랑 마주치긴 했는데……."

"그래? 어땠어? 감추는 게 있지 않았어?"

덜컥, 심장이 내려앉는 것 같았다.

그 남자를 봤을 때, '뭔가 이상하다.'고 생각했다. 그때는 그 이유를 알 수 없었다. 하지만 이젠 알겠다.

읽어 낼 수가 없었다.

사람이라면 크든, 작든 비밀을 지니고 있다. 누구를 봐도 감추는 것이 한 가지씩은 있었고, 재인은 그것을 읽어 낼 수 있었다.

하지만 그 남자를 보았을 때, 재인은 아무것도 읽어 낼 수 없었다. 그리고 지금도.

재인은 한선을 빤히 응시했다. 그의 눈빛과 표정, 행동을 읽어내려 했다. 하지만 아무것도 보이지 않았다. 그 남자를 마주했을 때처럼.

한선이 표정을 잘 갈무리할 수 있게 된 것은 아니리라. 왜냐하면 지금 이곳에 모인 사람들 중 어느 누구의 감정도 읽어 낼 수 없었기 때문이다.

어느 누군가는 작은 비밀을, 어느 누군가는 큰 비밀을 품고 있을 것이다. 하지만 재인은 이곳에 있는 수많은 사람들 중 단 한 사람의 감정도 파악해낼 수가 없었다.

모두에게 감정의 소강상태가 찾아온 것 같았다.

"감추는 건…… 모르겠어요."

우물우물 내뱉는 목소리가 제 것 같지 않았다.

"잘 모르겠어요……."

타인의 거짓말과 감정을 그림처럼 보게 되는 이 능력이 싫었다. 하지만 막상 그 능력이 사라지니 두려움이 찾아왔다. 한선이 멍청하게 대답하고 있는 자신을 보며 무슨 생각을 하는지, 저기 저쪽에서 여기를 보는 기자에게 무슨 꿍꿍이가 있는지, 전혀 파악할 수가 없었다.

타인의 감정을 읽는 것이 무서운 것처럼, 아무것도 읽을 수 없는 것 또한 두려웠다.

"인느님. 무슨 일 있어?"

한선이 걱정스럽게 물었다. 하지만 재인은 자신이 느끼는 그의 걱정조차 진짜인지 가짜인지 알 수가 없었다.

흔들리는 눈으로 한선을 올려다봤다. 한선의 미간이 좁아지며 깊은 주름이 생겼다.

"인느님."

그의 손이 재인의 어깨를 가볍게 건드렸다. 재인은 총에 맞은 것처럼 몸을 떨며 뒤로 한 걸음 물러섰다. 그 행동을 싫어서 그러는 거라고 오해한 한선이 상처 받은 표정을 지었다.

재인은 울고 싶어졌다. 어떡하지? 모르겠어. 류 형사님, 상처를 받은 걸까? 아니면 기분이 상한 걸까? 내가 바보처럼 굴어서 화가 났나? 아니면 걱정하고 있는 건가?

한선의 얼굴을 똑바로 쳐다볼 수가 없었다. 흔들리는 시선을 이리저리 움직이다가, 바로 옆에 서 있는 성현을 발견했다.

무표정한 그의 얼굴을 보는 순간, 어째서인지 안심했다.

타인의 감정을 읽을 수 있을 때에도, 그의 생각만큼은 알아낼 수가 없었다. 그래서일 것이다. 속을 알 수 없는 그의 눈빛을 마주하고도 두렵지 않은 이유는.

재인의 시선이 자신을 향하자, 성현이 옅은 미소를 지었다.

"뭔가를 본 거야?"

성현이 물었다. 달래는 듯한 어조였다.

"남자를 봤는데 수상한 점이 있었는지는 모르겠어."

"살인을 저지른 눈빛이 아니었던 거야?"

"아니, 난 지금……."

거기까지 말하고 입을 다물었다.

난 지금 타인의 감정을 읽을 수 없게 된 것 같아.

그 말을 할 수가 없었다.

성현이 재인에게 관심을 갖는 이유는 그 능력 때문이었다.

그것이 사라졌다는 것을 말하면, 그는 어떤 표정을 지을까? 어떤 행동을 할까?

그가 완전히 떠나가는 것을 원치 않았다. 그에게 약혼녀가 있다는 것은 알고 있다. 그가 재인에게 접근한 이유가, 재인의 능력 때문이라는 것도 알고 있었다.

그럼에도 불구하고 그가 떠나지 않기를 바랐다.

"모자를 푹 눌러쓰고 있었어. 남색 점퍼를 입고 있었고, 모자엔 털이 달려 있었어. 나이는 20대 후반에서 30대 초반 정도."

재인은 잠깐 지나쳤던 남자의 외모와 특색을 떠올리려 애썼다. 자신이 감추고 있는 것을, 성현이 알지 못하기를 바랐다. 남자의 생김새를 상세하게 설명한 후, 한선을 올려다봤다. 성현의 눈을 볼 수가 없었다.

어쩌면 그는 눈치챘을지도 모른다. 재인의 능력이 사라졌다는 것을. 그 남자에 대해 아는 것도 없으면서 멋대로 떠들어 대고 있다는 것을.

그렇다면 그는 경멸할까. 그가 떠나는 것을 원치 않아 중요한 것을 감추는 나에게 환멸을 느낄까.

"음. 인느님이 보기에 감추는 게 없었다면 그 남자는 아니겠군."

한선이 중얼거렸다. 성현은 아무 말도 하지 않았고, 재인은 그의 침묵이 마음에 걸렸다.

"일단 선배한테 이야기하고 올게."

말을 마친 한선이 바로 걸음을 옮겼다. 재인은 서둘러 한선의 뒤를 따라갔다. 성현의 시선이 등 뒤로 따라붙었지만, 재인은 애써 무시했다.

"류 형사님."

"응?"

"저기, 드릴 말씀이 있는데요."

"응, 뭔데?"

"저······."

재인은 한선의 팔을 잡고 성현과 좀 더 떨어진 곳으로 걸어갔다. 혹시나 그가 따라오고 있지 않을까 싶어 뒤를 돌아봤지만, 성현은 발에 뿌리가 내린 듯 그 자리에 서 있었다.

재인은 안도감인지, 실망인지 모를 감정을 느끼며 한선에게 말했다.

"류 형사님, 저······ 안 보여요."

"어? 정말?"

한선의 얼굴이 불쑥 가까워졌다. 코끝에 닿는 한선의 숨결을 느끼며, 재인은 한선이 자신의 말을 오해했다는 것을 깨달았다.

"아뇨, 눈 말고요. 저, 타인의 감정이 보이지 않아요."

"어?"

한선은 무슨 말인지 모르겠다는 듯 어리둥절한 표정을 지었다. 하지만 재인은 그의 의문을 풀어 줄 어떤 말도 해 줄 수가 없었다. 그녀 역시 자신에게 무슨 일이 벌어졌는지 알 수 없었기 때문이다.

"음······."

한선은 낮은 신음을 흘렸다.

"흐음······."

도대체 어떻게 돌아가는 건지 알 수 없었다.

재인은 타인의 감정이 보이지 않는다고 말했고, 이런 일에 귀찮을 정도로 끼어드는 성현은 발에 못 박힌 듯 서서 꼼짝도 하지 않았다.

혼란스러워하는 재인을 달래주는 건 성현의 역할이라고 알고 있었다. 그런데 성현이 움직이질 않으니, 한선이 할 수밖에 없었다. 문제는 이럴 때 무슨 말을 해야 하는지 모른다는 점이었다.

"일단 담배 한 대……."

를 권하려다가 입을 다물었다.

이 멍청이! 재인이는 내가 아니라고!

자기 머리를 후려치고 싶다는 충동을 억누르며 재인을 내려다봤다. 한선이 참으로 좋아하는 재인의 연갈색 눈동자가 불안한 듯 흔들리고 있었다. 불안해하는 그녀가 안쓰러운 한편, 무엇 때문에 이렇게 불안해하는 건지 알 수 없었다.

타인의 감정을 읽는 능력, 재인은 달가워하지 않았던 걸로 알고 있는데.

"일단 성현이랑 같이 자리를 옮기자."

재인에게 힘이 되어 주고 싶지만, 자신의 욕심 때문에 재인의 문제를 함부로 다룰 수는 없었다. 이런 건 성현에게 상담하는 편이 나으리라. 그렇게 판단한 한선이 성현에게로 가려는데, 재인이 한선의 손목을 꽉 붙잡고 고개를 저었다.

그녀의 눈동자가 아까보다 더 많이 흔들렸다.

"아뇨, 저…… 민 교수님께는…… 말하지 말아 주세요."

다급한 재인의 부탁을 들으며 한선은 인상을 찡그렸다.

성현은 움직이지 못하는 인형이 됐고, 토막시체의 남은 부위가 발견됐고, 재인은 성현을 '민 교수님'이라고 부르게 되었다.
'이거 뭔가 불길한데?'

성현은 멀어지는 한선과 재인을 가만히 지켜봤다. 그녀를 붙잡고 싶었다.
가지 마. 무슨 문제가 생긴 거라면 나에게 말을 해.
하지만 족쇄로 묶인 듯 꼼짝도 할 수가 없었다. 왜 이런 증상이 생기는 걸까?
주머니 속의 휴대폰이 진동했다. 전화를 받을 기분이 아니었지만, 누구와라도 대화를 하고 싶다는 모순되는 감정이 있었다. 라연이 아니기를 바라며 휴대폰을 꺼냈고, 액정에 뜬 이름을 보고 안도의 한숨을 내쉬었다.
"팀, 난 모르겠어."
[뭘?]
느닷없이 시작된 넋두리에도 은우는 당황하지 않았다.
"여왕님이 뭘 원하는지 전혀 모르겠어. 무슨 생각을 하는지도 모르겠는데, 하나는 알겠어."
[뭘?]
"날 피한다는 거."
[유재인이 널 피한다고?]
"응."

[리젤 만났어?]

"응."

[유재인도 리젤이랑 만났고?]

"아니, 아직은."

[그럼 유재인은 리젤에 대해 전혀 모르는 거냐?]

"알긴 알아."

[너, 설마…… 유재인한테 리젤이 네 약혼녀라고 말한 건 아니겠지?]

"왜 아니겠어? 난 여왕님에게 거짓말을 하지 않기로 했어."

[아아, 에디. 넌 멍청이야. 유재인이 널 피하기만 하는 거라면, 그녀는 정말 성인군자인 거야. 나라면 네 뒤통수를 후려갈겼을 테니까.]

"왜? 뭐가 문제지? 난 여왕님에게 솔직하게 말하겠다고 약속했고, 그대로 행동했어."

[약혼의 이유에 대해서도 설명했고?]

"아니. 여왕님이 거기까지 묻진 않았거든."

[……에디. 네가 유재인에게 미쳐 있다는 거 알아. 그런데 말이야. 너 좀 정신 차려야 할 필요가 있는 것 같다. 네가 그렇게 초조해하고 안달복달하면 네 여왕님까지 상처를 받게 될 거야.]

"내가…… 재인이한테 상처를 주고 있나?"

[자신감을 되찾아, 에디. 네놈은 자신감과 잘생긴 얼굴 빼면 남는 게 없는 놈이잖아. 자신감 없이 얼굴만 잘생긴 놈은 매력 없어.]

전화를 끊은 성현은 머리를 뒤로 쓸어 넘기며 중얼거렸다.

"매력이 없단 말이지? 이거 참, 큰일 났군."

토막 시체의 마지막 부위가 발견된 지금, 한선에겐 느긋하게 재인과 대화할 시간이 있을 리 없었다. 한선은 혜란에게 전화를 걸어 사정을 설명한 후, 재인을 택시에 태웠다.

"인느님, 정 박사는 머리를 양 갈래로 땋긴 했어도 똑똑한 여자야. 나보다 더 나은 답을 줄 테니까 가서 이야기해 봐. 이쪽 상황 끝나는 대로 연락할게."

머리를 땋은 것과 똑똑한 게 무슨 상관인지 모르겠지만, 재인은 고개를 끄덕였다. 한선은 못내 걱정스럽다는 듯 택시 기사에게,

"잘 좀 부탁드립니다, 기사님. 무슨 일 생기면 이쪽으로 연락 주시고요."

라며 명함을 건넸다. '서울지방경찰청 강력팀 형사'의 명함을 받아 든 택시 기사가 유독 친절하게 재인을 국과수까지 모셔다드린 것은 말할 것도 없었다.

국과수 입구 앞에 혜란이 서 있었다. 연구 복을 입고 머리를 양 갈래로 땋은 그녀는 대학생처럼 보였다.

"문제가 생겼다면서?"

혜란이 먼저 재인에게 다가왔다.

"네, 안녕하세요."

"아니, 그런 인사는 됐고. 어떻게 된 일이야?"

"그게…… 갑자기 타인의 감정을 읽을 수가 없게 됐어요."

"네 능력이라는 게, 타인의 표정이나 행동, 눈빛을 보면 그 사람이 거짓말을 하는지, 어떤 감정을 가지고 있는지 알아내는 거였지?"

"네."

"자세하게 좀 말해 줄래?"

"저도 제 능력에 대해 자세히는 모르겠어요. 그냥 상대를 보고 있으면 어느 순간 그 사람의 감정이나 행동이 그려져요. 특히 상대가 거짓말을 할 때, 그 사람이 어떤 의도로 그런 거짓말을 하는지, 진실은 무엇인지, 그림처럼 떠올라요. 게다가 오늘 새벽에 마주친 그 남자."

재인은 말해도 될지 잠시 망설였지만 곧 각오한 듯 말했다.

"분명 그 사람이 살인범일 거라고 생각해요. 물론 제 추측일 뿐이라 류 형사님께는 말씀드리지 못했지만."

"그런데?"

"저는 살인을 저지른 사람의 눈빛을 알아요. 타인의 거짓말을 캐내는 건 간혹 틀릴 수도 있어요. 하지만 살인을 저지른 사람의 눈빛만큼은 절대 틀리지 않아요."

"확신해?"

"네. 하지만 전…… 그 사람에게서 아무것도 읽을 수가 없었어요. 아주 작은 비밀조차 품고 있지 않은 사람처럼 보였어요."

"그럼 난 어때?"

혜란이 정말 궁금하다는 듯 물었다.

"모르겠어요."

"전엔 알았고?"

"……네. 약간요."

"뭘 알아냈는지 말해 줄 수 있어?"

이번에는 말하기 힘들었다. 재인은 혜란에게서 한선을 향한 마음을 읽어냈다. 어쩌면 혜란 자신도 깨닫지 못한 마음일지도 몰랐다. 그 마음을 먼저 드러내는 것이 옳은 일인지 알 수 없었다.

"제가 말씀드리면 기분 나쁘시지 않을까요??"

재인의 난처한 표정을 읽었는지, 혜란이 어깨를 으쓱했다.

"그래, 뭐. 중요한 건 아니니까. 이 시점에서 중요한 건, 네가 아직 해야 할 일이 있는 상황에서 그 능력을 잃었다는 거야. 최영주 일은 아직이지?"

"네."

"민 교수는 뭐래?"

성현의 이야기가 나오자 재인의 어깨가 움찔 떨렸다.

"대화를…… 할 시간이 없었어요."

최대한 무감정하게 말하려고 했다. 하지만 그의 이야기를 하려고만 하면 심장이 지끈지끈 아팠다. 이런 상황에서조차 그와 함께 있던 리젤이 머릿속에서 떠나질 않았다.

재인의 얼굴을 빤히 응시하던 혜란이 고개를 살짝 저었다. 그러더니 재인의 팔을 가볍게 잡고 말했다.

"일단 자리를 좀 옮길까?"

두 사람은 국과수 근처의 근린공원 벤치에 나란히 앉았다. 재인은 연구 복만 입고 있는 혜란이 신경 쓰여서 점퍼를 벗어 줬다. 혜란이 피식 웃으며 점퍼를 재인 쪽으로 밀어냈다.

"반하겠네."

"추우시잖아요."

"됐어. 난 추위에 강해. 네가 감기 걸리면 난리칠 남자들이 너무 많으니까 너나 입어."

"하지만……."

"이런 건 됐고. 그 얘기나 해 보자. 감정을 읽을 수 없다는 거, 오늘 아침에 알게 된 거야?"

"네. 그 남자를 봤을 때만 해도 몰랐어요. 류 형사님이 수상한 사람을 못 봤냐고 물어봤을 때에야 깨달았어요."

"무슨 생각했어? 그 남자랑 스쳐 지나갈 때."

"아…… 저는……."

재인은 그때의 상황을 떠올렸다. 아니, 떠올릴 필요도 없었다. 어제도, 아까도, 지금도 끊임없이 성현과 약혼녀에 대한 생각을 하고 있으니까.

다만 류 형사에게 도움이 될 수 없는 상황에서도 그들을 생각하며 아파하는 자신이 한심하고 미련해서 말할 수 없었을 뿐이었다. 재인이 말을 멈췄지만, 혜란은 채근하지 않고 대답을 기다렸다. 그녀의 집요한 기다림이 민망해서, 결국은 입을 열고 말았다.

"민 교수님이랑 약혼녀 생각이요."

잘 다듬은 혜란의 눈썹이 휘어졌다. 그녀는 미간을 모으고 검지로 아랫입술을 톡톡 두드렸다.

"민 교수, 라고 부르기로 한 거야?"

"……유치하죠?"

"사람은 사랑을 하면 유치해지는 법이야. 놀라울 정도로 유치해지고 겁이 많아지고 바보 같아지지. 그게 당연한 거니까 우습지 않아."

"감사합니다, 정 박사님."

혜란은 솔직하게 감사 인사를 하는 재인이 사랑스러웠다. 이제 막 감정을 받아들이기 시작한 재인은 어린아이 같았다. 그 순수한 모습이 애틋하고 안타까운 한편 귀여웠다.

어린 짐승을 보면 돌봐주고 싶듯, 혜란에게도 그런 마음이 싹트기 시작했다.

"어제는 어땠어? 읽을 수 있었니?"

"어제는…… 네, 그랬던 것 같아요."

"어제는 읽었고, 오늘은 못 읽은 거구나. 그 사이에 무슨 일 없었어?"

"무슨 일이라고 하면…… 하나 있긴 했는데…… 이건 아마 관계없을 거예요."

"뭔데?"

"그게……."

지끈—

아까부터 끊임없이 아팠던 왼쪽 가슴에 더 큰 통증이 일어났다. 언제쯤 되어야 이런 아픔이 사라질까? 재인은 이 고통이 영원할까 봐 두려워지기 시작했다.

"민 교수님이 약혼녀랑 같이 있는 걸, 봤어요."

짜내듯 말했다. 이 목소리가 너무 이상하지 않기를 바랐다.

"어디서?"

"아파트 앞에서요."

"⋯⋯그래."

"잘 어울리더라고요. 잘 어울리고 다정해 보여서⋯⋯ 그래서요."

감정을 드러내고 싶지 않았다. 하지만 얼굴이 고통스럽게 일그러지는 것을 막을 수가 없었다. 어마어마하게 형편없는 표정일 거라고 생각하며, 말을 이었다.

"생각을 멈출 수가 없어요. 그 모습이 자꾸만 떠올라요."

"그래."

"민 교수님이 날 좋아해야 한다는 의무도 없고, 연인이 없어야만 하는 이유도 없는데⋯⋯ 오히려 그런데도 날 도와줘서 정말 고마워해야 하는데⋯⋯ 자꾸만 민 교수님이 원망스러워지고 미워져서⋯⋯ 그러면서도 보고 싶어서⋯⋯ 이 마음을 어떻게 해야 좋을지 모르겠어요."

이 순진한 여자를 어떻게 해야 좋을까.

혜란이야말로 모르겠다고 생각하며 재인의 손 위에 자신의 손을

불길한 흐름

겹쳤다. 재인의 손은 무척이나 차가웠다. 그리고 가늘게 떨리고 있었다.

"짝사랑이라는 게 다 그렇지, 뭐. 머리로는 알면서도 어쩔 수 없는 게 사람 마음이니까."

잠시 침묵이 흘렀다. 혜란은 재인의 손을 꼭 쥔 채 정면을 응시하고 있었다. 재인은 시선을 내려 혜란의 손을 살펴봤다. 쉴 새 없이 만지는 약품 때문에 혜란의 손은 거칠었다. 하지만 무척이나 따뜻했다.

툭툭 던지는 듯한 말투를 지닌 사람이지만, 재인은 처음부터 혜란이 싫지 않았다. 그녀는 큰 비밀이 없었고, 생각한 것을 고스란히 내뱉는 타입이었다. 그런 사람은 함께 있어도 불편하지 않다.

친한 사이도 아닌데 자신의 일처럼 함께 고민해 주는 혜란에게 무척이나 고마웠다. 감사한 마음이 넘칠 땐 어떻게 표현해야 할까. 그런 고민을 하고 있을 때, 혜란이 입을 열었다.

"네 능력 말이야. 전에 민 교수가 그러는데, 초능력 같은 게 아니라 집중력과 통찰력이 뛰어난 거라더라. 남들보다 몇 배로."

"네, 그렇다고 하더라고요. 순간적으로 집중해서 타인의 표정을 읽어 내고 상황을 재구성해서, 그런 게 가능한 거라고요."

"응, 그럼 그게 문제네."

혜란이 고개를 돌려 재인을 쳐다봤다.

"지금 네 머릿속을, 민 교수와 약혼녀가 가득 채우고 있잖아. 넌 지금 그들에게만 집중을 해서, 다른 것에 집중할 수가 없게 된 거야."

* * *

  시신 발견 현장을 수습하고 경찰청으로 돌아온 한선은 흡연구역에 쭈그리고 앉아 담배를 피웠다. 강력계 형사가 된 지 4년 차. 수많은 시체를 접했지만 살인 사건에는 역시 익숙해지질 않는다.
  '엿 같은 세상이야.'
  라고 생각하며, 한선은 담배를 깊이 빨아들였다.
  "형아!"
  "콜록! 콜록! 콜록!"
  간만에 '엿 같은 세상'에 대한 고뇌를 하려던 한선은, 뒤에서 들려오는 발랄한 호칭에 사레가 들리고 말았다. 매캐한 담배 연기 때문에 목이 찌르는 듯 아팠다.
  "형아, 내가 말이야. 요새 자신감이 뚝 떨어졌거든."
  고통의 원흉인 성현이 한선의 등을 토닥거리며 멋대로 이야기를 시작했다.
  "얼마나 뚝 떨어졌느냐 하면 말이야. 지구에 맨틀이 있는 거 알지? 지금 내 자신감은 하부 맨틀 중간 지점에 있어."
  "네 자신감의 위치 따위는 아무래도 좋아, 이 자식아! 갑자기 왜 형아 타령이야? 그거 안 하기로 했잖아!"
  기침을 멈춘 한선이 버럭 성질을 내며 일어났다. 사자 같은 한선의 분노에도 성현은 느긋했다. 그는 코트 주머니에 손을 찔러 넣고 한선을 지그시 응시하며 은밀한 음성으로 한선을 불렀다.

"형아."

"그런 목소리로 형아 타령하지 말라고!"

"우리, 하자."

"……하, 하긴 뭘 하자는 거냐?"

성현의 눈빛과 음성이 너무나 은밀해서, 한선은 저도 모르게 뒷걸음질을 치고 말았다. '혹시 이놈, 나한테 마음이 있나' 싶을 정도로 달콤한 눈빛인지라, 팔뚝에 오소소 소름이 돋았다.

"이 사건, 해결하자."

한선과 성현은 함께 국과수로 향했다. 둘은 택시 뒷좌석이 나란히 앉아 있었다. 가슴 앞에서 팔짱을 끼고 정면을 응시하는 성현의 얼굴을, 한선은 꼼꼼히 뜯어봤다. 자신감이 하락했다는 소리를 들어서 그런지, 그의 표정이 평소와는 달리 어두워 보였다.

그러고 보니, 성현은 항상 반짝반짝 빛을 흩뿌리고 다녔다. 그런데 지금은 그에게서 뿜어져 나오는 빛이 사라졌다.

"너, 인마. 자신감이 하락한 이유가 뭐냐?"

"여왕님 때문에."

"……인느님이 너한테 뭘 어쨌는데?"

"날 피해."

"너, 인느님이 널 왜 피하는지 모르는 거냐?"

"응, 모르겠어."

"멍청이냐, 넌?"

성현이 놀랍다는 눈으로 한선을 돌아봤다.

"그러는 형은 알아? 인느님이 날 피하는 이유."

한선은 성현이 자신을 놀리려는 거라고 생각했다. 하지만 한선의 대답을 기다리는 성현의 표정은 진지했고, 조금 초조해 보이기까지 했다.

이놈, 진짜 멍청인가?

한선은 속으로 혀를 찼다.

재인이 성현을 피하는 이유. 존재도 몰랐던 약혼녀 때문인 것이 당연하지 않은가. 재인에게 듣기로는, 성현이 약혼녀에 대해 직접 말해 줬다고 했다. 이름이 리젤이라던가.

재인은 성현을 사랑했다. 사랑하는 남자에게 약혼녀가 있다는 걸 알게 된 여자는 세 가지 반응을 보인다.

첫 번째. 그 남자를 피한다.

두 번째. 작정하고 그 남자를 꼬신다.

세 번째. 가슴이 아파도 마음을 감추고 그 남자의 곁에 있고 싶어 한다.

재인은 현재 첫 번째를 선택한 상황이었다. 인간의 심리에 대해 잘 아는 성현이라면, 그런 재인의 마음을 알아야만 마땅했다. 그런데 왜 이렇게 아무것도 모르겠다는 표정으로 안절부절못하고 있는 걸까?

불길한 흐름 *395*

'설마…… 이 녀석, 여자에 푹 빠지면 다른 생각을 못 하는 타입인가?'

한선이 고민을 하는 동안에도, 성현은 먹이를 달라고 조르는 강아지처럼 한선을 바라보고 있었다. 한선은 이유를 말해 줄까 하다가 관뒀다.

이놈한테 당한 게 얼마나 많은데, 쉽게 알려 줄 수 없지. 넌 좀 고민하고 고통스러워해야 돼, 이 자식아!

'하지만…… 이놈이 모르면 모를수록 인느님이 더 오랫동안 아프겠지.'

악몽 같았던 지난 크리스마스 때, 구급차에 실려 가던 재인의 눈빛을, 한선은 똑똑히 기억했다. 재인의 눈동자는 상해를 입힌 침입자에 대한 두려움보다 성현에 대한 아픔으로 물들어 있었다.

"지금이 기회야, 류 형사. 민 교수는 약혼녀가 있대. 재인이는
그것 때문에 상처 받았고. 류 형사가 재인이를 가로채버려."

혜란은 그렇게 말했지만, 한선은 알고 있었다. 자신의 힘으로는 재인의 마음을 완전히 치료해 줄 수 없다는 것을. 20년 전 재인의 부모님에게 일어난 끔찍한 사건. 그로 인해 얼어붙은 재인의 마음을 녹여 준 것은 성현이었다.

재인의 심장을 둘러싼 얼음은 아직 완전히 녹지 않았다. 성현이 떠난다면, 그녀의 심장은 다시 얼어붙을 것이다. 그리고 두 번 다시

무너지지 않을 견고한 성벽을 쌓게 되겠지.

한선은 자신의 마음보다 재인의 마음이 더 소중했다. 그녀가 또다시 성 안에 틀어박혀 혼자 지내기를 바라지 않았다.

그래서 한선은 자신에게 찾아온 둘도 없는 기회를 미련 없이 걷어차기로 결심했다.

"어이, 민성현. 너, 인느님 사랑하냐?"

"형, 나는."

성현이 입을 열었다.

"여왕님을 처음 본 순간부터 지금까지, 단 한 순간도 사랑하지 않은 적이 없어."

굵은 저음의 음성은 초콜릿보다 감미로웠다.

"어느 정도로 사랑하느냐고 묻는다면, 난 여왕님을 위해 내 모든 것을 버릴 각오를 했어."

'잘생긴 놈은 목소리로 멋지구나. 이래서야 이길 수가 없겠군.'이라고 생각하며, 한선이 물었다.

"그 말을 인느님한테 해 준 적은 있고?"

"당연히 없지!"

"그게 왜 당연한데!"

어이가 없어서 언성이 높아졌다. 성현이 미간을 좁혔다. 그림처럼 아름다운 얼굴인지라, 인상을 찌푸리고 있는데도 근사했다.

"지금껏 여왕님은 자신의 감정도, 타인의 감정도 똑바로 직시하지 않고 살아왔어. 이제 막 감정을 이해하고 받아들이기 시작했는데, 내가 갑자기 사랑을 고백해버리면…… 혼란스러울 거야."

"너, 인느님 무시하냐?"

"무시하는 게 아냐, 형. 생각해 봐. 난 여왕님이 내게 어떤 감정을 품고 있는지 몰라."

'모른다고? 그렇게 훤히 보이는데?'라고 생각했지만, 한선은 잠자코 성현의 연설을 들었다.

"아마 여왕님은 내가 매일 찾아가고 아껴 줘서, 가족 같은 감정을 품고 있을 거야. 어쩌면 아빠에 대한 애정일지도 모르지. 내가 지금 사랑을 고백하면, 여왕님은 그 감정을 연인을 향한 사랑이라고 오해할 수도 있어."

"……"

"나는 여왕님이 좀 더 다양한 감정을 경험하고, 느꼈으면 좋겠어. 여왕님이 자신의 감정을 정확하게 정의내릴 수 있을 때, 그때 고백해야…… 나를 차든지, 받아주든지 하겠지."

"……대체 그때가 언젠데?"

성현의 쓴웃음을 지었다.

"그러게. 지금 난 자신감이 맨틀 깊은 곳에 있어서, 그걸 잘 모르겠네."

"너, 미친 거냐?"

"이상하게 그런 소리를 자주 듣곤 했어. 난 터무니없을 정도로 정상인데 말이야."

한선은 한숨이 절로 나왔다. 이 얼굴만 잘생긴 멍청한 놈은 사랑에 대해 놀라울 정도로 무지했다.

'세상에 완벽한 사람은 없다더니, 이놈은 진짜 얼굴만 잘생긴 바보였군.'

한선은 성현을 도와줄 의욕을 잃었다. 사랑 고백에 대한 성현의 개똥철학은 너무나 확고해서, 한선이 무슨 말을 해도 통하지 않을 것 같았다.

'그 빌어먹을 맨틀 안에 숨은 자신감을 되찾으면 똑바로 생각할 수 있게 되겠지. 그때가 돼서도 바보처럼 굴면, 뒤통수 한 대 후려쳐주면 되는 거고.'

습관처럼 담배를 꺼내다가 택시 안이라는 것을 깨닫고 손을 멈췄다. 그러다가 지금 가장 중요한 건 성현의 마음이 아닌 '약혼녀'라는 것을 떠올렸다.

"야, 그런데 너…… 약혼녀 있다면서? 그건 뭐냐?"

"아아, 그거."

성현이 별일 아니라는 듯 어깨를 으쓱했다.

"전에 계약을 했어. 곧 파혼할 거고."

"계약 약혼, 그런 거냐?"

"비슷해."

"그런 건 있는 집 자식들이나 하는 거 아니었냐? 정략결혼 같은 거."

"그런가? 한국의 부자 문화를 잘 모르겠는데."

성현이 두루뭉술하게 대답했다.

"그 약혼녀에 대한 이야기, 인느님한테도 해 줬냐?"

"아니. 정리되면 그때 얘기하려고."

이번엔 참을 수가 없었다.

퍽—

한선은 성현의 뒤통수를 한 대 후려쳤고, 성현은 맞은 부분을 문지르며 중얼거렸다.

"이런 애정 어린 구타를 해 주지 않아도, 날 향한 형의 마음은 짐작하고 있었어. 안심해. 받아주진 못하지만 알아는 줄 테니까."

"……."

〈다음 권에 계속〉